“

독서 논술 선생님의

글쓰기 비밀 노트

”

독서논술 선생님의 글쓰기 비밀 노트

초판 1쇄 발행 2024년 5월 27일
지은이_ 최선희 이향선 성원주 정희정 장은지 김수미 이성은 이주현 장예진 박민하
펴낸이_ 김동명
펴낸곳_ 도서출판 창조와 지식
디자인_ 꿈이글
인쇄처_ (주)북모아

출판등록번호_ 제2018-000027호
주소_ 서울특별시 강북구 덕릉로 144
전화_ 1644-1814
팩스_ 02-2275-8577
ISBN 979-11-6003-737-1 (13800)
정가 18,000원

지식의 가치를 창조하는 도서출판 창조와 지식
www.mybookmake.com

이 책의 표지에는 tdtd강굴림체,tdtd가온체,tdtd타이틀굴림, tdtd오리온 나눔고딕체가 사용되었습니다.

독서 논술 선생님의
글쓰기 비밀 노트

최선희

이향선

성원주

정희정

장은지

김수미

이성은

이주현

장예진

박민하

프롤로그

전국의 독서논술 선생님들이 모여, 특별한 글쓰기 지도 방법을 제안합니다. 영상에 익숙해져 글을 읽지 않는 시대에, 책에 흥미가 없는 아이들에게 글쓰기를 지도하는 일이란 매우 어려운 일입니다. 현재는 물론이고 미래 사회에서 아이들이 경쟁력을 갖추려면 글쓰기는 필수입니다. 글쓰기를 지도하다 보면 진정한 글쓰기란 단순히 종이에 글자를 쓰는 것 이상의 의미를 가진다는 것을 알 수 있습니다. 생각의 힘을 기르고 감정 깊은 곳으로 여행할 수 있도록 도와주기 때문입니다.

이 책에서는 그림책으로 창의력을 키우는 다양한 수업 활동을 제시합니다. 유초등 시기에는 생각 그릇을 키우는 것이 중요합니다. 아이들의 눈높이에 맞추어 아이들과 함께 공감하며 코칭하는 방법을 알아볼 수 있습니다. 진정한 어휘력을 통해서 국어능력 신장과 글쓰는 힘을 키우는 방법을 고안했습니다. 초등부터 수능까지 이어지는 비문학 구조를 통해 차별화된 글쓰기 방법을 제시합니다. 서술형 평가에 대비한 공부머리를 완성하는 글쓰기 방법을 적용할 수 있습니다.

읽기 수준에 맞는 제대로 된 독서를 통해서 글쓰기를 똑똑하게 시작하는 방법을 제안합니다. 패턴 글쓰기는 학생들이 쉽게 글쓰기의 구조를 익히고 자신감과 성취감을 느낄 수 있습니다. 초등 이미지 글쓰기의 단계적 활용방법을 통해서 다양한 수업에 적용하고 학생들은 이미지를 통해서 더욱 쉽게 텍스트를 이해할 수 있습니다. 전래동화를 통한 글쓰기는 풍부한 상상력을 통해 다양한 글쓰기활동을 제시합니다. 글의 구조를 알고 글쓰기를 하면 중심내용을 쉽게 찾을 수 있습니다.

이 책이 나오기까지 선생님들의 많은 노력이 있었습니다. 글쓰기야말로 이 세상을 살아갈 아이들에게 가장 중요한 역량이기 때문입니다. 독서논술을 지도하는 선생님, 학부모님, 학생들에게 많은 도움이 되길 바랍니다.

차례

우리 아이 생각 그릇을 키우는 글쓰기 레시피
그림책에서 그 답을 찾다.-최선희

생각 그릇을 키운다는 것은? 11
창의적 질문 능력을 키우는 방법,그림책에 답이 있다고요? 13
우리 아이 생각 그릇을 키우는 글쓰기 레시피 16
너의 이름은? - 내가 지은 그림책 제목 17
꼬리에 꼬리를 무는 단어- 끝말잇기 18
꼭꼭 숨어라, 나만의 단어 찾기 20
내 마음에 문장이 들어왔다 22
궁금한 이야기, Why? - 후속편을 기대하다 24
내 마음을 알아주세요 27
말하지 않아도 알아요 29
그림책 추천사 쓰기 31
같은 제목, 다른 장르 동시 짓기 32
같은 제목, 다른 장르 일기 쓰기 34
네 컷으로 간단히 - 요약하기 37

이젠 공감 코칭 글쓰기다-이향선

정서적 공감 학습 지도 45
글쓰기 지도 필요성 47
화법 교육이 주는 효과 48
글쓰기 지도 이렇게 51
공감 학습의 사례 54
칭찬으로 집중력 키워주기 58
가정에서 산만한 아이 돌보기 61
많은 부모님들의 질문과 고민 64

진정한 어휘력, 돋보이는 글쓰기-성원주

내 언어의 한계는 내 세계의 한계 71
어휘력, 시간이 해결해줄까? 72
독서논술 지도사가 생각하는 진정한 어휘력 76
진정한 어휘력 학습을 위한 글쓰기 전략 78
어휘력 훈련이 필요한 유형1 78
어휘력 훈련이 필요한 유형2 82
어휘력 훈련이 필요한 유형3 85
어휘력 훈련이 필요한 유형4 87
우리 아이를 빛나게 해줄 어휘력(feat.속담, 사자성어, 관용어) 88
진정한 어휘력과 글쓰기라는 날개 91

수능까지 이어지는 초등 비문학 독해단계&구조화 글쓰기-정희정

1부 우리나라 문해력 현황 95
2부 문해력과 독해력 중 왜 독해력인가? 97
3부 아무도 우리에게 읽는 방법을 가르쳐주지 않았다! 99
-독해에도 비결이 있다! 99
4부 독해에도 단계가 필요하다! 102
part1. 텍스트 훑어읽기 104
part2. 의미덩어리로 읽어내기 105
part3. 중심내용 찾기 107
part4. 핵심어구 만들기 110
part5. 구조화 글쓰기 111
5부 독해를 잘 했는지 어떻게 아는가? 114
6부 누구나 할 수 있다! 해보자! 116
7부 마치는 글 117

공부머리를 완성하는 초등 글쓰기-장은지

서술형 평가의 시대, 기본은 '글쓰기'다 121
긍정의 글쓰기 125
글쓰기는 어렵고 지루하다는 편견을 깨는 것에서 시작한다! 125
쓰고 싶은 것을 쓰자 126
주제 랜덤 게임 127
선플 달기 128
학습력을 키우는 글쓰기 129
-글을 잘 쓰는 아이들은 공부도 잘한다 129
고전 필사 130
한 문장 정리의 힘 132
독서 경험을 활용한 글쓰기 133
신문을 활용한 글쓰기 134
모든 공부의 끝은 글쓰기 134

제대로 된 책 읽기, 글쓰기의 시작이다-김수미

1. 우리 아이 진짜 독서 수준은? 140
2. 진짜 독서는 스킬이 아니라 습관이다 142
빌게이츠를 성공하게 한 독서습관 144
정서적 안정감과 창의적 사고력을 높여주는 책 읽기 146
3. 읽기 수준에 맞는 제대로 된 책 읽기 147
책읽기를 멈춘 지점이 아이의 읽기 수준이다 149
4. 책 읽는 힘을 높이는 독서테라피 154
아이들 유형별 독서테라피 155
5. 문해력 높아지는 글쓰기 158
문해력 향상의 지름길 159
매일 꾸준히 주제글쓰기 161
6. 술술 써지는 메타인지 글쓰기 163
인공지능시대에 필요한 능력 164
메타인지능력과 글쓰기 165

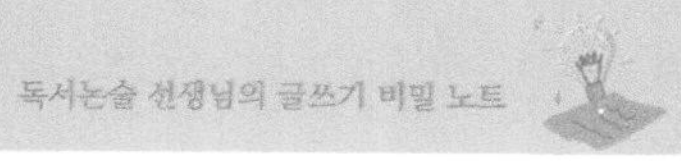

글쓰기가 만만해지는 패턴 글쓰기-이성은

1. 책에 나를 비춰보는 성찰형 글쓰기(MECD)모형 172
1) 성찰형 글쓰기 172
2) 성찰형 글쓰기의 예시 175
2. 정보를 활용해서 글쓰기 (PMI 모형) 176
1) 정보와 상상을 활용해서 글쓰기 176
2) 정보와 상상을 활용해서 글쓰기의 예시 178
3. 관점 전환형 글쓰기 (여섯 색깔 글쓰기 모형) 180
1) 관점 전환형 글쓰기 180
2) 관점 전환형 글쓰기의 예시 181
4. 문제를 해결하는 트리즈 글쓰기(TRIZ모형) 182
1) 트리즈 글쓰기 182
2) 트리즈 글쓰기의 예시 188

생각이 한눈에 보이는 초등 이미지 글쓰기-이주현

1장. 이미지로 이야기 하는 스마트 시대 193
2장. 활자가 익숙하지 않은 스마트 시대의 아이들 195
3장. 왜 이미지 글쓰기 인가요? 이미지를 이용해 생각을 정리 합니다. 197
4장. 생각이 한눈에 보이는 이미지 글쓰기의 단계적 활용방법 201
1) 글의 표현을 풍부하게 표현해 주는 이미지 관찰 글쓰기 201
2) 글의 구조를 잡아가는 이미지 배열 글쓰기 207
3) 글쓰기 과정을 통찰하는 이미지 창조 글쓰기 212
5장. 생각이 보이는 이미지 글쓰기를 적용해 수업하실 교사와 부모님들께 217

역사전래 동화를 통한 초등 글쓰기-장예진

1. 독해력의 첫 단추는 역사 전래 동화로 시작하자 223
2. 전래 동화를 통한 활동식 기초 독해 향상 전략 방법을 이해하자 224
3. 전래동화를 통한 글쓰기의 방법들을 살펴보자 226
3-1)흥부와 놀부 각 등장인물의 상황들을 이해하여 육하 원칙 으로 써보자 227
4. 하부르타 질문과 친해지는 전래놀이 융합 글쓰기를 하자 229
〈전래놀이 융합 글쓰기 예- 스무고개〉 229

읽고 쓰는 힘-박민하

글의 주제란 무엇인가? 241
소주제문 241
문단의 중심내용 찾기 242
요약정리 해보기 243
좋은 글은 풍부한 어휘력에서 나온다 245
내용단어 246
구조단어 247
지시어와 함축어 247

우리 아이 생각 그릇을 키우는 글쓰기 레시피 그림책에서 그 답을 찾다.

최선희

최선희

학창시절 글짓기상을 휩쓴 전력을 가지고 있어 한 때는 전업 작가의 길을 꿈꾸기도 하였지만, 어릴적 가졌던 꿈인 선생님에 대한 동경은 유아교육의 길로 이끌었고 어린이의 행복한 유.아동기를 위한 놀이교육에 30여년 마음을 모으고 있는 (현) 하바놀이학교 킨더슐레 수서원, 원장입니다.

아동가족 석사, 유아교육, 미술치료, 놀이치료, 영어 영문학 등 다수의 전공에 그림책을 매개로 아이들의 즐겁고 창의적인 활동을 생각하고 실천하는 자타칭 어린이 창의교육 전문가이기도 합니다.

다양한 심상과 짧은 글에 담긴 그림책의 힘을 믿으며 생각과 느낌을 나만의 말과 글로 표현하는 활동을 통해 함께 성장하는 그림책 테라피스트, 그림책 심리상담, 그림책 큐레이터로도 활동하고 있습니다.

심리학을 기반으로 따스한 시선으로 어린이, 부부, 가족을 바라봅니다.

작가와 만나요~ :-)
instagram:: @picturebook_thera
blog : https://blog.naver.com/kindersuseo

생각 그릇을 키운다는 것은?

'10년이면 강산도 변한다'라는 말이 있습니다. 그러나 이제 이 말은 AI 시대에서는 어울리지 않는 구시대의 말이 되어버렸습니다. 사람의 일을 대신할 수 있는 AI의 능력은 1년이라는 주기도 길게 여겨질 정도로 빠른 속도감으로 변화를 이야기하고 있기 때문입니다.

지난 2013년, 인공지능 알파고와 이세돌 9단과의 바둑대결은 5전 4패 1무라는 인공지능의 승리로 세계적인 관심을 받음과 동시에 AI를 바라보는 우리들의 시선에 기대와 두려움이라는 양가감정을 갖게 하는 계기가 되었습니다. 그러나 그 이후로 인공지능은 우리 일상생활에 자연스레 함께하며 걱정의 요소보다 인류의 편의를 도모해 왔습니다. 그러다 세상에 나온 지 3개월 만에 스타작가 반열에 오르고, 개성 있고 완성도 높은 예술작품 등으로 화제가 된 챗Gpt의 등장은 알파고 때 보다도 더 큰 충격을 안겨주었습니다. 인공지능 시대를 반영한 인류의 삶이 어떻게 변화할지에 대한 의문을 던지며 우리 아이들 세대가 맞이할 더 빠른 변화의 가속화에 어떠한 역량을 키워야 할지에 대한 깊은 고민의 시선을 가질 수밖에 없게 하였습니다.

인류와 인공지능의 능력을 생각할 때, 모든 지식을 통합하는 절대 능력의 인공지능을 능가하는 것은 어려운 일입니다. 그러나 우리에게 정형화된 답 도출을 위해 누가 얼마나 더 많은 것을 알고 있느냐가 아니라 호기심과 상상력을 발휘하고 자기만의 생각과 느낌을 나만의 언어로 표현하고 질문을 찾아가는 과정이 중요한 역량이 될 것이라 예상하게 합니다.

'챗GPT의 아버지'로 불리는 샘 올트먼 오픈 AI 최고경영자 역시, 2024 세계 경제 포럼에서(WEF.다보스포럼) "전 세계가'범용 인공지능'(AGI)에 더 가까이 갈수록 위험과 스트레스, 긴장 수위가 모두 올라갈 것이고 낯선 일이 더 많이 생길 것이다. 더 많이 준비하고, 더 깊이 생각해야 한다"고 말했습니다. 그의 말에서 앞으로 우리 아이들이 인공지능 시대를 맞아 준비해야 할 역량이 무엇인지 그 방향을 제시해 주고 있습니다. 편의성을 앞세운 다양한 변화 이면에 대두되는 걱정과 불안 등의 위험과 스트레스 요인들에 대비하는 보다 깊은 사고능력이 필요할 것입니다.

"어떻게 생각하니?", "네 생각은 어때?" "왜 그럴까?"

오늘도 아이들에게 질문을 하고 같은 사실을 마주하게 됩니다. 10명의 아이에게 질문한다면 그중 8, 9명은 앞에서 말한 친구의 답을 똑같이 따라 하는 경우를 쉽게 볼 수 있습니다. 심지어 "왜 좋아하니?"라는 질문에도 "그냥요" "몰라요"라는 답변이 돌아오는 것도 다반사입니다.

맞고 틀리는 것이 아닌, 자기 생각과 느낌을 자신의 언어로 표현하는 것. 너의 생각이 이렇고 내 생각이 이렇다는 다른 점을 인정하고 알아가는 것보다, 얼마나 빨리 정답을 맞히느냐에 익숙한 우리 아이들에게 맞냐, 아니냐는 단답형의 폐쇄형 질문이 더 편하고 쉽게 느껴지는 것은 당연한 일일지도 모릅니다. 그러나 이는 클릭 한 번으로 전 세계와 연결되는 온택트(ontact)시대에 요구되는 유연하고 창의적인 사고력 인재상과 역행하고 있는 셈이지요.

창의적 질문 능력을 키우는 방법,
그림책에 답이 있다고요?

생각하는 힘이란 획일적인 정답, 강요되는 언어 선택이 아닌 나만의 언어로 내 생각을 펼쳐내는 것을 의미합니다. 몸의 근력을 키우기 위해 다양한 훈련이 필요하듯 생각하는 근력을 키우기 위해서는 이에 맞는 다양한 활동을 통한 훈련이 필요하며 어린이들에게 생각하는 힘을 키워줄 최적의 방법으로 그림책을 따라올 것이 없습니다.

그 이유로 첫째, 그림책은 그림이 주는 이미지를 어린이 시각으로 해석할 수 있어(visual literacy) 읽기에 서툰 어린이라 해도 충분히 자기 생각과 느낌을 나눌 수 있는 스토리텔러(story teller)가 되도록 도와주는 매개체이기 때문입니다.

〈그림책을 보는 눈〉에서 그림책은 글과 그림이라는 두 개의 의사소통 방식으로 조화를 이루는 독특한 예술방식이라 하였습니다.(마리아 니콜라예바, 캐롤 스콧, 2011) 일반적으로 그림책은 표지에 제목과 그림으로 그림책의 내용을 유추할 수 있는 단서를 제공해 줍니다. 제목은 직접적이거나 상징적으로 표현되면서 아이가 가지고 있는 자기만의 생각과 상상을 자유롭게 펼칠 기회를 제공합니다. 표지 그림 또한 그림책에 대한 단서를 제공해 주면서 등장인물과 펼쳐질 상황을 예측하고 전개될 이야기를 기대하게 합니다. 그림책 〈줄줄이 호떡〉에서는 줄줄이 탑을 쌓은 많은 호떡을 들고 떨어질세라 조심스러운 모습의 두더지와 자신의 체구에 맞는 앙증맞은 호떡을 들고 줄줄이 서 있는 개미들이 등장합니다. 줄줄이 호떡이 주는 재미난 어감과 두더지와 개미들이 가지고 있는 호떡의 시·후각, 미각의 감각들을 따라가다 보면 자연스레 어떤 이야기가 펼쳐질지 각자 상상의 세계로 떠나게 되지요.

둘째, 어린이 눈높이에 맞춰 다양한 상황, 사건, 인물 등장과 이야기를 따라가면서 다음 상황을 상상하거나 그림책 내용과는 다른 나만의 이야기를 만들어내는 창작의 기회를 줍니다. 나만의 이야기엔 다른 사람과는 구별되는 개인적인 경험을 담고 있습니다. 같은 상황에서도 내가 하고 느꼈던 경험치는 독특한 이야기를 만들어내기 마련입니다. 그림책 〈오늘은 우리 집 놀이터〉에서는 집에서 펼쳐지는 놀이의 진수를 보여줍니다. 그림책을 넘길 때마다 펼쳐지는 다양한 놀이에 '어떤 이야기가 오갈까?', '다음에는 어떤 놀이가 있을까?' 상상요소를 더하는 재미가 있습니다. 특별한 곳을 가거나, 화려한 장난감이 주는 즐거움에 익숙한 우리 아이들에게 집에 있는 물품들과 장소를 이용하여 기발한 놀이방법을 생각하게 하는 특별한 경험을 줄 거랍니다.

셋째, 전개되는 이야기는 문답법을 통해 질문을 확장하고 꼬리에 꼬리는 무는 생각과 다양한 대안, 해결책을 찾아보면서 사고의 유연성과 창의성을 키워줍니다.

유대인의 교육방법 중 하브루타(Havruta)가 있습니다. 하브루타란 짝을 지어 질문과 대화하는 것으로 답을 정해 놓지 않고 토론을 통해 새로운 생각과 결과를 내는 과정을 갖게 됩니다. 그림책은 장면마다 다양한 시선을 바라볼 수 있는 요소들이 있어 그에 비례하는 다양한 질문을 생각할 수 있습니다. 등장인물의 표정이나 행동을 통해 감정과 생각을, '내가 주인공이라면 어땠을까?' 하는 상상을, 이야기에 전개되는 사건을 해결하기 위한 각자의 방법들을 찾아가는 과정을 경험하게 되지요. 옛이야기 〈흥부와 놀부〉에 등장하는 인물들은 권선징악을 생각하면 극명하게 옳고 그름이 도드라지는 내용이지만 각 인물이 느꼈을 감정과 생각, 입장들을 다른 시각으로 바라보는 것과 본래의 내용과 다른 결과를 만들어 보는 과정, 후속 이야기를 창작해보는 경험은 아이의 생각 그릇을 키워주는 최고의 방법입니다.

넷째, 그림책 이야기는 겉으로 드러난 사실 외 은유. 상징을 통해 어린이의 개인적인 경험과 결합 되어 풍부한 상상과 나만의 느낌, 생각을 표현할 수 있도록 도와줍니다.

〈그림책으로 여는 세상〉에서 조난영은 상징성을 잘 사용하면 글과 그림이 암시하는 풍부한 상상과 연상의 세계를 통해 그림책이 더욱 깊이 있고 흥미진진해진다고 하였습니다. 그림을 보고 의미를 구성하면서 각자의 해석, 상상력이 더해져서 의미 있는 이야기를 만들어낸다는 뜻이지요.

그림책 〈푸른 개〉에서 푸른 개를 바라보는 아이와 엄마의 다른 시선에서 희망이 되기도 불안과 걱정의 대상이 되기도 하는 푸른 개를 발견할 수 있습니다. 색채 심리학에서 푸른빛이 주는 의미 또한 우울과 희망의 상반된 개념을 갖고 있기에 바라보는 이의 느낌과 생각이 반영되어 개인만의 풍부한 상상의 이야기를 펼칠 수 있습니다.

〈코끼리 아저씨와 100개의 물방울〉과 같은 글 없는 그림책의 경우, 그림이 주는 상황과 이야기 전개는 더욱 상징성을 띠며 정해져 있는 정답이 아닌, 읽을 때마다 다른 이야기를 전개할 기회를 얻게 됩니다.

다섯째, 그림책에 등장하는 낱말의 의미를 알아보고 나만의 언어로 표현하고 확장해 가면서 어휘력이 향상됩니다.

그림책은 어린이들에게 반복적인 경험을 줍니다. 아이들의 독서 습관을 보면 연령이 어릴 수록 똑같은 책을 수십 번이고 반복적으로 찾는 모습을 쉽게 볼 수 있습니다. 이는 어휘력과 문해력 확장에 의미 있는 행동으로 단순히 그림책을 보고 즐기는 수준이 아닌, 글과 그림을 상황 속에서 이해하고 활용할 수 있도록 도와주기 때문입니다.

그림책〈쭉〉, 〈할짝할짝 접시 꼬마〉에서 반복적으로 볼 수 있는 의성어, 의태어는 표현력과 묘사력을 향상 시킬 수 있는 언어 자극이 되는 한편 그림책에서 발견하는 단어 의미를 찾아보고 그 어휘들을 이용해 짧은 글짓기 등의 활동을 통해 어휘력과 문해력 향상의 효과를 기대할 수 있습니다.

그림책의 강력한 힘을 위 다섯 가지로 설명하기에는 턱없이 부족함을 느낄 정도로 그림책은 듣고 말하고 읽고 쓰기의 통합적 활동으로 어린이들의 생각 그릇을 키워주는 마중물이라 할 수 있습니다.

우리 아이 생각 그릇을 키우는 글쓰기 레시피

글을 쓴다는 것은 어린이들에게 쉽지만은 않은 활동입니다. 언어활동에서 출력이라 할 수 있는 말하기와 쓰기 중, 말하기는 동시성과 쌍방향의 특성을 가지고 있어 대화 중 충분한 수정과 이해의 폭이 넓은 반면, 쓰기 활동은 자기 생각을 아는 낱말을 이용하여, 보다 쉽고 명확하게 다른 사람에게 전달하고 이해시키는 데 있습니다. 말은 잘하는 데 정작 글로 쓰자면 어려워하는 어린이들을 심심치 않게 볼 수 있습니다. 글은 말보다 논리적이고 체계적인 기조를 유지해야 하기 때문입니다.

그렇다면 우리 아이 글쓰기, 그 어려움을 도와줄 방법이 있을까요? 그 어려움을 해결해 줄 글쓰기 레시피를 소개해 드립니다. 어린이들이 즐겨 읽는 그림책으로 다음에 소개하는 활동들을 즐겁게 따라 하다 보면 어느새 생각과 느낌을 글로 표현하는 데 자신감을 갖는 모습을 발견할 수 있을 것입니다. 그림책을 통한 글쓰기 레시피는 활동전개 순서인 그림책 읽기 전 활동, 그림책 읽기 중 활동, 그림책 읽은 후 활동으로 나누어 소개하고자 합니다.

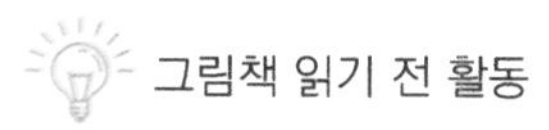

너의 이름은? - 내가 지은 그림책 제목

그림책에서 가장 먼저 시선을 사로잡는 것은 단연 책 표지입니다. 어떤 이야기를 담고 있는지를 시각적 이미지로 보여주는 부분으로 보통 그림책의 제목과 등장인물, 주제를 보여주는 이미지, 작가 등을 알 수 있습니다. 표지에서 보이는 이미지는 각자가 느끼는 시각적 해석을 통해 어린이를 상상의 세계로 초대하는 촉매제 역할을 합니다. 표지를 보면서 전체적인 그림을 바라보느냐, 세밀한 부분에 집중하여 보느냐에 따라 전혀 다른 상상의 나래를 펼치는 이야기를 듣는 재미도 쏠쏠 하답니다.

레시피를 따라 해봐!

1. 그림책의 제목을 탈부착이 쉬운 스티커 또는 메모지 등으로 가려주세요.
2. 그림책 표지에서 무엇이 보이는지 이야기 나눠요.
3. 표지에서 보이는 시각적 이미지로 나만의 이야기를 생각해 봐요.
4. 만든 이야기에 가장 어울리는 제목을 짓고 나만의 책표지를 꾸며봅니다.
5. 내가 지은 제목과 생각한 이야기로 나만의 그림책 이야기를 글로 표현해 봅니다.

그림책 '이까짓 거'로 그림책 표지를 꾸미고 나만의 이야기를 글로 표현하기

꼬리에 꼬리를 무는 단어- 끝말잇기

그림책을 본격적으로 경험하고 탐색하는 과정에서 읽기 능력이 있는 어린이의 가장 먼저 시야에 들어오는 것은 그림책 제목일 것입니다. 표지에서 보여주는 이미지가 그림책의 내용을 기대하게 하듯이, 그림책의 제목 역시 어떤 이야기가 펼쳐질지에 대한 호기심과 흥미를 이끌어주는 중요한 요소가 됩니다. 글을 쓰기 위해서는 자신의 감정과 생각을 표현할 수 있어야 합니다. 그러기 위해서는 내가 얼마나 단어를 잘 알고 있느냐가 중요합니다. 우리가 흔히 어휘력이라고도 이야기하는 단어력은 꼬리에 꼬리를 무는 단어들을 찾아보고 의미를 알아보면서 끝말을 이어

가는 활동을 통해 키울 수 있습니다. 글쓰기를 단단히 하기 위한 준비과정이지요.

레시피를 따라 해봐!

1. '리.리.리 자로 시작하는 말' 노래로 시작하는 말, 끝나는 말, 들어가는 말 등으로 개사하여 다양한 단어들을 경험합니다.
2. 처음에는 그림책 제목을 이용하여 말로 끝말잇기를 다양하게 해 봅니다.
3. 끝말잇기에 호기심을 줄 수 있는 재미난 제목의 그림책을 소개합니다.
4. 그림책 제목을 함께 읽고 준비된 워크시트에 끝말잇기를 이어갑니다.
5. 얼마나 긴 끝말잇기를 할 수 있었는지, 친구들의 끝말잇기에서 같은 단어와 다른 단어를 찾아봅니다.

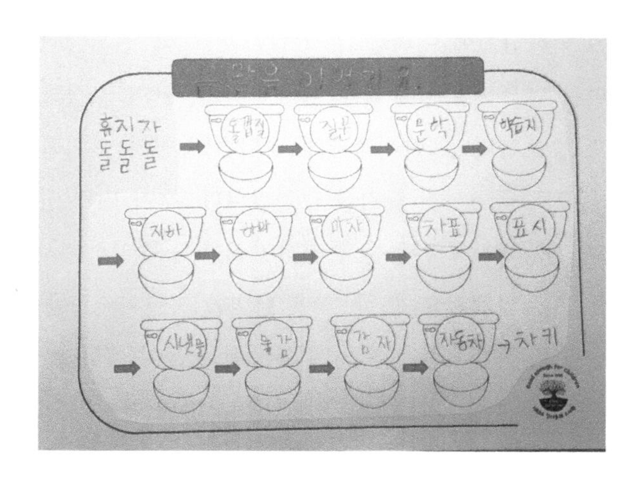

꼭꼭 숨어라, 나만의 단어 찾기

그림책은 시각적인 그림으로도 충분히 이야기를 예측할 수 있지만, 단어와 문장이 주는 의미가 이야기로 전개되고 이를 잘 파악할 때 내용이 더욱 풍부해집니다.

어린 시기부터 노출되는 은어와 속어는 유행되어 또래 간에 사용하는 단어로 정착되기도 하면서 일상적으로 쓰는 단어임에도 그 의미를 모르고 사용하는 경우가 많습니다. 특히 사회, 과학, 역사 등 실제 지식을 담는 논픽션(Non-fiction) 그림책은 생소한 어휘들이 등장하는 경우가 많아 내용을 이해하기에 어려울 수 있습니다. 이때 전체적인 맥락에서 단어의 의미를 예측해보는 능력도 필요하지만, 단어의 정확한 의미를 아는 과정도 중요합니다. 아이들에게 재미를 주면서 어휘력을 확장할 수 있는 활동으로 국어사전 찾기를 추천합니다. 누가 먼저 단어의 의미를 빨리 찾나 게임형식의 활동은 경쟁적인 요소를 좋아하는 아이들에게 동기를 유발할 수 있겠지요. 또한, 찾은 단어들은 어휘카드를 모아 나만의 단어장으로 만들어 보는 것도 어휘확장에 도움이 됩니다. 내가 새롭게 알게 된 단어를 이용하여 짧은 글을 지어본다면 단어의 정확한 의미와 활용에 대해서도 경험할 수 있습니다.

레시피를 따라 해봐!

1. 내가 읽은 그림책에서 생소하거나 의미를 잘 모르는 단어는 색연필로 동그라미 하며 확인해 둡니다.
2. 그림책을 다 읽은 후, 모르는 단어들을 이야기하고 국어사전에서 찾아봅니다. 이때 칠판에 단어카드를 하나씩 붙여가며 누가 먼저 단어를 빨리 찾는지 게임형식으로 진행하면 즐거움을 더할 수 있습니다.
3. 내가 찾은 단어의 의미를 찾고 이해한 후, 나만의 단어장에 단어와 그 의미를 적습니다.
4. 내가 찾은 단어가 들어가는 짧은 글을 지어봅니다.

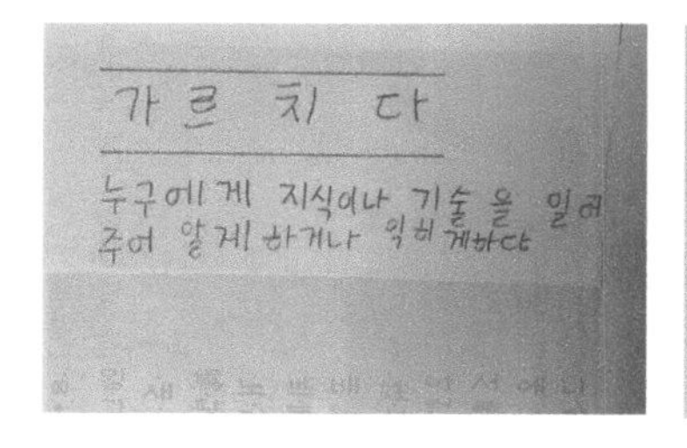

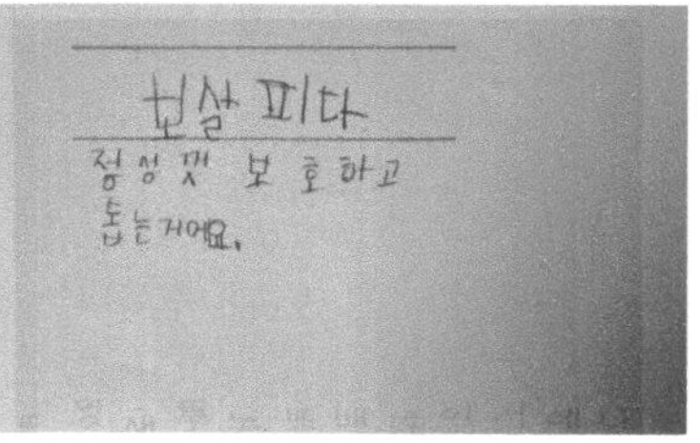

국어사전에서 단어 찾아보기

내가 만드는, 나의 첫 어휘 사전

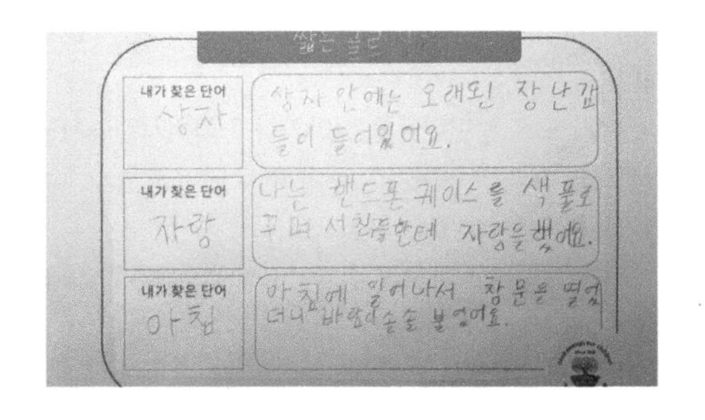

내가 찾은 단어 이용하여 짧은 글짓기

내 마음에 문장이 들어왔다

그림책은 전체적인 이야기가 주는 감흥과 교훈도 있지만, 유독 어떤 장면과 문장에서 다른 느낌, 인상을 주기도 합니다. 같은 내용의 그림책이라 해도 인상 깊은 장면과 문장들은 개인의 경험과 감정에 따라 다르기도 한 것을 종종 목격하게 됩니다. 아이가 느낀 특별한 인상을 표현하는 경험은 그 느낌을 기억하고 다른 상황에서 활용하는 데 도움이 됩니다. 이것이 문장으로 표현될 때 어휘력 확장 및 글쓰기에도 도움을 주며 그 방법으로 필사를 소개합니다.

일반적으로 우리가 글을 눈으로 읽는다면 손으로 글을 읽는 방법을 필사라고 합니다. 필사는 느리게 읽는 방법의 하나로 한 글자씩 쓰면서 의미를 다시 생각하며 집중하는 경험을 갖게 합니다. 다양한 표현들을 필사하면서 어휘력, 맞춤법, 띄어쓰기의 능력도 향상할 수 있지요. 즉 글쓰기 실력을 키우는 확실한 방법의 하나라고 할 수 있습니다. 실제로 조정래, 신경숙, 무라카미 하루키 등 유명한 작가들은 필사를 통해 자신들의 글쓰기 실력을 키워왔다고 이야기 한 바 있습니다.

필사할 때 유의할 점은 단순히 문장을 똑같이 따라 쓰는 데만 급급해선 안 됩니다. 손으로 글을 읽는다는 것은 다른 의미로 마음으로 글을 읽는다는 뜻이기도 합니다. 일찍부터 미디어를 접하는 세대인 우리 아이들은 쓰기의 경험이 많지 않아 글씨체도 바르지 않다 못해 잘 알아보기 힘든 경우도 적지 않습니다. 한 글자 한 글자 또박또박 바르게 쓰면서 그 문장을 선택한 이유와 자신의 느낌과 생각을 표현하면서 필사하면, 읽기 능력 향상뿐 아니라 어휘력 확장, 문장력과 문해력 향상을 통해 글쓰기에 자신감이 생깁니다. 예쁜 글씨체는 덤으로 따라오겠지요?

레시피를 따라 해봐!

1. 그림책을 읽으며 인상 깊은 장면이나 문장을 찾아봅니다.
2. 그 장면이나 문장이 마음에 든 이유를 이야기 나눕니다.
3. 마음에 든 문장을 손으로 직접 적어보고 그 문장이 마음에 든 이유를 글로 써 봅니다.
4. 그림책의 장면과 분위기를 떠올리며 필사한 문장과 어울리는 그림을 그립니다.
5. 필사와 그림이 완성되면 친구들의 작품과 함께 전시를 합니다.

내가 좋아하는 문장 필사하기

궁금한 이야기, Why? - 후속편을 기대하다.

'그들은 오래도록 행복하게 잘 살았답니다.'

우리가 즐겨 듣고 보았던 이야기들 대부분은 이렇게 행복한 결말을 맺습니다.

콩쥐 팥쥐가 그러했고, 심청전이 그러했으며 백설 공주, 신데렐라 이야기도 그러했습니다. 전래, 고전 이야기일수록 선한 사람은 복을 받고, 악한 사람은 벌을 받는다는 권선징악(勸善懲惡) 교훈을 많이 담고 있습니다. 착한 주인공들이 악인에 의해 괴롭힘을 받고 어려움을 겪는 과정

후에 결국엔 갈등이 해결되고 행복하게 살 거라고 자연스레 기대하게 됩니다. 도덕성을 강조하는 훈훈한 결말은 모두가 바라는 행복한 전개임에도 불구하고 권선징악을 주제로 기승전결 같은 형태의 이야기는 닫힌 결말로 누구나 예측 가능하여 아이들의 생각을 확장하기에는 아쉬운 점도 있습니다. 닫힌 결말은 주인공이 겪는 고초에 긴장감이 고조되다 어려움이 해결되고 행복해지면서 이야기의 마지막 장면에 안도감을 줍니다. 반면 열린 결말은 다음에 올 이야기를 읽는 이에게 맡깁니다. 그래서 상상하고 재창조하고, 답을 찾아가는 과정을 통해 우리 아이에게 내 맘대로 다양한 결말을 시도해보는 작가가 되는 경험을 줄 수 있는 매력이 있습니다.

〈장수탕 선녀님〉은 고전적 배경을 가지고 있지만 열린 결말로 아이의 상상력을 키울 좋은 그림책 중 하나입니다. 엄마를 따라 오래된 동네 목욕탕, 장수탕을 가게 된 덕지는 큰 길에 새로 생긴 스파랜드에 가지 못해 투덜거리지만 장수탕에서 누릴 수 있는 냉탕과 때밀이 후 맛보는 요구르트를 기대하며 즐겁습니다. 냉탕에서 한창 물놀이 중 만난 할머니가 날개 잃은 선녀라는 소개에 고개를 갸우뚱하는 것도 잠시, 자신의 요구르트도 양보하며 냉탕놀이를 함께 즐기지요. 집으로 돌아와 감기로 끙끙 앓아눕게 된 덕지. 물수건을 갈아 대던 엄마가 깜빡 잠이 든 사이, 열이 펄펄 끓는 덕지 앞에 장수탕에서 만났던 할머니가 나타납니다. 할머니가 짚어준 손길로 다음 날 아침, 거짓말처럼 감기가 싹 나은 덕지의 모습으로 그림책은 끝을 맺습니다.

'진짜로 그 할머니는 선녀였을까?' '선녀 할머니가 덕지의 감기를 낫게 해 준걸까?' '덕지는 그 후로 다시 선녀 할머니를 만날 수 있었을까?' 꼬리에 꼬리를 무는 질문과 상상이 책을 덮고 한참 후에도 이어질 모습이 그려집니다.

'그래서 행복하게 잘 살았습니다' 보다 '그 후 일곱 난쟁이는 어떻게 지내게 될까요?' '새엄마, 왕비는 이들의 결혼식을 축하해 주었을까요?' 등 후속 이야기를 기대하게 하는 질문이 있는 결말이 어떨까요? 우리 아이가 이어갈 제2, 제3의 후속 이야기가 기대되지 않으세요?

레시피를 따라 해봐!

1. 그림책을 읽으면서 '내가 주인공이라면 어떻게 할까?'를 이야기 나눕니다.
2. 다른 등장인물과 상황을 바꿔서 생각해 봅니다. ('이렇게 했으면 어땠을까?')
3. 그림책의 뒷이야기는 어떻게 이어질 수 있을지 생각해 봅니다.
4. A4 용지를 반으로 접고 칼집을 내어 6칸을 만들어 '나만의 책'을 만듭니다.
5. 그림책 겉표지에 제목을 적고 후속 이야기를 지어 나만의 그림책 이야기를 꾸며 봅니다.

안녕, 페트병아 그림책 후속 이야기 만들기

내 마음을 알아주세요

그림책의 특징 중 하나는 등장인물과 이야기를 통해 읽는 이로 하여금 마음의 안정을 얻고 자신의 감정과 타인의 감정을 알아가는 경험을 하게 한다는 것입니다. 등장인물을 통해 자기가 경험했던 것은 공감하고, 경험하지 않았던 것에 대해서는 간접경험을 통해 이해하게 합니다.

그림책 속 등장인물이 왜 기쁘고, 슬프고, 화가 나는지 이유를 생각해 보고 나의 경험을 이야기 나누는 것은 아이에게는 자기의 감정을 이해하고 상황에 맞는 감정표현을 배우는 기회가, 부모나 선생님에게는 아이의 감정을 함께 이해. 공감하는 계기가 됩니다. 자신의 감정에 대해 표현하는 것이 익숙하지 않을 수 있는 어린아이일수록 그림책에 등장하는 인물들의 감정표현과 행동들을 바라보며 자기 마음을 표현하는 것에 시도하고 조절하는 것을 배우게 되는 시작이 됩니다.

'양보해야 한다' '다른 친구를 도와주어야 한다' 등의 사회적 질서와 규칙을 알게 되고 그림책에서 일어나는 상황에서 '이런 마음이었구나' '내 마음은 이랬고, 저 친구의 마음은 저랬겠어'라는 자신의 정서를 인식하고 조절하게 됩니다. 이렇게 상대방의 생각과 정서를 이해하고 공감하는 과정은 갈등을 경험하고 해결하는 사회성을 길러줍니다.

〈내 아이를 위한 감정코치〉에서 감정은 기쁨, 슬픔, 화, 두려움, 놀람, 즐거움 등으로 감정을 존중받지 못한 아이는 성장 과정에서 타인과 친밀한 관계를 형성하는데 어려움을 갖고 분노, 슬픔, 두려움 등의 부정적인 감정을 조절하는 능력이 부족하게 된다고 이야기합니다. (Gottman, 최성애, 조벽, 2020) 이를 생각하면 그림책에서는 아이가 쉽게 이해할 수 있는 친숙한 인물이 등장하고 긍정적으로 해결하는 단서를 제공해 주기에 우리 아이의 감정코칭 매체로써도 손색이 없다 할 수 있습니다. 그러나 정서와 관련된 그림책을 읽는 것만으로는 부족하며 그림책을 읽으며 생각과 느낌을 주고받고 표현해보는 활동을 통해 내면화하는 과정이 필요합니다.

그림책을 통한 감정 코칭의 방법으로는 크게

1) 주인공이 느꼈을 감정을 나누기

2) 상대방의 감정은 어떠했을지 생각해보기

3) 갈등의 상황을 해결할 방법 생각하기로 나눌 수 있으며 한가지의 그림책으로 3가지 활동을 모두 진행할 수도, 그림책의 내용에 따라 한 가지 활동을 중점적으로도 진행할 수 있습니다.

레시피를 따라 해봐!

1. 그림책을 읽으면서 주인공이 어떤 느낌이었을지 생각해보고 이야기 나눕니다.
2. 내게도 그런 경험이 있는지 생각해 봅니다.
3. 나의 경험은 어떤 상황과 느낌이었는지 생각해보고 글로 표현해 봅니다.
4. 또 다른 느낌과 경험이 있었는지 생각과 표현해 봅니다.

주인공이 느꼈을 감정을 중심으로 그림책 〈엄마가 화났다〉를 읽고 우리 엄마가 화를 낼 때의 모습과 나의 감정과 우리 엄마에게서 느끼는 나의 감정

말하지 않아도 알아요

우리가 어떤 자극으로부터 정보를 얻을 때 가장 큰 비중을 차지하는 것은 시각입니다. 미국의 심리학자 메러비안이 이야기한 법칙(Mehrabian's rule)에 따르면 사람 간의 의사소통에서 시각적 요소, 청각적 요소, 언어적 요소가 각각 55:38:7의 비중을 차지한다고 하였습니다. 이는 비언어적 요소 중 특히 시각적인 요소가 언어적인 것보다 더 중요하게 작용한다는 것을 의미합니다. 이 결과를 생각해보면 우리 아이에게 시각적인 경험을 풍부하게 줄 수 있는 것은 단연 그림책이라 할 수 있습니다. 그림책은 그림과 글로 구성되어 있고, 그림은 전체적인 이야기의 단서를 제공하고 이해를 도와줍니다. 글을 통해 이야기를 전개하고 설명하기도 하지만, 글로는 다 설명하지 못하는 인물의 표정과 행동, 배경 등을 그림을 통해서 자기만의 생각과 느낌을 반영하고 해석하게 됩니다. 특히 글 없는 그림책은 이야기 전개를 위해 그림의존도가

높기에 그림책을 보는 아이가 그림을 어떻게 바라보느냐에 따라 그림책의 내용도 천차만별 달라질 수 있습니다.

글을 읽기 시작하면서 시각적인 정보가 그림에서 글로 그 비중이 커지면서 아이들은 그림을 가볍게 지나칠 수 있습니다. 시각적 정보를 많이 담고 있는 그림을 놓치는 것에는 그만큼 아쉽고 손해 보는 것들이 있습니다. 글 있는 그림책일 경우에도 그림책을 처음 읽을 때 그림만 보면서 책의 내용이 무엇일지 예상해 보는 활동이나, 그림 한 장면마다 상상하고 이야기해보는 활동은 본격적인 글쓰기의 좋은 사전활동이 될 수 있습니다. 이렇게 시각적인 정보를 깊게, 남다르게 바라보는 경험은 다양한 구어 표현을 확장하고 창의적이고 논리적인 생각하는 힘을 키워줍니다.

레시피를 따라 해봐!

1. 그림책의 한 장면이나 다양한 인물, 상황이 있는 사진을 준비합니다.
2. 각 장면에서 무엇이 보이는지 이야기 나눕니다.
3. 등장인물, 동물 등 표정과 행동을 살펴보고 상상해 봅니다.
4. 어떤 이야기들을 나눌지 생각해보고 말풍선에 글로 표현해 봅니다.
5. 말풍선을 완성 후 친구와 짧은 역할극을 해 봅니다.

그림 보고 말풍선 만들기

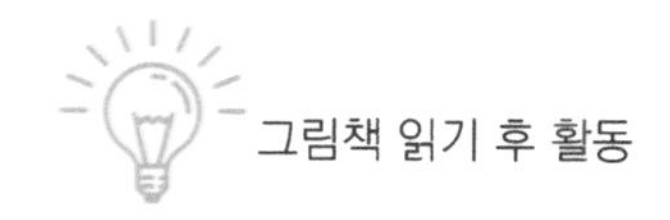

그림책 추천사 쓰기

책을 고를 때 어떤 기준으로 선택하게 되나요?

책의 제목, 목차, 디자인, 내용, 인기 도서 순위 등 여러 가지 이유가 있겠지요. 보통 책의 앞면에는 책 제목과 저자 이름 등을 볼 수 있고 책의 뒷면에는 책에 담긴 중요한 내용을 다시 강조하거나 유명인사 혹은 전문가들이 추천하는 글을 볼 수 있습니다. 추천사를 통해 글에 대한 신뢰도와 기대감을 높이기도 하고 책을 읽게 되는 동기를 주는데 결정적인 역할을 하기도 합니다. 어른들을 위한 책에는 흔히 볼 수 있는 이 추천사를 우리 아이가 읽는 그림책에서는 보기 어려운 것을 알고 계셨을까요?

만드는 것은 어른이지만, 주 독자가 어린이인 그림책에 추천사를 쓰는 것은 생소한 일일지도 모릅니다. 그림책의 독자가 아이부터 노인까지 그 연령대가 점점 더 넓어지고 있는 것은 사실이나 그림책의 추천사를 써야 한다면 그 주체는 주 독자인 어린이가 되어야 한다고 생각합니다. 어린이의 시각과 생각, 느낌으로 그림책을 읽고 느낀 점과 안내 글을 소개한다면 그림책을 읽는 어린이에게도, 그림책을 읽어주는 어른들에게도 그림책을 선택하는 데 도움이 될 수 있지 않을까요?

추천사를 적기 위해서는 그 그림책을 읽고 내용을 이해할 수 있어야 합니다. 그림책 이야기의 특징을 잘 알고 다른 사람에게 이 책을 권유할 수 있는 이유, 재미있는 점이나 인상 깊은 점 등을 표현할 수 있어야 합니다. 어린이의 시각과 글로 안내하는 추천 글이라면 다른 어린이들에게 그림책을 읽게 되는 강한 동기도 줄 수 있으리라 생각하며 언젠가는 우리 아이들의 그림책에 어린이들의 추천사를 자주 볼 수 있기를 기대해 봅니다.

레시피를 따라 해봐!

1. 그림책을 읽은 후 어떤 내용이었는지 이야기를 나눕니다.
2. 그림책의 내용 중 어떤 부분이 가장 기억에 남는지, 인상적인지 생각해 봅니다.
3. 내가 가장 재미있게 느껴졌던 점이 무엇일까 생각해 봅니다.
4. 이 책을 다른 친구들에게 소개한다면 어떻게 설명하면 좋을지 생각해보고 위 4가지의 생각을 글로 표현해 봅니다.

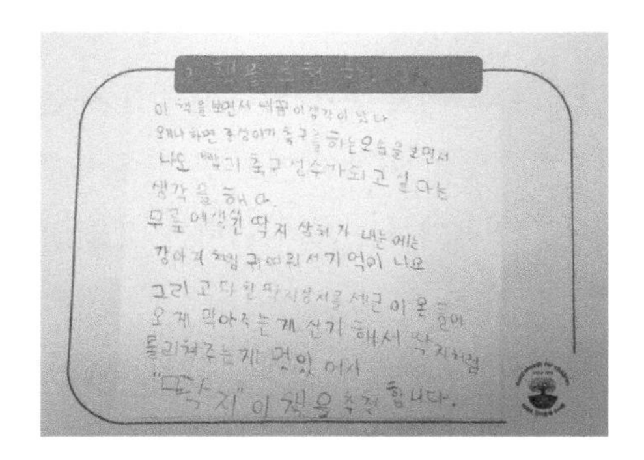
이 책을 보면서 내꿈이 생각이 났다
왜냐하면 종상이가 축구를 하는 모습을 보면서
나도 빨리 축구 선수가 되고 싶다는
생각을 했다.
무릎에 생긴 딱지 상처가 [illegible]
강아지 처럼 귀여워서 기억이 나요
그리고 다친 딱지 상처를 세균이 못 들어
오게 막아주는 게 신기해서 딱지처럼
물리쳐주는게 멋있어서
"딱지" 이 책을 추천 합니다.

그림책 '딱지'를 읽고 쓴 추천글

같은 제목, 다른 장르 동시 짓기

어린이 글쓰기의 갈래에는 여러 가지가 있습니다. 개인의 하루에 대한 기록인 일기 쓰기, 일상생활에서 보고, 느끼고, 생각하고 경험한 일을 구체적이고 솔직하게 쓰는 생활문, 여행하면서 보고, 듣고, 느끼고 경험한 것을 기록하는 기행문, 특정한 대상에게 전할 말이 있을 때 글로 적어 보내는 편지글이 있습니다. 어떤 사건이나 현상들을 조사, 견학, 관찰, 연구하여 정확하게 사실 그대로 기록하는 것을 기록문이라 하고 어떠한 상황이나 사실에 근거하여 그 정보를 모르는 대상에게 객관적으로 알려주는 설명문도 있습니다. 그리고 리듬과 운율을 통해 압축된 언어로 묘사하고 서술하는 아동 시가 있습니다.

아동 시는 어른이 어린이를 위해 지은 시와 구별하여, 어린이 스스로가 지은 시를 말하며 사물이나 상황 등의 주변 세계에서 느끼는 감각과 감정을 자유롭게 표현하면서도 리듬감과 함축성을 동시에 가지고 있습니다. 때로는 규칙적인 리듬감을 갖기도 하지만 자유로운 형식으로 표현되기도 하고 노래 부르듯 표현되는 경험과 생각, 느낌이 담겨있는 글쓰기의 갈래입니다. 본 것을 사실 그대로 쓰면서도 마음속에 떠오르는 생각과 느낌을 표현하는 글이기에 글쓰기의 갈래에서 가장 자연스러우면서도 재미요소를 담고 있다고 할 수 있습니다. 특히 시를 지으면서 직유, 은유, 의인화 등의 비유법 등의 정확한 명칭을 배우지 않더라도 어린이가 자기의 느낌과 생각을 따라 표현하다 보면 자연스레 다양한 표현기법을 경험할 수 있습니다.

그림책 활동을 통해 어린이가 직, 간접적으로 경험한 시각적, 감각적 정보는 종전에 바라보던 주변 상황들에 풍부한 감성을 더하면서 그림책 제목만으로도 떠오르는 느낌과 감정을 '시'라는 갈래를 이용하여 아이만의 다양하고 재미있는 표현들을 기대할 수 있습니다.

레시피를 따라 해봐!

1. 그림책 제목을 보고 생각나는 단어들을 각각 메모지에 적어 표현들을 모아봅니다.
2. 생각해 낸 단어들을 읽어보며 어떤 느낌이 드는지 메모지에 적어 표현들을 수집합니다.

3. 생각해 낸 단어와 느낌 중 가장 잘 어울리는 것을 연결하여 짧은 단어와 글로 표현 해 봅니다.
4. 쓴 글을 적절한 순서에 맞게 배치합니다.
5. 완성된 시를 낭송해 봅니다

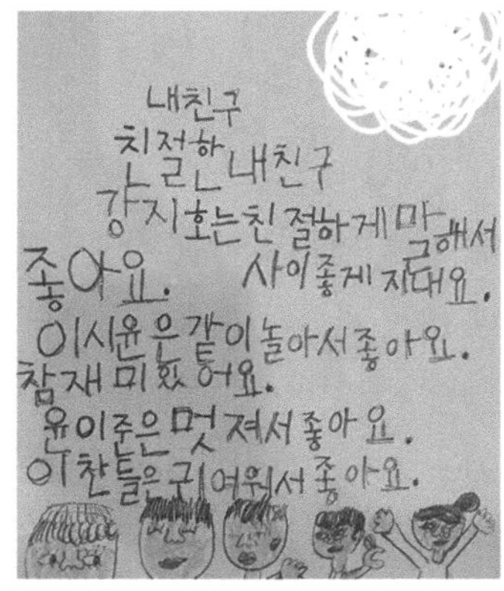

그림책 '설날'과 '너는 내 친구야, 왜냐면……' 을 읽고 같은 제목으로 동시 짓기

같은 제목, 다른 장르 일기 쓰기

일기 쓰기는 하루를 돌아보며 즐거웠던 일, 흥미로운 사건 등 기억에 남는 일을 기록하게 됩니다. 그러나 우리 아이에게 일기 쓰기는 그리 즐거운 일이 아닐 수 있습니다. 특별한 일이 매일 일어나는 것도 아니고, 그 날 있었던 일을 순차적으로만 기록하다 보면 나열식의 글이 되기 쉽습니다. 매일 비슷한 내용의 글을 쓰게 되면 일기에 대한 부담과 지루함이 느껴지기도 하지요. 게다가 어린이들의 일기는 글쓰기의 순수 목적이 아닌 숙제로 주어질 경우가 많고, 개인적 기록의 특징이 아닌 공개적 글이 되는 경우가 많다 보니 소재의 다양성을 바라기보다는 형식적인 글쓰기에 그치게 되기 쉽습니다. 그래서 어린이들의 일기는 항상 '참 재

미있었다' '오늘은 ~을 했다'라는 단골 문장이 등장하는 것을 쉽게 볼 수 있습니다.

그런데도, 일기 쓰기가 권장되어야 하는 이유는 다음과 같습니다. 첫째, 그날의 중요한 사건을 기억해 내고 그 내용을 사건의 진행 또는 감정의 흐름에 따라 문장으로 표현하면서 문장력을 향상해 줍니다. 일기로 표현되는 내용은 어린이가 그날 느낀 생각과 감정을 표현하면서 상황에 따른 자기의 감정을 이해하고 다양한 어휘로 감정과 느낌을 표현할 기회를 얻게 됩니다. 둘째, 하루의 반성과 아쉬운 점을 기록하는 것은 하루를 돌아보고 앞으로의 계획과 실천을 다짐하도록 도와주고 더 나아가 이를 실천하는 힘을 갖게 합니다. 셋째, 일기 쓰기는 꼭 그날의 일과 만 아니라, '내가 읽은 책' '내가 본 영화' 등 다양한 주제로 글을 쓰는 경험을 갖게 하고 글을 쓰면서 글씨체와 철자법에 자신감을 갖게 합니다. 넷째, 꾸준한 일기 쓰기는 다양한 글감을 찾는 능력을 키워줍니다. 매일 경험하는 하루의 일과, 주변의 사소한 사물과 상황들을 다른 시선으로 바라보고 남들이 생각하지 못했던 것을 나만의 표현으로 써보는 경험은 다양한 글감을 찾을 수 있는 능력을 통해 자연스레 생각을 키워나가는 시간이 될 것입니다.

일기 쓰기를 어려워하는 어린이에게 도움을 주는 방법으로 그림책을 빼놓을 수 없습니다. 등장하는 인물들과 사건들을 살펴 순차적인 내용을 써보기, 그림책의 주인공 시점으로 하루의 일과를 적어보고 주인공이 느꼈을 생각과 감정을 글로 써보는 활동은 일기의 형식과 비슷하기 때문입니다. 도드라지게 드러나지 않았던 등장인물들의 감정을 생각해 보고 등장인물의 입장에서 일기를 써보는 것은 실제 나의 일기를 쓸 때도 내용에 따른 나의 감정을 잘 알아차리고 표현하는 데 도움이 됩니다. 또한, 앞에서 이야기한 것처럼, 그림책을 읽고 '내가 읽은 책'을 주제로 써보는 독후일기는 개인적인 일을 글로 쓰기 어려워하는 어린이에게 경험한 그림책의 내용을 따라 써보는 활동을 통해 일기 쓰기에 자신감을 가질 수 있을 것입니다.

레시피를 따라 해봐!

1. 그림책을 읽고 그림책의 등장인물에 관해 이야기 나눕니다.
2. 그림책 내용에서 어떤 일, 사건들이 있었는지 차례로 생각해 봅니다.
3. 사건과 상황을 중심으로 등장인물이 느꼈을 감정과 생각을 이야기 나눕니다.
4. 위 활동을 토대로 등장인물 중 한 명을 중심으로 내용의 순차적 상황과 그에 따른 등장인물이 느꼈을 감정을 넣어 글로 표현해 봅니다.
5. 일기의 형식 (날짜, 날씨) 등을 시작으로 글쓰기 능력에 따라 그림책의 인상 깊은 장면을 그림으로 추가하는 그림일기로 표현할 수도 있습니다.
6. 그림책을 통한 일기 쓰기 활동이 익숙해지면 '나만의 일기'를 써 보도록 격려해줍니다.

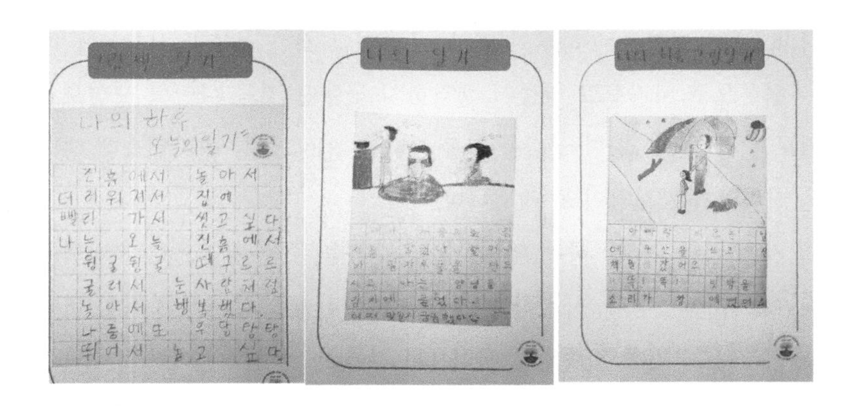

그림책 등장인물 중심의 일기 쓰기 / 나의 하루, 그림일기

네 컷으로 간단히 - 요약하기

요약이란 말이나 글의 요점을 잡아서 간추린다는 뜻입니다. 글이나 말의 핵심내용을 짧고도 정확하게 제시할 수 있는 요약 능력을 갖추고 있다는 것은 정보화 시대에 홍수 같은 정보량을 다루는 데 있어 큰 장점이라 할 수 있습니다. 일본 작가 사이토 다카시는 그의 저서 [요약이 힘이다]에서 '빠른 시간 안에 필요한 것과 필요하지 않은 것을 구분하고 가장 결정적인 한 가지를 도출해 내는 힘을 길러야 한다면서 이는 확실한 메시지를 주고받는 전달력에 중요한 영향을 준다고 하였습니다. 과거에는 누가 많은 정보를 가지고 있느냐가 힘을 소유하는데 지배적이었다면 오늘날엔 얼마나 정확하고 간결한 정보를 많이 가지고 있느냐가 경쟁우위를 가늠한다고 해도 과언이 아닙니다. 이러한 현상은 우리 아이들 세대에서 더욱 치열해질 것으로 전망됩니다.

글의 전체 내용을 이해하고 중심내용을 잘 파악할 수 있는 능력을 요구하는 요약은 문해력과 직결되는 능력이기도 하며 자기만의 언어로 정리하는 활동을 통해 글을 잘 이해하고 전달하는 능력도 키워줍니다. 요약이 자기만의 언어로 정리되는 과정을 거칠 수밖에 없는 이유는, 장문의 글을 축소 시키기 위해 가장 효과적인 어휘를 선택해 요약한 본인과 요약 글을 읽는 사람도 쉽게 이해하기 위한 글쓰기 전략이 필요하기 때문입니다. 그림책은 어린이들에게 요약의 첫 시작을 열어주는 좋은 매개체입니다. 글과 그림의 시각적 단서를 제공해 주며, 흥미롭고 친숙한 이야기가 전개되어 책을 읽은 후에도 아이에게 줄거리가 인상적으로 기억되기 쉽기 때문이지요. 글을 잘 이해하고 집중할 수 있어야 가능한 요약활동, 다음의 활동을 함께 따라가 볼까요?

레시피를 따라 해봐!

1. 그림책에서 중요하다고 생각되는 문장에 밑줄을 그어요.
2. 이야기의 배경이나 상황이 달라지는 단락에 제목을 지어봅니다.
3. 전체 내용을 '언제, 어디서, 누가, 무엇을, 어떻게, 왜?'의 육하원칙에 따라 정리합니다.
4. 그림책 내용을 '도입, 전개, 위기, 결말'의 3~4문장으로 간략하게 표현해 봅니다.
5. 그림책의 전체 내용을 한 문장으로 표현해 볼 수 있을지도 생각해보고 표현해 봅니다.

네장면으로 요약하기
새어머니는 콩쥐가 잔치에

지금까지 그림책을 통해 우리 아이의 생각 그릇을 키우는 다양한 글쓰기 활동에 대해 알아보았습니다. 그림책은 시기적으로 태어나는 순간부터, 더 이른 시기로는 태교라는 이름으로 우리 아이와 가까이 있었습니다. 천장에 매달려 흑백으로 시각을 자극했던 모빌에서부터, 바스락거리는 청각 자극. 부드럽고 까슬함을 경험하는 감각자극 그림책, 목욕하면서도 즐기던 방수 재질의 그림책 등, 그림책은 우리 아이들의 성장 과정에 매 순간 아주 가까이 함께해 왔습니다. 그림책에서 보는 매력적이고 호기심을 부르는 다양한 그림과 이야기는 같은 그림책을 열 번이고 스무 번이고 반복해서 읽고 또 읽기를 원하며 재촉하기도 하였지요.

우리 아이들은 그림책을 통해 재미있고 흥미로운 이야기 속 등장인물과 자기를 동일시 하기도하고 다음에 일어날 사건, 상황을 기대하고 예측하면서 다른 사람과는 구별되는 나만의 상상 세계로 여행을 떠나고 미래의 꿈을 키웁니다. 그림책에 담겨있는 글과 그림이 주는 시각적인 이미지는 그림을 통해 이야기를 더욱 풍부하고 깊은 이해를 주며, 다양한 어휘와 문장을 경험하며 표현력을 확장하게 합니다. 정형화된 답을 찾는 것이 아닌, 열린 결말의 이야기나 글 없는 그림책을 통해 나만의 느낌과 언어로 개인적인 이야기로 표현하는 활동은 깊고 넓게 생각하는 힘을 갖게 하며 다양한 시각으로 상황을 바라볼 수 있는 유연성도 갖게 합니다. 등장인물들이 갖는 위기와 갈등 상황들에 '나라면 어땠을까?' 개인적인 해결책과 '이 방법이 좋겠어!' 대안들을 생각하며 문제해결 능력을 키워가지요. 이야기를 바라보는 객관적인 시선과 공감을 통해 타인을 이해하고 나의 감정을 바라보는 정서적 경험을, '왜'라는 질문이 꼬리에 꼬리를 무는 그림책을 읽다 보면 생각이 확장되고 자연스레 남과는 다른 시선을 갖게 됩니다. 이와 같은 특성을 생각할 때 아이들에게 친숙하면서도 생각 그릇을 키워줄 매체로 그림책만 한 것이 있을까요?
어린이와 함께하는 교육현장에 있는 선생님들 사이에서 요즘 우리 아이들이 제일 싫어하는 3가지가 생각하기, 말하기, 글쓰기라고 입을 모읍니다. 이는 나만이 가지고 있는 개인적인 이야기의 부재를 뜻하기도 합니다. 평범한 소재라도 개인적인 이야기를 담고 있을 때 우리는 더 친근하고 매력적이라 느낍니다. 창의성이란 우리가 전혀 알지 못하는 미지의 것, 완전히 새로운 것을 만들어내는 것만이 아닌, 알고 있는 것을 다른 시각으로 바라보고 새로운 것을 찾아내는 데 있다 할 때, 하나의 이야기만으로도 우리 아이들이 생각하고 말하고 글쓰기의 과정을 다양하게 경험할 수 있는 그림책을 통해 생각 그릇을 키워가고 창의성을 발휘하는 매일을 기대할 수 있을 것입니다.

그림책을 통해 아이들 생각의 깊이와 너비를 더하는 표현 활동들이 더 다양하고 활발하게 이루어지길 응원합니다.

이젠 공감 코칭 글쓰기다.

이향선

이향선

중앙대학교 사회복지학과 졸업 지역아동복지센터와 청소년센터에서 근무를 하면서 아이들의 학습수준차이를 많이 느끼게 되었다. 6학년인데 언어기초능력 부족으로 한글 쓰기가 안 돼 1학년 동생들과 함께 학습을 해야 했던 아이, 의기소침한 아이들을 볼 때마다 안타가운 마음이 많이 들었다. 조금 더 어릴 때 부모의 관심이 있었더라면 또는 시기적절하게 학습을 받았더라면 아쉬운 부분이 남는다. 부모교육과 교육이 필요한 아이들에게 정서적 공감 학습 지도를 하고자 현재 독서논술학원 원장이자 어린이, 청소년 교육도서 작가로 활동을 하고 있다.

작가와 소통
인스타그램: https://www.instagram.com/hyangseon_lee/
네이버블로그: https://blog.naver.com/sun_1014day

정서적 공감 학습 지도

학생들의 긍정적 학교생활과 삶의 성공을 부른다.

정서학습이란 교육학용어로 정서적 지식을 이해시키며 품성을 배양하는 학습을 말한다. 즉 아동의 정서발달은 성숙과 학습에 의해서 이루어진다. 이 중 학습이 정서발달에 미치는 영향은 특히 중요하다.

초등학교에서는 상대적으로 논리에 대한 훈련을 하는 논술지도보다 정서적 공감 발달 차원의 훈련을 하는 논술 지도가 선행되어야 한다. 감정을 드러내거나 절제하여 표현하는 방식의 훈련이 초등학교 시절에 이루어지지 않는다면, 중요한 발달 단계를 놓치게 된다. 대입식 논술 지도를 초등학생에게 속성으로 지도한다고 논술 지도의 길이 있는 것이 아니다. 의미 있는 학습을 학습자에게 제공하기 위해서는 학습자의 발달 단계를 아는 것이 필수이다. (한국초등국어교육. 권순희. 2009. 초등학생 글쓰기에 나타난 언어 발달 양상.)

쉽게 말해 정서적 안정은 물론 자기관리, 자기인식 등의 능력을 갖춰야 우리가 평소 말하는 공부라는 것에 진입할 수 있다. 자기 자신을 이해하여야 갖고 있는 자원을 발휘할 수 있다. 설정한 목표를 성취할 수 있도록 자기관리라는 정서적 측면과 사회적 역량까지 중요함을 강조한다. 타고난 학습 자원이 높으나 활용하지 못하는 사람들이 있다. 머리는 똑똑한데 집중력을 갖추지 못했거나, 목표를 세우고 실천하는 힘이 부족한 사람들 또는 동기부여가 없다면서 계획을 실천하지 못하는 사람들도 많다.

공부하려는 의지는 있으나 스트레스를 받게 되면 학업도 일에도 집중하지 못하는 사람도 같은 맥락이다. 요즘 미국에서는 사회·정서적 학습 즉 SEL프로그램이 많다. 아이들이 자기감정을 잘 조절하고 안정된 심리 상태 안에서 자랄 수 있도록 돕고 있다. 모둠활동이나 나아가 학교와 사회에서 협동하는 방법, 부정의에 거부하는 방법, 도움을 요청하는 방법, 다양한 사회적 상황에서 적절한 의사소통을 하는 방법들을 가르친다. 수학 공식을 외우는 것 이외에도 학습에 있어서 SEL환경이 잘 조성되어야함을 강조한다.

부모도 SEL환경을 이용해야한다. 초등 시기 구구단을 외우는 것보다 자기감정을 스스로 읽어내고 극복할 수 있는 아이로 자랄 수 있도록 도와야 한다. 더불어 타인의 감정에 공감하고 학교와 사회에 도움을 요청하는 법을 가르쳐야 한다. 학교생활, 모둠활동, 친구관계에서 친분을 나누고, 또는 적절히 거절하는 방법도 배워야 한다. 모든 환경에서 사회·정서적 능력이 탑재된 아이들이 학업에서도 더 큰 성취를 보인다.

문해력을 기르고 싶고 책을 많이 읽는 아이로 자라게 하고 싶다고 아이가 읽을 책을 골라 강제적으로 시간을 정해 놓고, 학습하듯 접근하는 건 오래가지 못한다. 스스로 필요함을 느끼고, 흥미를 느낄 수 있도록 분위기를 형성하는 것이 맞다. 사회·정서적 능력의 가장 밑바탕, 기본은 자신의 욕구나 감정을 정확히 파악하고 자신감을 갖도록 하는 것이다.

책은 읽어야 하는 대상이 아닌, 읽고 싶은 대상으로 만들어 보자. 정서가 좋은 아이여야 자발적으로 책을 읽는다. 자발적으로 읽어야 지속적으로 읽고 지속적으로 읽어야 문해력이 자랄 수 있다. 좋아하는 책 재미있어하는 책을 자유롭게 읽게 하자 반복해서 읽어도 괜찮다. 글밥이 적은 책도 괜찮다. 충분히 읽어서 지루하다면 다른 책으로 넘어갈 것이다.

즉 부모의 목표가 문해력이면 강제적으로 책을 권유하게 된다. 목표를 책을 좋아하는 아이로 바꿔 시작 하면 된다.

이처럼 정서가 안정적인 아이가 학교생활 더 나아가 사회생활에서도 빛을 바란다. 우리아이들의 마음을 움직이는 정서적 공감을 바탕으로 글쓰기지도를 해보자.

글쓰기 지도 필요성

현재 중학교 성적 70%는 글쓰기 실력이라 해도 과언이 아니다. 초등학교에서 사고력 글쓰기 논술 실력을 익히는 것이 중요해 지고 있다. 초등학교 때 익힌 글쓰기 실력이 중·고등에서 꽃을 피우기 때문이다. 초등학교 교과서만 봐도 이것을 많이 볼 수 있다. 바로 빈칸이다. 교과서에 빈칸이 왜 많아졌을까? 그것은 이사회가 산업사회를 넘어와 정보화 사회가 되었기 때문이다. 즉 선진국 트렌드를 따라가기 때문인데 하버드 대학생들이 4년 동안 가장 신경 쓰는 과목이 바로 글쓰기다. 공과대학인 MIT는 졸업생들의 강력한 요청으로 글쓰기 교육을 강화하기 시작했다. 정해진 업무만 하는 산업사회에서 개인이 창의적으로 생산한 정보가 새로운 시대를 이끌어가는 정보화 사회가 되었기 때문이다. 예전 시험에서는 공부한 지식을 얼마나 많이 저장하고 도출할 수 있는 가가 중요했지만, 현재는 정보를 가지고 스스로 사고하는 힘을 가져 독창적으로 창출 할 수 있는지가 중요해 졌다. 그리고 사실 학교 성적뿐만 아니라 취업을 앞둔 사람에게는 자기소개서와 면접이 될 것 이고, 부모님과 연인에게는 손편지 등 신체 발달은 물론 인지 및 정서, 사회성 발달까지 글쓰기는 이와 동반한다. 일상적 어울려 살아가는 사회생활에서 필수적인 부분인 것이다.

즉 글쓰기는 자기의 목소리를 갖는 것과 같다. 나의 생각을 표현하는 방법인 것이다. 나만의 생각 나의 머릿속에 있는 생각을 타인에게 표현하는 방법은 크게 두 가지가 있다. 말로 하는 방법과 글로 나타내는 방법이다. 처음에는 글로 표현하는 것이 쉽지 않지만 글을 쓰다보면 무언가 말하고 싶은 것이 있다는 것을 느끼게 되고 내가 말하고자 하는 바를 선명하게 알게 된다. 반복하다 보면 글쓰기 실력이 늘어난다.

이것이 글쓰기의 힘이다.

화법 교육이 주는 효과

칭찬은 고래도 춤추게 한다는 말이 있다. 우리아이들에게 칭찬을 하면 어떻게 될까? 칭찬을 하면 뇌도 성장한다는데 정말일까? 구체적으로 칭찬하면 뇌가 기뻐한다. "저는 잘한다 잘한다 하면 더욱 잘하려고 노력하는 타입이예요." 라고 말하는 아이가 있다. 칭찬받으면 누구나 기뻐하겠지만, 뇌 과학적인 관점에서 정말 칭찬을 받으면 더 잘하려고 하는 걸까? (도서 잠 못들 정도로 재미있는 이야기: 뇌, 저자 모기 겐이치로) 정답은 YES다.

칭찬을 받으면 보수계 도파민의 활동이 몇 배 증가하는 것으로 알려져 있다. 요컨대 뇌가 기뻐한다는 것이다. 그때 중요한 것은 타이밍이다. 보수계 도파민의 특징은 원인이 된 행위와 가까운 시간에 칭찬하지 않으면 의미가 없어져 버린다는 것이다. 그러니까 그 자리에서 바로 칭찬하는 것이 중요하다. 그리고 또 하나 중요한 것이 특정성이다."너 대단하다." 칭찬하는 방법은 특정성이 없다. 그보다는 그 사람이 어떻게 발전했는지를 구체적으로 특정하고 칭찬하면 효과가 있다. 예를 들면 "지난달에 비하면 이만큼이나 늘었구나, 대단하다." 라고 칭찬하는 거다.

초등학교 3학년 준수의 책에는 지렁이가 기어 다닌다, 초등학교 3학년이면 스스로 의지, 의욕을 가지고 해야 한다. 옆에서 백말 말해도 바뀌지 않는다. 즉 마음을 건드려야 한다. 준수가 글씨를 조금이라도 알아보게 쓰면 바로 바로 칭찬을 해주었다. "와~ 준수 글씨 잘 쓰네!", "이렇게 잘 쓰면서", "하고자 하면 되잖아~!" 어느 날 준서가 학원에 오자마자 내게 말했다. "선생님 저 오늘부터 글씨 예쁘게 쓰려고요" 어디가나 안 좋은 학습 태도로 혼이 나던 준수가 구체적이고 특정적인 칭찬으로 마음이 변한 것이다.

초등학교3학년 소영이의 첫 학습태도는 부정적 이였다. 공부하기 싫어하는 모습이 매우 많이 보였기 때문이다. 사실 학습관에 온 것 자체가 마음에 안든 느낌이었다. 소영이에게 여러 가지 질문을 던지며, 주고받은 대화에서 긍정적인 면을 찾아 나섰다. "우리 소영이는 반찬투정도 안 하는구나 건강하겠다!" "소영이는 이렇게 생각을 했구나? 창의적인 걸." "우리 그럼 생각한 것을 적어볼까?" 나에게 소영이가 한말이 있다. "5년 동안 다닌 영어학원보다 며칠 안 된 논술학원이 가장 재미있고 선생님이 제일 좋아요" 한 올림픽 선수로부터 어떤 정상급 선수라도 코치가 붙어 있어야 실력이 향상된다는 얘기를 들었다. 그때의 코칭의 포인트는 선수 본인에게는 보이지 않는 과제나 뛰어난 점을 구체적으로 피드백해 주는 것이다.

칭찬을 받으면 뇌에 도파민과 세로토닌이라는 신경전달물질이 분비된다. 도파민은 의욕을 느끼게 하고 세로토닌은 안정감과 편안함을 느끼게 한다. 칭찬한 사람 또한 칭찬받고 기뻐하는 사람을 보면 자신의 성과라고 느끼고 역시 도파민이 분비된다.

칭찬은 고래도 춤을 추게 하듯이, 우리 아이들도 행복하게 한다.

칭찬하는 포인트는 2 가지다 "즉시", "구체적"

① 즉시 바로 그 순간에 칭찬을 한다.
앞에서도 설명한 "강화학습"을 바탕으로 칭찬할 만한 행동이 있으면 즉시 칭찬한다. 강화학습 사이클은 칭찬받아야 자연스럽게 선순환 된다.
② 구체적으로 칭찬한다.
칭찬할 때는 "이 문제를 풀다니 대단해." 보다는 "지난번에 못 풀었던 킬러 문제인데 이걸 풀다니 대단해." 라고 구체적으로 말하는 것이 중요하다.
칭찬한 쪽도 마찬가지다. 상대가 기뻐하는 모습이 자신의 성과라고 느끼고 도파민이 분비된다. 자신이 칭찬했는데도 뇌는 칭찬 받았다고 착각하고 도파민을 분비한다. 뇌가 활성화된다. 이것이 따뜻한 말 한 마디의 힘! 바로 정서적 공감의 힘이다.

2세 아이 잘 키우는 육아의 기본 (오정림, 이경선)이라는 도서에는 제대로 칭찬하는 노하우 중 칭잔 주의 사항 3가지를 소개하고 있다.

① 과한 칭찬은 삼간다.
과한 칭찬은 칭찬의 값어치를 떨어지게 하기 때문이다.
② 당연한 일은 칭찬하지 않는다.
아이의 자신감을 키워준다고 아무 일이나 칭찬하는 것은 금물이다. 당연한 일도 잘한 일이라 생각하고, 칭찬을 들을 행동이라고 오해하기 때문이다.
③ 조건을 걸고 칭찬하지 않는다.

아이를 키우다 보면 엄마가 바라는 일을 아이가 해줬으면 하는 마음에 조건을 걸고 아이를 칭찬하게 된다. 예를 들어 "밥을 잘 먹는 아이는 정말 착한 아이야", "엄마 말을 잘 들어야 착한 아이지" 등이다. 하지만 이렇게 조건을 내세우며 칭찬하면 아이는 칭찬 받을 일과 당연히 해야 할 일 등을 구분하지 못한다. 또 주객이 전도되어 어떤 행동을 하더라도 자신이 좋아서, 해야 하는 일이라서 하는 게 아니라 칭찬 받고 싶어서 행동하는 일이 벌어지고, 어떤 일을 할 때마다 조건을 걸게 된다.

글쓰기 지도 이렇게

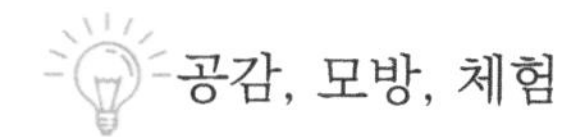

공감, 모방, 체험

요즘에는 자신이 가진 생각을 정확하게 말이나 글로 표현하는 것이 굉장히 중요한 시대이다. 특히 초등 글쓰기는 읽은 책에 대해 한줄 요약, 정리하는 방법에 대해 익히는 가장 중요한 시기라고 할 수 있다. 초등 글쓰기 발달에 맞춰 지도하는 데에는 첫 번째로 공감 능력이 필요하다.

역할 놀이를 통해 상대방의 감정에 공감하고, 사물을 세밀하게 관찰, 들여다보는 연습은 글쓰기를 하는데 많은 도움이 된다. 또한 아이들에게 소재를 주고 자유롭게 생각하게 한 후 나만의 이야기를 그림을 그려보게 하고 표현한 그림을 발표 시키는 것도 좋은 방법이다.

자아 사랑이라는 주제로 수업을 진행한 적이 있다. 수선화의 꽃말은 자기사랑, 고결, 신비, 자만이다. 그리스신화에 나오는 자신을 너무 사랑하다 결국 죽음에 이르는 나르키소스의 이야기를 읽으면서 자신을 사랑하는 것에 대해 생각을 해보는 시간과 꽃말을 알아보는 수업이다. 이어 자신의 얼굴을 거울에 비추어보고, 자신이 생각하는 자신의 장점 또는 예쁘거나 멋있다고 생각하는 점을 부각되게 하여 자신의 얼굴을 그려보기로 한다. 그리고 그림을 친구들과 선생님에게 설명 발표해보는 시간을 갖는다. 발표한 내용을 바탕으로 글쓰기를 연결지어 수업 진행한다. 두 번째 방법은 "모방하기" 이다. 글쓰기를 어디서부터 어떻게 시작해야하는지 내 생각을 글로 표현하는 방법을 어려워하는 아이들에게는 잘 써진 글을 모방해서 따라 쓰는 것 인데 즉 좋은 글을 필사하면 형식구조, 문장구조 맞춤법 또한 자연스럽게 학습 노출이 될 수 있다. 유아의 경우 읽고, 말은 하지만 맞춤법을 몰라 또는 자신의 생각을 한글로 옮겨쓰지 못하면 어른 또는 선생님이 아이가 생각하고 있는 것을 적어주어 보고 쓰게 하면 된다. 자기 머릿속에서 나온 글이기에 흥미 있게 실행한다. 초등학생의 경우 사자성어, 속담 등 정서에 도움을 줄 수 있는 좋은 문장으로 따라 쓰기 숙제를 내어준다. 세 번째 "풍부한 체험" 이다. 학년이 올라갈수록 어휘력과 문해력도 더욱 요구된다.

지식배경을 높이는 방법으로는 독서와 부모 또는 어른들과의 대화 토론만 한 것이 없다. 처음부터 지정된 책 또는 수준에 맞지 않은 책을 골라주는 것보다 서점, 도서관에서 데려가 학습자 스스로 자유롭게 책을 골라보는 것 또한 책과 친해지고 자발적으로 독서에 흥미 높이는데 도움이 된다.

처음 한글을 배우는 아이에게 문자란 이미지와 다를 바 없지만, 점차적으로 사물과 사물의 이름을 대응시키면서 문자는 더 이상 이미지에서 끝나는 것이 아닌 뜻을 가지고 있는 낱말로 인식을 하게 된다. 그리고 더 나아가서 동작을 나타내는 말, 꾸며주는 말, 모양을 흉내 내는 말 등의 다양한 품사의 낱말을 배우면서 어휘가 점점 더 확장되고 주어와 술어를 이용해서 문장을 읽고 이해하는 능력이 생겼다면 자기의 생각과 느낌을 글로 표현하는 훈련을 시작하게 되는데, 이것은 읽고 이해하기와는 차원이 다른 언어 능력이라고 할 수 있다. 알고 있는 어휘와 문법 지식이 총동원되어야지 가능한 것이 바로 글쓰기이기 때문이다.

어느 정도의 어휘력과 독해력을 바탕으로 쉽게 적응하는 아이들도 있지만, 대부분의 아이들은 말은 잘해도 글로 표현하는 것을 어려워한다. 문장 구성에 충분한 어휘력과 문법 지식이 부족할 뿐만 아니라 자신의 생각과 느낌을 머릿속에서 정리하는 것이 익숙하지 않기 때문이다.

실제 논술 수업을 하다 보면 아무것도 못하고 가만히 앉아 있는 아이들을 종종 마주하곤 한다. "네 생각을 자유롭게 써봐"라고 이야기를 해도 "생각이 없어요!", "잘 모르겠어요!"라고 한다. 따라서 글쓰기를 처음 하는 아이에게는 답답하고 속상한 것을 표현하기보다 먼저 아이들이 생각을 정리할 수 있도록 도와주어야 한다.

가정에서 가르칠 경우 도서라면 아이와 함께 하기 전에 부모가 먼저 책을 읽어 보아야 한다. 문제를 풀게 된다면 아이에게 문제를 풀리기 전 부모가 직접 문제를 풀어보아야 한다. 어느 지점에서 어떤 질문과 정보를 추가해주면 좋을지를 알 수 있기 때문이다. 책 지도 수업을 하던 중 아이가 모른다고만 한다면, 미리 학습준비를 한 부모, 선생님은 머릿속에 이미 내용이 다 있을 것이다. 아이가 생각을 못하는 부분에 알맞은 단어 예시를 던져주면서 아이가 스스로 생각할 수 있는 시간을 충분히 주면 된다.

문장을 만드는 것부터 차근차근 돕는 것이 필요하다. 아이가 표현하고자 했던 생각과 느낌보다는 맞춤법, 문법 교정에 집중해서 지적을 한다면 아이는 위축이 되고 수치심을 느껴 결국 상처를 받고 글쓰기를 멀리하게 될 수도 있다.

이전 기관에서 지속된 안 좋은 지적으로 고학년이지만 자기가 쓴 문장을 부모나 선생님에게 보여주지 않는 아이를 본적이 있다.

아이에게 글쓰기를 지도할 때에는 결국 아이가 자유롭게 쓸 수 있는 시간을 충분히 준다. 작성이 끝난 후에 작성한 내용을 바탕으로 소통을 이어나가면 된다. “적은 것을 발표 해볼까?” 또는 “말해줄래?” "아~ 그런 뜻이구나.", "태희는 그렇게 생각했구나! “ 라고 하면서 공감의 반응을 보여주어야 한다. 그리고 생각과 느낌을 글로 표현하는 것에 어느 정도 두려움이 줄어들고 익숙해졌을 때 주어, 목적어, 술어 등 문장을 쓸 수 있도록 이끌어 주고 맞춤법도 점검해 주시는 것이 좋다. 그래야 아이가 위축되지 않고 어휘나 문법이 자연스럽게 지식이나 실력으로 연결되어 글쓰기의 실력이 높아진다.

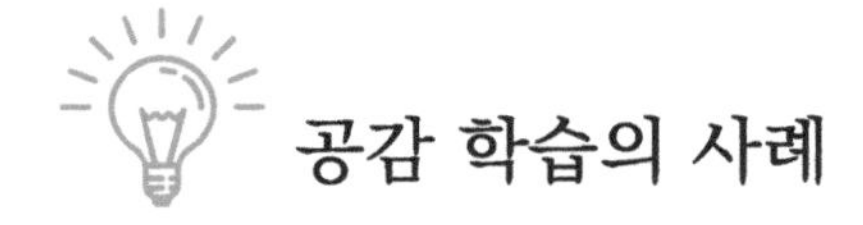

공감 학습의 사례

겉으로 티내지 않지만, 아이들은 외치고 있다.
“내 마음을 들어주세요!”

현재 아동·청소년 발달·심리를 교육업과 접목하여 가르치고 있다. 학습자의 심리 마음을 많이 관찰하여 들여다본다. 심리·정서·지능적 다방향으로 관찰하여 학습을 유도한다.

내성적인 아이

말없이 얌전한 내성적인 아이도 수다쟁이다. 외동인 해진이와 첫 만남 라포형성을 위해 가벼운 대화를 붙여본다.

"해진아 안녕?" "점심은 맛있게 먹었니?" 등 그 어떤 질문에도 경계하는 아기고양이처럼 "아니요." "몰라요." 로만 대답을 한다.

해진이 같은 경우 너무 많은 질문은 부담스러워 할 수 있기에 기본적인 인사와 간단한 질문 그리고 수업에만 집중 한다.

수업 중간 중간 나오는 해진이의 생각에 공감하고 적절하게 반응해 준다.

처음에는 어떤 질문을 해도 대답 90%가 "몰라요." "모르겠어요." 이었다. 자기생각을 숨긴 대답만을 하던 해진이가 라포형성이 된 지금 질문을 하지 않아도 자기 생각과 의사표현을 정확하게 말한다. 수업시간을 즐기는 수다쟁이가 되었다.

라포형성의 기술

라포르(rapport)라는 프랑스어는 환자와 의사 사이의 심리적 신뢰 관계를 뜻하는 말이다. 마찬가지로 교육학에서도 사용을 하고 있다. 학생을 가르칠 때는 신뢰가 중요하다. 라포형성의 방법으로는 눈을 마주치거나 미소 지으며 대화하기, 학생과 가까이에서 수업하기, 학생의 변화를 관찰하고 칭찬하기, 학생의 의견 존중하기, 학생의 실수나 부족함을 긍정적으로 격려하기, 친철하면서도 명확한 기준으로 학생 대하기, 교사에게 다가올 수 있는 분위기 만들어 주기, 학생의 고민 상담해 주기 등 이 있다.

자존심이 강한아이

자존심과 자만은 한 끗 차이 이다. 자존심을 건드렸을 때 과한 반응이 올라온다. 어른들 중에도 이런 분류가 있다. 하나 알고 있는 정보가지고 모든 것을 평가하는 사람 말이다. 사실 이런 부분 때문에 자존심을 더 지키려 하는 것이 아닐까 싶다. 모르는 부분을 들키는 것, 상대방에게 약점을 보이기 싫어서 이다.

이런 아이에게는 유리 같은 보호막이 있어 틀린 부분을 정확하게 집어서 말하지 않는다. 직접 답을 찾아보게 시킨다. 스스로 틀렸다는 것을 인지하고 스스로 다시 생각하고 적어 볼 수 있게 한다.

읽기 발음이 서툰 아이

발음 다스리기

질문을 받고 엉뚱한 대답을 하는가 하면 발음도 다소 불분명하다. 이는 유창하게 말하기 위한 준비 단계로 볼 수 있다. 아이의 말하기 시도에 부모가 적극적으로 반응하고 격려해주면 언어 발달에 도움이 된다.

아이의 발음이 정확하지 않은 것은 입술 주변의 운동이 발달하지 않아서다. 근육 덩어리인 혀도 잘 움직이는데 시간이 필요하다. 게다가 말을 이어가려면 도중에 숨을 들이쉬는 기능도 발달해야 한다. 침을 삼켜가면서 말하는 것도 꽤 어려운 동작이다. 따라서 만 5세까지는 말하기가 늦더라도 크게 걱정할 일은 아니다. 만약 발음 발달 지연이 심해서 알아듣기 어렵고 아이가 심리적으로 위축된다면 언어 치료를 통해 도움을 주는 것이 좋다.

스스로 말을 잘 못한다는 생각이 들면 아예 말을 하지 않으려는 아이들이 간혹 있다. 언어 이해력에 문제가 없는데도 입을 꾹 다무는 경우다. 이런 아이들은 눈치가 빠르고 자존심이 강한 기질일 수 있다. 이때는 말하기를 강요하지 말고 스스로 말할 때까지 기다려주는 것이 좋다. 한 번 말이 트이면 물 흐르듯 하게 된다.

언어 이해력 자체에 문제가 있어서 말을 못하는 경우라면 이를 점검해볼 필요가 있다. 자연스레 시간이 지나면서 해결되는 발달 지연 외에 다른 요인이 있다면 검사가 필요할 수도 있다.

아직 우리말에 능숙하지 않은 아이에게 영어를 들려줘도 될까. 영어 발음은 악센트와 높낮이가 있어 아이에게 국어보다 흥미롭게 들린다. 언어 이해력이 또래와 비슷한 수준을 보인다면, 단어 중심의 영어 비디오를 보여줘도 우리말을 이해하는 데 별다른 어려움이 생기지 않는다. 말이 늦는 경우라면 우리말 문법을 완전히 이해하고 나서 영어를 접하게 해야 한다.

부모의 적극적인 소통 방법은 아이의 표현력을 높여줄 수 있다. 아이가 '우유!'라고 얘기하면, "엄마처럼 말해봐" 라고 한 뒤 "엄마, 우유 주세요!" 라고 대신 말해준다. 속도를 천천히, 발음은 정확하게 해준다. 아이 얼굴을 바라보면서 엄마가 입을 크게 벌려 시각적으로 발음을 보여주면 좋다. 외국어 선생님이 입 모양을 과장해서 학생들에게 발음의 형태를 가르치는 것과 같은 원리다.

아이가 '우리, 가, 할머니 집'이라고 단어 중심으로 말할 때는 "우리는 할머니 집에 갈 거예요" 라고 완성된 문장으로 대신 말해주면 된다. 아이는 자신이 의도한 말을 부모가 완성된 문장으로 정확하게 표현해주면 기쁜 마음으로 머리에 입력시키게 된다. 설사 아이가 완벽하지 못하더라도 잘 말하려고 노력했다면 적극적으로 칭찬해주어야 한다.

아이가 잘못된 단어를 선택하거나 상황을 제대로 묘사하지 못할 때도 마찬가지로 도와준다. 아이가 길에 있는 굴착기를 보고 '저기 탱크!'라고 한다면, "저기 커다란 굴착기가 땅을 파고 있네!" 라고 구체적인 상황을 더해서 올바른 표현으로 말해준다.

제대로 말하지 못하는 아이에게 '아니야'라거나 '똑바로 말해 봐'라고 면박을 줘선 안 된다. '제대로 말하면 해줄게' 라고 해서도 안 된다. 부모가 부정적으로 반응하면 아이가 심리적인 압박을 느껴 말하기를 주저하게 된다.

산만한 아이

주의력이 부족한 아이에게서 보이는 일상 문제들 지시를 듣고 수행하지 못한다. 불쑥 엉뚱한 말을 하면 끼어든다. 규칙을 잘 지키지 않거나 수시로 바꾼다. 유튜브나 게임 등 디지털 미디어에 너무 빠진다.

칭찬으로 집중력 키워주기

수업을 하다보면 산만한 아이들을 만나볼 때가 많다. 활발하게 잘 노는 것은 좋지만, 선을 벗어난 행동과 버릇없는 말을 하는 아이들의 모습을 보면 여러 가지 생각이 든다. 산만한 아이들은 안전은 물론 사회성, 앞으로의 학습 태도, 사회적 관계에도 영향을 미친다.

교사 중심적으로 아이를 보면 충돌만 있을 뿐이다. 아이의 기질을 고려해야 한다.

산만한 아이는 주변 어른으로부터 혼날 일이 많다. 혼나는 일이 반복되면 아이는 정서적으로 불안해지고 더 나아가 "나는 원래 못한다." 라는 부정적 자아관을 가지게 된다. 잘못된 행동은 바로 잡는 것은 맞지만, 부정적 반응만 받으면 오히려 산만한 행동이 더 늘어날 가능성이 많다. 즉 산만한 아이에게는 부정적인 강화보다 바른 행동을 했을 때 칭찬하고 격려하는 긍정적 강화가 더욱 필요하다.

우리 대부분은 세상이 알지 못하는 문제의 조류에 맞서 헤엄치고 있으며 약간의 칭찬이나 격려만 있으면 된다. 그러면 우리는 목표를 달성할 것이다. -로버트콜리어

엉뚱한 아이

엉뚱한 질문에도 유형이 있다.

투철한 신고 정신 유형

"얘가 제 연필 가져갔어요!" 등 어른이 보기엔 큰일이 아닌 것들을 스스로 해결하지 못하고 보고하는 경우가 있다. 물론 수업에 방해를 주려고 하는 것이라면 잘못을 바로 잡아야겠지만, 속상한 일, 오해가 있으면 듣고 풀어주고, 어떤 상황인지 설명을 해주어야 된다.

풍부한 상상력 유형

"선생님 바다 밑에 뭐가 있는지 알아요?" 수업하는 중간에 뜬금없이 엉뚱한 이야기를 하는 아이들이 있다. 이러한 경우 "너는 어떻게 생각하

는데?" 라고 되어 물어본다. 그리고 아이의 생각에 반응을 보여 준다. 아이 스스로의 질문에 스스로 한 번 더 생각해 보고 대답을 해보는 경우가 된 것이다.

지식 뽐내기 유형

"선생님 19x19가 뭔지 알아요?" 전 알아요. "선생님 저희 가족은 다 선생님이 예요." "선생님 우주에는 이게 있데요." 흔히 잘난 척이라 부른다. 요즘 대부분 초등학생 아이들이 유튜브에서 자극적인 썸네일에 현혹이 되어 엉뚱한 정보를 얻고 와 선생님에게 테스트 하려는 듯 한 질문을 한다. 이런 아이들은 내가 어떤 대답을 하든 중요하지 않다. 그저 본인이 본 것 알고 있는 것을 자랑하고 싶은 것 이다. 아이들이 유튜브에서 얻어온 정보는 잘못된 정보들이 많다. 잘못된 정보를 칭찬할 필요도 없고, 선생님의 위엄을 떨어트릴 수 있는 "선생님은 모르겠다." 로 반응을 해서도 안 된다. 정확한 정보전달을 해줘야 될 경우도 있지만, 사실 정확한 정보에는 관심이 없는 아이들의 경우가 대부분이라, "그렇게 생각을 하고 있구나?" "그렇구나." 하고 수업에 집중하여 진행하면 된다.

아이들에게 어떤 반응과 대답을 해주는 것이 중요하다. 아이들 질문에 적절한 반응을 줌으로써 아이는 자신감이 생기고, 학교에서도 발표를 잘 할 수 있는 아이로 성장할 수 있다.

가정에서 산만한 아이 돌보기

환경은 생각보다 아이의 마음에 치명적인 영향을 미친다. 어수선하고 정신없는 환경에서는 주의가 산만해질 수밖에 없다. 특히 산만한 기질의 아이라면 더 큰 영향을 미치게 된다. 사소한 것부터 정리정돈을 시작해 아이의 마음에 여유가 생기게 해주면 좋겠다. 내가 학습관을 깨끗하게 유지하는 이유 중 하나이기도 하다.

아이가 주의력을 키우기 위해서는 적절한 과제를 통한 성공 경험이 필요하다. 과제의 난이도가 너무 높거나 해야 할 양이 많다고 느끼면 아이는 시작 전에 지레 겁을 먹고 쉽게 포기할 수 있다. 모든 아이들에게 해당하는 내용이기도 하다. 부모마음(부모욕심) 으로 아이의 기초언어발달 수준은 고려하지 않고, 아이의 나이(학년) 위주로 문제 또는 오히려 더 어려운 문제를 제공한다. 초등학교 저학년 1, 2학년 때는 기본적인 생활어휘 수준이기에 크게 어려움 없이 지나간다. 그러나 3학년이 되면서 급격하게 변차가 생기는 이유이다.

아이가 부정적 낙인을 경험할수록 자신을 부정적 존재로 규정하게 된다. 아이가 단3분, 5분이라도 문제에 집중했을 때 아이의 긍정적인 점을 짚어 말해준다.

주의력은 일상생활과 공부 과정에 매우 중요한 핵심적 인지 능력이다. 미리미리 주의력을 연습하고 훈련 할 수 있도록 해야 한다.

(도서 엉뚱한 아이를 다루는 법, 마이클서스먼) 에서 "책을 보니 식사할 때 가족들과 이야기를 많이 나누는 게 좋다더군요." 라는 내용이 나온다.

부모는 식사를 하며 아이에게 오늘 하루는 어땠는지 묻는다. 아이는 답한다. 뱀 속에 갇혀 있어서 끔직한 하루라고 하지만 부모는 아이의 진짜 마음은 수용하지 않고 오히려 수저로 먹어야 한다고 뱀을 야단친다. 식사중 대화가 좋다는 형식은 지키지만 아이의 진짜 마음은 흘려버리는 부모이다. 아이의 말을 있는 그대로 받아들이지는 못하는 부모. 하지만 마냥 웃을 수만은 없다. 많은 사람들이 그런 실수를 저지르기 때문이다. 그림책에서는 부모와 아이의 관계를 담았지만. 이런 모습은 일반적인 인간관계에서도 너무 흔하게 벌어지는 일이다. 각자가 가진 사고의 틀 속에서 상대방을 규정하고 상대방의 말과 행동을 있는 그대로 받아들이기보다 자신의 틀 안에서 해석하는 경향이 있다. 자신의 틀 안에서 상대방을 해석하는 것이 편하기 때문이다. 그것은 결과적으로 관계의 틀도 좁게 만드는 길이다. 상대방의 진짜 모습을 보지 못하게 하는 걸림돌이 되어, 결국 형식적이고 피상적인 관계로 가게 될지도 모른다.

아이들과 대화 할 때는 나쁜 말을 하지 않도록 주의 하여야 한다. 부모가 무심결 하는 말도 아이들은 곧잘 따라하니 주의하여 대화를 나누어야한다.

아이가 모르는 말을 물어보면 답을 바로 알려주지 말아야 한다. 아이가 스스로 생각 추측할 수 있게 역으로 질문을 하고 기다려 준다. “영호는 어떻게 생각하니?” 생각할 틈 없이 답을 알려주면 모르는 단어가 나올 때마다 스스로 알려고 하지 않을 것 이다.

아이와 생각을 나눈 후 대화 할때는 아이의 연령과 발달수준에 너무 높지 않게 이해하기 쉽게 간결하게 설명해 주는 것이 좋다.

책을 더듬거리면서 읽는 아이는 글자 소리를 정확하게 모르는 경우가 많다. 글자와 소리를 충분히 익히지 못한 상태로 대충 넘어왔을 때는 소리 내어 읽는 낭독이 좋다. 천천히 소리 내어 크게 읽을수록 더 효과적이다.

6학년 아영이와 어머니가 상담을 왔다. 한글공부방에서 2년 넘는 시간을 보내곤 온 아이였다. 그런데 지문조차 더듬거리면서 읽어 나가지 못했다. 아영이가 읽을 수 있는 거라곤 그나마 받침 없는 글자뿐 받침이 있으면 곧 바로 더듬거리다 읽기를 포기한다. 초등 고학년 국어 문제 지문에 받침 없는 글자가 얼마나 될까? 99% 못 읽는다고 보면 된다. 2줄도 되지 않는 지문을 아영이는 전혀 읽어 내려가지 못했다.

초등학교 1학년 광현이도 더듬거리는 건 마찬가지다 그래도 광현이는 하고자 하는 의지가 있는 아이였다. 그 의지로 인해 부정확한 발음으로 글자를 빨리 읽어 내려가려고 한다. 그러나 그건 옳지 않은 방식이다. 광현이 부모님과 아영이 부모님께 보내드린 솔루션은 다음과 같다. 그동안 주로 부모님들께서 책을 읽어주셨다고 했다. 부모가 읽어주는 책도 듣기훈련에서 좋다. 하지만 이제는 자연스럽게 아이가 직접 소리 내어 읽을 수 있게 가정에서 유도를 해달라는 말이었다. 이런 아이들은 이미 주변 친구들과 내가 읽는 것이 다르다는 것을 알고 있다. 자존감을 높여주는 방식으로 자연스럽게 독려해주는 것이 좋다. 자신감이 있으면 더 열심히 또박 또박 읽어 나가려고 할 것 이다. 단지 천천히 읽어 내려갈수 있게 옆에서 잘 봐달라고 했다.

수업시간 아이들에게 책읽기를 시킬 때 먼저 반 페이지를 읽어준다. 어떻게 읽어야 되는지를 시범을 보여주는 것이다. 그리고 주고받기로 번갈아가면서 읽기를 시킨다. 문장을 번갈아 읽어도 좋고, 반 페이지씩 읽어 내려가는 것도 좋다. 그리고 아이가 더듬거리며 글을 읽지 못할 때나 글자의 위치를 놓쳤을 때 아무렇지 않게 (큰 반응 없이, 가볍게) 알려주면서 계속 읽기를 이어나간다.

글쓰기를 할 때도 마찬가지다. 지문을 읽고 바로 작성을 하면 좋겠지만, 그렇지 못한다면 말하기를 먼저 시킨다. 학습자 머릿속에 있는 생각을 스스로 설명을 하다보면 정리가 되기 때문이다. 생각정리가 되었다면, 선생님과 친구들에게 설명한 말을 그대로 적어보게 한다. 도서를 읽고 나서도 학습자 스스로 생각을 못 떠올릴 때는, 도서 내용 관련 예시 단어를 가볍게 툭 툭 던져 주어 학습자가 연관 단어를 듣고 생각이 떠올릴 수 있게 한다. 충분한 시간을 주어 생각을 확장시킨 뒤 글쓰기와 연결시킨다.

많은 부모님들의 질문과 고민

"책을 많이 읽히고 싶어요." "글을 잘 쓰게 하고 싶어요." "생각을 자신 있게 표현하게 하고 싶어요." "선생님, 어떻게 하면 될까요?"

대답은 책읽기와 글쓰기는 스스로 하지 않으면 (학생들의 의지가 없다면) 발전 할 수가 없다고 말씀을 드린다. 즉 배움에 흥미를 느끼게 해야 되는 것 이다. 스스로 배움에 흥미를 느끼게 한다? "어떻게요?" 적절한 환경을 제공해주여야 한다. "그럼 어떠한 환경을 제공해 주면 배움에 흥미를 느끼게 할 수 있나요?"

정답은 "대화·소통"이다. (질문, 공감, 경청, 반응) 주고받는 대화의 중요성 이다. 이는 영재 아이를 둔 학부모들의 공통점이기도 하다. 아이의 감정을 알아차려주고, 아이의 의사를 존중해 주는 대화를 하는 것 이다. 나 역시도 과거의 기억을 되새겨보면 나와 대화·소통을 나눠주셨던 선생님, 교수님 과목을 유독 더 신경 써서 스스로 공부를 했다. 선생님이 단순히 좋아서, 감사해서 친근해서 스스로 공부하는 경우도 있다. 수십 명이나 되는 학생들에게 일일이 관심을 주시고 학생에게 말 한마디 건네어 대화·소통을 이어간다는 것이 이제와 가르치는 입장이 되어 생각해보니 보통 정성이 아니면 절대 할 수 없는 일이다. 그 선생님의 지극한 정성이 나를 비롯한 주변학생들에게 긍정적인 학습의 계기가 마련된 것이다.

항상 강조하는 부분이다. 책을 읽어도 즐거운 마음으로 수업을 해도 즐거운 마음으로 해야 한다. 아이들이 배움을 즐겁게 여기도록 옆에서 적절한 자극과 반응을 주어야 한다. 선생님이 공부하는 것이 아닌 아이들 스스로 공부가 되는 시간. 스스로 공부를 할 수 있게 만들어야 한다. 결국 학생들 스스로가 공부를 해야 되는 것이기에 자기주도 학습을 목표로 가르치고 있다. 교사 한 명이 학생의 인생을 바꾼다. 란 말처럼 학습을 하는 아이들의 앞날에 디딤돌이 될 수 있는 선생님이 되고 싶다. "건우는 일기를 참 잘 쓰는구나. 열심히 쓰려는 마음이 참 예쁘다." "준서는 글씨가 점점 더 좋아지는구나." "영찬이가 그러한 일을 겪었다니 속상했겠구나. 그래도 잘 이겨내는 모습이 참 멋지다." 이 방법은 굉장히 단순하면서도 핵심 포인트이다. 우리 아이들이 일주일 내내 선생님과의 만남을 기다리는 핵심 비법이다.

선생님을 만나면 어떠한 의견도 존중해 주고, 반영해 주고, 칭찬해 주니 이 시간을 어찌 기다리지 않을 수 있을까? 많이 생각해보게 하고, 말해보게 하고, 써보게 하면서 그러한 것들을 존중해주면 된다. 우리 아이들이 생각하고 말하고 글쓰는 것에 재미를 붙일 수 있는 것은 바로 공감해 주는 선생님과 부모가 있기 때문이다. 학원을 그만두었을 때 성적이 하락해 학원을 옆에 끼고 살아야 하는 학생이 아닌, 학원을 떠나도 그동안 쌓은 실력으로 한 계단 한 계단 올라갈 수 있는 아이들로 성장시켜야 한다. 글쓰기를 지도할 때는 교사 부모의 반응이 가장 중요하다.

얼마 전 학부모님 손에 끌려온 3학년 건희는 심술 가득한 표정으로 상담시간 내내 의자에 앉아 짜증만 가득 내고 있었다. 오기 싫은데 왜 배워야 되는지 이유가 설득이 되지 않은 채 왔기 때문이다. 나의 설득과 설명으로 첫 수업을 맞이하게 된 건희는 수업시간 내내 싱글벙글 했다. 수업 중간에 나에게 한 말이다. "선생님 저는 이제 논술학원이 제일 재미있어요!" 수업이 끝나고 학생이 걱정이 되어 데리러 오신 어머니에게 학생은 싱글벙글 웃으며 오늘 너무 재미있었다고 말하며 나갔다. 그 모습을 본 어머님 역시 놀라며 아이를 계속 맡기고 싶다고 잘 부탁드린다고 말씀하셨다.

찬구 어머니께서 "찬구는 학원이란 학원은 전부 다니기 싫어하는 아이였는데, 논술학원만은 다니겠다고 하네요!" 하면서 잘 부탁드린다고 말씀 해주셨다.

교사의 역할은 스스로 할 수 있도록 돕는 환경을 제공하는 조력자이자 촉진자 이다. 너무 환경이 급격히 변화하다 보니 이제는 스스로 생각하고 선택하고 배우는 부분에 능숙하지 않으면 안 된다. 물론 지식적인 내용을 가르쳐주는 형태의 교육방식과 교사도 필요하다. 사교육은 공교육에서 건들어 주지 못하는 부분을 건들어 주는 것이다. 내가 중요하게 생각하는 것은 심리학 라포형성 기술과 하브루타 토론식 수업 방식은 "대화·공감·코칭" 이다. 생각하는 부분과 표현해 내는 부분의 실력을 쌓도록 곁에서 다방면으로 도와주고 있다.

사실 처음부터 공부를 잘 하는 아이, 학습을 좋아하는 아이는 이 세상에 없다. 우리가 다치거나 아프면 병원에 찾아가 아픈 원인을 찾고 알맞은 약 처방을 받아오듯이. 어떤 병을 앓고 있느냐에 따라 의사의 약 처방이 달라진다. 우리 아이들마다 필요한 부분이 다르다. 그 마음을 알아줌으로써 아이들은 용기와 자신감을 얻게 된다. 그리고 스스로 움직일 것이다. 이것이 자발적인 자기주도 학습의 시작인 것이다. 미래를 이끌어갈 우리 아이들에게 정서적 학습지도로 자존감·자신감 튼튼 약 처방을 해주길 바란다.

이 책에 나오는 학생들의 이름은 모두 가명으로 표기했다.

진정한 어휘력, 돋보이는 글쓰기

성원주

성원주

생각이 글로 피어나는 글의 정원, 정원샘입니다. 중국어를 가르치던 제가 아이를 낳고 보니 소중한 내 보물에게 책 읽는 습관 하나만큼은 꼭 물려주고 싶어졌습니다. 그리고 그 마음이 저를 독서와 글쓰기 교육의 길로 이끌었습니다. 저의 학창 시절에는 밤을 새워 책을 읽던 열정, 책 속 글귀에 마음이 몽글몽글해지던 감수성, 글쓰기 대회에서 상을 받았던 성취감들이 자리하고 있습니다. 결국 그 시절의 제가 모여 지금은 독서논술 선생님으로서 아이들과 함께 성장 하는 중입니다.

공부에는 왕도가 없다지만 공부를 잘하는 사람들은 엄연히 자신만의 노하우를 가지고 있기 마련입니다. 마찬가지로 글을 잘 쓰는 사람들에게도 그들만의 전략이 존재합니다. 이 책이 글쓰기 교육에 힘쓰고 계신 선생님들과 학부모님들께 많은 도움이 되길 바랍니다.

- 前 중·고등학교 중국어 교사(2013년~2018년)
- 現 '글의 정원' 논술(김해 진영) 원장
- 북적북적 연구소 공동대표
- 인문 독서 지도사
- 그림책 논술 지도사
- 바른 글씨 지도사
- 그래픽 조직자 지도사

인스타그램 : garden_of_writing
블로그 : blog.naver.com/garden_of_writing
(관련 자료 요청은 블로그로 오세요.)

진정한 어휘력, 돋보이는 글쓰기

내 언어의 한계는 내 세계의 한계

"내 언어의 한계는 내 세계의 한계를 의미한다." 언어 철학자 비트겐슈타인의 책 〈논리-철학 논고〉에서 나온 말이다. 내가 쓸 수 있는 언어만큼 세상을 보고 이해할 수 있음을 의미한다. 독서 논술을 가르치는 내가 항상 염두에 두는 말이기도하다. 논술지도사로서 학생들을 가르치거나 가정에서 자녀에게 글쓰기를 가르쳐 본 사람이라면 공감할 것이다. 생각보다 훨씬 많은 아이들이 세상을 흑백 텔레비전 보듯 무감각하게 바라보고 있다. 오늘 하루 있었던 일 중에서 한 가지를 주제로 정하고 글쓰기를 해보자는 말에 아이들은 "모르겠어요.", "생각이 안 나요.", "그냥 좋았어요.", "좋았어요.", "싫었어요."……. 하고 답한다. 어려운 주제라서가 아니라 아이들이 자신의 생각과 느낌을 표현할 적절한 단어를 고르기 힘들어하기 때문이다.

그렇다 글쓰기를 이끌어줄 사람도 글을 써내야 할 아이들도 '어떻게 하면 더 매력적인 글을 쓸 것인가?'의 문제가 아니라 '글로 표현해낼 수 있을 것인가?'의 문제에 봉착하게 된다. 요즘 아이들의 감정이 메말라서일까? 감정의 다양한 표현을 몰라서일까? 마치 알이 먼저일까, 닭이 먼저일까의 문제처럼 보이기도 한다. 하지만 결국은 아는 만큼 보이고,

보이는 만큼 느끼고 생각할 수 있다는 것을 우리는 경험을 통해서 이미 잘 알고 있다.

6살 딸아이와 그림책을 읽다가 '짜릿해'라는 표현이 나왔다. 아이와 함께 국어사전을 찾아보았다. '심리적 자극을 받아 마음이 순간적으로 조금 흥분되고 떨리는 듯하다.'라고 적혀있었다. 6살이 이해하기에는 어려운 설명 같아서 조금 더 쉽게 '기분이 좋거나 신나는 일이 있어서 머리부터 발끝까지 전기가 짜릿짜릿 흐르는 느낌을 말하는 거야.'라고 설명해주었다. 아이는 바로 '놀이동산에서 바이킹을 탔을 때 정말 짜릿했다.'라는 문장을 만들었다. 그리고 두 달 뒤, 썰매장에서 6살 인생 첫 썰매를 타고 내려온 아이는 이렇게 말했다.

"와! 짜릿해!"

'좋다'. '싫다'만 가득했던 아이의 세상에 다른 감정도 싹을 틔운 것이다. 이처럼 표현할 수 있는 단어가 많아야 아이들이 바라보는 세상도 다채로워진다. 어휘력이 높아진다는 것은 흐릿하고 흑백만 가득하던 세상이 점점 선명해지고 오색찬란하게 바뀌어 가는 것이다.

어휘력, 시간이 해결해줄까?

우리는 한국에 살고 있으면서 매일 같이 한국어로 문제없이 의사소통하며 살아가고 있다. 그럼에도 불구하고 날이 갈수록 매체나 문해력 관련책에서 어휘력의 중요성을 강조하고 있다. 그 이유는 무엇일까? 아래 표는 한국교육과정평가원에서 초중학교에서 어휘력 부족 문제를 보이는 학생 수 비율을 조사한 자료다.

어휘력 부족 문제를 보이는 학생 수 및 비율(김태은 외, 2020, p. 328)

학교급	학년	응답 교사수	평균 학급당 학생 수(표준편차)	평균 학급당 어휘력 부족 학생 수(표준편차)	비율 (%)
초등학교	1	845	21.62(7.31)	4.02(3.57)	18.59
	2	833	21.67(7.90)	3.47(3.31)	16.01
	3	362	22.07(7.56)	2.85(2.86)	12.91
	4	321	22.17(7.63)	2.84(2.89)	12.81
	5	298	22.92(6.51)	2.42(2.36)	10.56
	6	249	22.08(7.87)	2.27(2.84)	10.28
중학교	1	588	23.84(9.18)	3.73(3.52)	15.65
	2	532	23.51(8.87)	3.20(3.20)	13.61
	3	497	23.36(8.95)	3.07(3.13)	13.14

박준홍 외 (2022), 「초·중학교 국어 학습부진학생 지원 방안에 관한 교사의 인식 및 개선 방향」, 한국교육과정평가원

이 자료가 뜻하는 바를 저자는 다음과 같이 정리하고 있다. '이상의 결과를 통해, 학교급에 관계없이 고학년으로 올라갈수록 어휘력 부족 문제는 다소간 개선된다고 볼 수 있다. 그러나 이는 달리 보면 **초등학교와 중학교의 저학년 시기에 어휘력 부족 문제가 상존할 가능성이 크다**는 의미로, **저학년 시기에 어휘력을 강조하는 교수 · 학습이 이루어질 필요가 있음**을 시사한다. 또한, **어휘력이 부족한 학생의 비율이 고학년이 되어도 여전히 두 자릿수를 나타내고 있다는 점은 별도의 노력을 기울이지 않는 한, 학년이 올라가도 어휘력 문제가 쉽게 개선되지 않는다**는 것을 시사하므로 보다 적극적인 교수 · 학습상의 지원이 마련될 필요가 있음을 보여 준다.…….'

하지만 대부분의 학부모와 학생들은 모국어 어휘학습에 대한 중요성을 인지하지 못하고 있다. 학부모들과의 상담, 여러 독서 논술 선생님들과의 교류를 통해 알게 된 사례의 유형을 정리해보면 다음과 같다.

〈학부모가 아이의 어휘력 문제를 실감하지 못하는 이유〉
1. 일상생활 소통에 문제가 없다.
2. 가정에서 책을 꾸준히 읽히고 있다.
3. 어휘 문제집을 꾸준히 풀고 있다.
4. 학원 월말 테스트 점수를 잘 받아 온다.
5. 아이가 쓴 글을 읽어 볼 기회가 많지 않다.

이와 같은 이유로 많은 학부모들이 자녀의 어휘력 수준을 제대로 파악하기 어렵다.

1. 일상생활 속에서 사용하는 어휘는 한정되어 있다. 요즘 아이들은 대부분 메신저나 SNS를 통해 소통하다 보니 다양한 단어를 학습할 기회가 더욱 줄어들고 있다. 자신의 감정이나 의사를 이모티콘으로 대체하거나 줄임말, 유행어 등을 많이 사용한다. 가정에서도 식사 시간에 각자 스마트폰을 보느라 부모와 자녀 간의 대화도 많지 않다.

2. 단순히 책을 읽기만 한다고 어휘력과 문해력의 향상을 기대하기 어렵다. 우리말 어휘력 향상을 위해서 다독의 중요성을 빼놓을 수 없다. 하지만 책을 읽기만 한다고 해서 어휘력과 문해력이 쑥쑥 높아지는 것은 아니다. 집에서 책을 꾸준히 읽어 왔다는 아이들도 막상 논술 수업에서 만나보면 어휘력이나 문해력이 낮은 경우가 제법 많다. 많은 아이들이 책을 숙제하듯이 의무감으로 휘리릭 읽는다. 그리고 읽었다는 사실 자체에 만족한다.

3. 어휘력 문제집을 푼다고 어휘력이 높다고 안심할 수 없다. 시중에 나와 있는 문제집을 보면 어휘에 대한 뜻풀이가 나와 있고 관련 문제를 푸는 형태가 많다. 물론 안 하는 것보다 낫다는 측면에서는 어느 정도 동의할 수 있으나 문제를 맞혔다고 해서 그 어휘를 내 글에 잘 녹여서 활용할 수 있느냐는 다른 문제다. 실제로 어휘 문제집을 꾸준히 풀었다

는 아이들도 들어는 봤는데 어떤 의미인지 설명하거나 문장으로 표현하지 못하는 경우가 많다.

4. 초등학교에서는 시험을 보지 않고, 중학교에 가서도 자유학기제냐 자유학년제이냐에 따라 늦으면 중2가 되어서야 첫 시험을 본다. 그동안 학부모들은 학원에서의 평가내용으로 학업성취의 정도를 가늠하곤 한다. 그러나 이것은 말 그대로 해당 과목의 성취 지표일 뿐이다. 월말 테스트처럼 배운 내용을 확인하는 수준의 테스트를 통해 학생의 종합적인 어휘력과 문해력의 수준을 측정할 수 없다.

5. 아이가 쓴 글을 읽어보아야 어휘력 수준을 제대로 파악할 수 있다. 학생들은 글을 읽다가 모르는 단어가 나와도 대충 넘긴다. 더 적나라하게 말하자면 자신이 그 단어의 뜻을 모른다는 것조차 인지하지 못한다. 그러나 글쓰기는 다르다. 글쓰기를 해보면 비로소 어휘력의 한계가 드러난다. 어휘력이 부족한 아이들의 글을 보면 자신의 어휘 수준 안에서 같은 표현만 무한 반복한다.

이처럼 어휘학습이 제대로 이루어지지 않더라도 아이들이 어릴 때는 겉으로 큰 문제가 없어 보일 수 있다. 하지만 어휘력이라는 기초 공사가 제대로 되어 있지 않다면 학년이 높아지면 높아질수록 학습, 독서, 글쓰기 등 다양한 분야에서 어휘력이 걸림돌이 되고 있음을 알아차리게 된다.

독서논술 지도사가 생각하는 진정한 어휘력

논술 수업을 하다 보면 아이들의 어휘력이 부족해서 막다른 길을 만날 때가 있다. 아이들은 모르는 어휘를 맞닥뜨리면 책 내용이나 교재에 나온 질문을 이해하지 못하고 자기가 이해한 내용이나 생각을 글로 표현할 수 없다. 그러다 보니 수업을 준비할 때 아무리 쉬운 어휘라도 '아이들은 모를 수도 있다.'라는 점을 항상 염두에 둔다. 이 점을 놓치면 눈앞에 지름길을 두고 돌고 돌아가는 일이 생긴다.

요즘 아이들은 모르는 것을 모른다고 쉽게 말해주지 않는다. 책에 나온 내용과 관련된 질문이던 자기 생각을 묻어보는 질문이던 교사가 되짚어주기를 하는 동안 고개를 끄덕여가며 해맑게 쳐다보고 있다. 그런데 막상 대답을 해야 할 때는 곤란한 표정으로 바뀐다. 여기에는 여러 이유가 있다. 선생님에게 모른다고 말하는 것이 수줍거나, 자신이 모르는 단어가 있어서 이해가 안 된다는 것을 알아차리지 못하고 머릿속이 하얗게 되어 버리기도 한다. 또 많이 들어본 단어는 아는 단어라고 착각하거나 다른 단어의 뜻과 헷갈려서 이야기의 흐름을 이해하지 못한다.

이런 상황을 몇 번 겪고 나서 어휘력에 더욱 신경을 쏟기 시작했다. '진정한 어휘력'을 길러주어야 한다는 사명감이 생겼다. 그동안 피부로 와 닿은 것들을 정리해보면 **진정한 어휘력이란 자신이 아는 어휘와 모르는 어휘를 구분할 수 있고 해당 어휘가 포함된 글을 읽고 이해할 수 있으며 자신이 쓰는 글에도 활용이 가능한 능력이다.**

'진정한 어휘력'을 위해 아이들에게 사전을 찾는 일보다 앞서 가장 먼저 태도에 대해 주문하기 시작했다. 바로 모른다고 인정하는 마음가짐이다. 위에서도 언급했듯이 아이들은 들어본 적이 있으면 아는 단어라고 생각한다. 외국어가 아닌 모국어이기 때문에 더욱 모른다고 인정하기 힘들어한다. 하지만 배움은 모름을 인정하는 것에서 시작된다. 이 마음이 준비되지 않으면 아무리 수많은 책을 읽었다고 해도 "기억 안 나요."라고 답하게 된다.

다음으로 중요하게 생각하는 것은 어휘학습은 상황과 맥락 속에서 이루어져야 한다는 것이다. 단순히 단어의 뜻을 찾아보고 넘어가는 것은 소용이 없다는 말이다. 금방 잊기도 하고 사전적 뜻을 한번 읽어 본다고 해서 적절한 상황에 그 단어를 활용할 수 있는 것이 아니다. 따라서 책을 읽다가 모르는 단어를 만나면 문맥을 통해 어떤 의미인지 유추해보려는 노력이 필요하다. 그다음 사전을 찾고, 그 단어를 넣은 문장도 만들어 본다. 시간이 걸리더라도 뜻을 짐작해보고 찾아보고 문장에 활용해보려고 고민해 보는 과정을 거친 아이는 이 단어를 쉽게 잊지 않는다.

〈어휘 교육 내용 설계를 위한 낯선 어휘의 의미 처리 연구〉라는 논문에 따르면 학습자의 어휘 습득 과정과 단계에 관한 국내외 논의를 참고하여 〈어휘를 안다는 것의 척도 7단계〉를 다음과 같이 제시하고 있다.

① 이 단어는 전혀 본 적도 없다.
② 이 단어는 본 적은 있거나 본 적이 있다고 생각되지만, 이 단어가 특정 맥락 안에 주어진다고 하더라도 의미를 알 수 없다.
③ 이 단어는 본 적은 있거나 본적이 있다고 생각되지만, 이 단어가 특정 맥락 없이 주어진다면 의미를 알 수 없다.
④ 이 단어는 맥락 없이 주어진다고 해도 (사전적) 의미를 파악할 수 있을 것 같다.
⑤ 이 단어의 유의어나 반의어를 제시할 수 있다.
⑥ 이 단어의 다의적 의미를 파악할 수 있다.
⑦ 이 단어를 자유자재로 사용하여 글을 쓰고 말을 할 수 있다.

이기연(2006), 「어휘 교육 내용 설계를 위한 낯선 어휘의 의미 처리 연구」, 서울대학교 대학원 석사학위 논문.

수업 교재에 '굴복하다'가 나온 적 있다. 5학년 아이들에게 뜻을 물었더니 대부분 '몰라요.'라는 반응이었고 한 아이는 자기는 이 단어를 알고 있다고 했다. 하지만 '다른 사람 말을 안 듣는다는 뜻이에요.'라고 대답했다. 들어본 적은 있지만 다른 단어와 혼동하고 있었다. 위의 단계에 따르면 이 아이들에게는 '굴복하다'는 1~2단계 수준에 있는 단어였다. 이 단어를 7단계로 끌어올려야 그 단어의 뜻을 완전히 이해하고 자신의 언어생활에 활용할 수 있다.

사실 요즘 아이들은 이미 너무 바쁘다. 수학 문제 풀고 영어 단어 외울 시간도 부족한 아이들에게 또 하나의 짐을 더하는 것이 아니냐고 생각할지도 모르겠다. 하지만 어쩌면 어휘력이야말로 수학과 영어 공부보다 선행되어야 할 학습의 기초 중의 기초라고 말하고 싶다.

단어가 모여 문장이 되고 문장이 모여 글이 된다. 어휘력은 글쓰기의 첫 단추다. 그리고 문해력은 글쓰기뿐만 아니라 모든 공부에서 필요한 기본 능력이고 이 문해력은 독해력, 어휘력과 직결되어 있다. 결국은 학교 성적을 위해서도 '진정한 어휘력'을 포기해선 안 된다.

진정한 어휘력 학습을 위한 글쓰기 전략

이제부터는 아이들이 보이는 어휘력 부족 현상을 유형별로 나누어 진정한 어휘력 학습을 기반으로 한 글쓰기 전략을 소개하려고 한다.

어휘력 훈련이 필요한 유형1

〈같은 표현을 반복하는 아이〉

글쓰기를 지도하다 보면 같은 표현을 계속 반복해서 쓰는 아이들을 만난다. 어휘력 부족으로 나타나는 가장 대표적인 유형이다. 특히 요즘 아이들은 생각보다 감정을 세세하게 표현하지 못해서 감정 어휘에서 반복 현상이 많이 나타난다.

일기에는 하루 동안 있었던 일들과 생각, 느낌, 감정들이 들어가기 때문에 다양한 감정 어휘를 익히기 좋은 글쓰기 방법이다. 아이들의 글을 보면 감정이 단순히 '좋다' 또는 '싫다'로 표현되거나 같은 단어를 반복하는 경우가 많다.

다음은 초등학교 3학년 학생이 쓴 일기다.

점심시간에 학교 운동장에서 친구랑 싸웠다. 왜냐하면 친구가 일부러 나에게 계속 공을 던졌기 때문이다. ①세 번이나 그 친구가 던진 공에 머리를 맞았는데 사과하지 않았다. 나는 이 뻔뻔한 모습 때문에 화나고 **짜증 났다.**

②장난치지 말라고 말했는데 친구가 나를 때리기 시작했다. 맞는 말을 했는데 때려서 **짜증 났다.**

그래서 나도 친구를 밀쳤다. ③그 친구가 팔을 휘둘러서 눈에 맞을까 봐 **짜증 났다.**

잠시 뒤, 선생님이 오셔서 싸움을 말렸다. ④선생님이 오셔서 **좋았다.**

선생님께 혼이 난 친구는 잘못을 깨우치고 나에게 사과했다. 나도 친구에게 밀쳐서 미안하다고 말했다.

⑤싸움은 **싫다.** 앞으로 이런 일이 일어나지 않았으면 좋겠다.

밑줄 친 단어들을 보면 '짜증나다'라는 단어가 반복되고 있고 다양한 감정이 들어갈 수 있는 상황임에도 '좋다', '싫다'로 표현했다. 그렇다고 무작정 반복되는 표현을 다른 단어로 바꾸어보라고 한다면 아이들은 막막함을 느끼게 된다.

이럴 때는 감정 목록이나 카드를 활용해 아이에게 고르게 하면 좋다. 감정의 세세한 차이를 잘 모르는 아이는 상황과 동떨어진 단어를 고르기도 한다. 그럴 때는 교사가 해당 감정 어휘를 적용할 수 있는 상황과 예시를 들어주어 아이가 자신이 표현하고자 하는 단어로 찾아갈 수 있도록 이끌어주어야 한다. 이 과정을 통해 아이의 무미건조했던 일기가 아래의 감정이 풍부한 일기로 다시 태어났다.

점심시간에 학교 운동장에서 친구랑 싸웠다. 왜냐하면 친구가 일부러 나에게 계속 공을 던졌기 때문이다. 세 번이나 그 친구가 던진 공에 머리를 맞았는데 사과하지 않았다. 나는 이 뻔뻔한 모습 때문에 화나고 **짜증 났다.**

장난치지 말라고 말했는데 친구가 나를 때리기 시작했다. 맞는 말을 했는데 때려서 **놀랐고 억울했다.**

그래서 나도 친구를 밀쳤다. 그 친구가 팔을 휘둘러서 눈에 맞을까 봐 **불안했다.**

잠시 뒤, 선생님이 오셔서 싸움을 말렸다. 선생님이 오셔서 **다행이었다.**

선생님께 혼이 난 친구는 잘못을 깨우치고 나에게 사과했다. 나도 친구에게 밀쳐서 미안하다고 말했다.

싸움은 내 마음을 **피곤하고 힘들게 한다.** 앞으로 이런 일이 일어나지 않았으면 좋겠다.

처음부터 다양한 감정을 넣어 일기를 쓰도록 지도하고 싶다면 아래의 방법을 활용해보길 추천한다.

① 브레인스토밍 감정 일기

먼저 오늘 있었던 일 중에서 일기에 쓰고 싶은 에피소드를 하나 고르게 한다. 그 일과 관련된 감정을 브레인스토밍하여 적어 본다. 이때도 감정 카드와 감정 목록을 활용하면 아이들이 수월하게 선택할 수 있다. 이렇게 뽑아낸 단어 중에서 3~5개 이상 들어가도록 일기를 쓰게 한다.

학생예시 사진

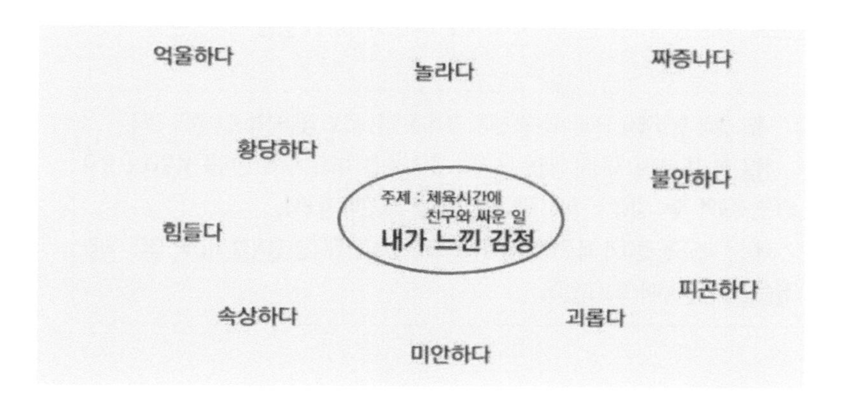

② 뜻은 같아도 말은 다르게

하나의 단어가 반복되어 글이 지루하게 느껴지는 경우가 있다. 아래는 초등 5학년이 쓴 일기다. '공부'라는 표현이 반복되어서 지루해졌다.

> 내일 영어 학원에서 단어 시험을 친다. 그래서 점심 먹고 **공부하러** 도서관에 갔다.
> **공부를 시작한 지** 5분도 지나지 않았는데 잠이 왔다. 정신 차리고 **공부하려고** 했지만 눈꺼풀이 계속 감겼다. 결국 꾸벅꾸벅 조느라 2시간이 흘렀다.
> 내일은 학교에 갔다가 바로 학원에 가야 해서 오늘이 아니면 **공부할** 시간이 없다. 미리 **공부하지** 않은 것이 후회되었다.

'공부'라는 표현을 대체할 다른 표현을 생각해본다.

'공부하다'를 다르게 표현해보자.

① 외우다	⑤ 학습하다
② 암기하다	⑥ 책을 보다
③ 예습하다	⑦ 문제를 풀다
④ 복습하다	⑧ 내용을 정리하다

아이들이 쉽게 떠올리지 못한다면 교사가 다양한 공부 상황을 제시하며 이끌어준다. 다음으로 떠올린 단어들을 적절하게 원래 글에 넣어주면 훨씬 재미있는 글이 된다.

> 내일 영어 학원에서 단어 시험을 친다. 그래서 점심 먹고 **공부하러** 도서관에 갔다.
>
> **책을 본 지** 5분도 지나지 않았는데 잠이 왔다. 정신 차리고 영어 단어를 **외우려고** 했지만 눈꺼풀이 계속 감겼다. 결국 꾸벅꾸벅 조느라 2시간이 흘렀다.
>
> 내일은 학교에 갔다가 바로 학원에 가야 해서 오늘이 아니면 **암기할** 시간이 없다. 미리 **복습하지** 않은 것이 후회되었다.

어휘력 훈련이 필요한 유형2

〈생각을 전달하기 어려운 아이〉

머릿속에 떠오른 생각이나 새롭게 받아들인 정보를 자신의 언어로 재구성하기 어려워하는 아이들이 있다. 하고 싶은 말이 몇 가지 단어로는 맴도는데 문장으로 써내지 못한다. 이런 경우는 내용을 제대로 이해하지 못했거나 적절한 단어를 찾지 못해서일 가능성이 높다. 이런 아이들에게는 문장 필사 훈련과 랜덤 글쓰기를 추천한다.

① 필사로 피어나는 어휘력

〈결국은 문장력이다(후지요시 유타카·오가와 마리코)〉에서 '문장력을 향상시키는 비결'로 다음 두 가지를 꼽는다. 하나는 훌륭한 문장을 많이 읽는 것이고 나머지 하나는 좋은 문장을 베끼어 쓰고 모방하는 것이다. 그러니 책을 읽고 필사하는 것은 더할 나위 없이 좋은 글쓰기 훈련이다. 또한 필사는 어휘력 향상 측면에서도 도움이 된다. 단편적인 뜻만 외우는 것이 아니라 문장 속에서 생생하게 체득할 수 있다.

필사의 장점이 아무리 많다 하더라도 아이들은 책 전체를 필사할 수는 없다. 교육적 효과를 높이기 위해 필사할 문장은 교사와 부모가 책의 종류나, 아이에게 보강이 필요한 우선순위를 고려해 적절한 문장을 선별하는 과정이 필요하다.

지식 정보책의 경우 해당 개념을 설명하고 있는 문장을 고른다. 이때 기본적으로 문장 속에 모르는 어휘가 없도록 짚고 넘어간다. 그리고 개념을 필사에 그치지 않고 자신의 언어로 다시 표현해보는 과정을 꼭 거쳐야 한다. 아이의 글 속에 이 부분이 자연스럽게 들어가면 더욱 좋다. 창작책이라면 아이들이 모를만한 어휘가 들어간 문장을 고르거나, 감정 표현이 자세하게 드러난 문장을 선택하여 문장 감각을 익힐 수 있도록 돕는다. 그 밖에 아이들이 책을 읽으며 가슴 속에 와닿은 문장, 아이들에게 올바른 가치를 생각해보게 하는 문장을 포함해도 좋다.

예시사진

〈필사로 피어나는 어휘력〉

2 월 13 일

도서명 : 5학년 5반 아이들 (윤숙희 / 푸른책들)

★ 오늘의 문장

자기 꿈을 위해 차근차근 노력하는 장미에 비해 나는 지구 둘레를 빙빙 도는 인공위성처럼 허공을 배회하는 느낌이 들었다. (p.112)

• 바른 글씨로 띄어쓰기 규칙에 맞게 오늘의 문장을 따라 써봅시다.

자기 꿈을 위해 차근차근 노력하는
장미에 비해 나는 지구 둘레를 빙빙
도는 인공위성처럼 허공을 배회하는 느
낌이 들었다.

★ 오늘의 어휘

배회 : 목적 없이 이리저리 돌아다님

• 다음 문장의 밑줄 친 부분을 다른 비슷한 표현으로 바꿔보세요.

그는 기분이 우울해서 거리를 **배회했다.**

① 돌아다녔다
② 헤맸다.
③ 방황했다

〈필사로 피어나는 어휘력〉

2 월 21 일

도서명 : 5번 레인 (은소홀 / 문학동네)

★ 오늘의 문장

손가락 하나 까딱할 힘도 남아 있지 않았다. 누가 밖에서 뜰채로 건져 준다면 감사합니다, 하고 몸을 맡기고 싶었다. 옆 레인의 친구들 표정을 보니, 다들 기진맥진 상태이긴 마찬가지였다.

(p.122~124)

• 바른 글씨로 띄어쓰기 규칙에 맞게 오늘의 문장을 따라 써봅시다.

손가락 하나 까딱할 힘도 남아 있지
않았다. 누가 밖에서 뜰채로 건져 준
다면 감사합니다. 하고 몸을 맡기고 싶
었다. 옆 레인의 친구들 표정을 보니,
다들 기진맥진 상태이긴 마찬가지였다.

★ 오늘의 어휘

기진맥진 : 기운이 다하고 맥이 다 빠져 스스로 몸을 가누지 못할 지경이 됨.

• 어떤 경우에 '기진맥진'할 수 있을지 상황을 제시해보세요.

① 친구와 달리기 시합을 할 때
② 줄넘기 50개를 했을 때
③ 백덤블링을 할 때

② 랜덤 글쓰기

무작위로 주어진 단어를 활용한 글쓰기다. 단어를 선정하는 방법은 교사가 미리 정해둔 어휘를 아이들이 돌아가며 제비뽑기를 할 수도 있고 끝말잇기로 정하거나 단어장이 있다면 각자의 단어장에서 원하는 단어 하나씩 정하기 등 다양한 방법으로 흥미를 끌 수 있다. 단어가 선정되면 해당 단어가 모두 들어간 이야기를 만든다. 상상력을 얼마든지 발휘할 수 있지만 주의할 점은 앞뒤 내용에 개연성이 있게 글을 쓰도록 지도하는 것이다. 이를 통해 아이들의 사고력을 증진하고 창의성을 자극할 수 있다.

학생 예시

** 초등 4학년 학생 글

인기척	소나기	약국	우산	광경

아침에 **인기척**이 들려 잠에서 깼다. 창밖에는 비가 쏟아져 내리고 있었다. 엄마가 **소나기**가 내린다고 학원 갈 때 **우산**을 꼭 챙기라고 하셨다. 거실로 나오니 동생이 먼저 일어나 있었다. 어젯밤부터 감기 기운이 있던 동생은 아침부터 계속 기침을 했다. 학원 마치고 오면서 **약국**에 들러 감기약을 사 와야겠다고 생각했다.

학원 갈 준비를 마치고 집을 나서니 어마어마한 양의 비가 쏟아붓는 **광경**을 보았다. 학원까지 가는 길이 힘들 것 같다.

** 초등 3학년 학생 글

게임	연필	베다	시간	황사

나는 토요일 아침에 밥을 먹고 책상에 앉았다. **연필**을 잡고 수학 문제를 풀기 시작했다. 숙제를 마치고 나와 동생과 놀이터로 놀러 나갔다. 그런데 **황사** 때문에 공기가 좋지 않았다. 깨끗한 공기를 위해 나무를 마음대로 **베면** 안 된다는 생각이 들었다. 우리는 공기가 너무 안 좋아서 집에 다시 들어왔다. 엄마는 놀이터에서 놀지 못한 대신에 **게임**을 한 **시간** 하게 해주셨다. 공기가 깨끗해져서 마음껏 밖에서 뛰어놀고 싶다.

어휘력 훈련이 필요한 유형3
〈착각하는 아이〉

왜 우리는 영어단어장만 만들고 있을까? 학부모 상담을 해보면 영어 학원 수업에 잘 따라가기 위해 집에서 따로 아이의 영어 단어 테스트를 봐주거나 단어장을 쓰게 한다는 분이 꽤 많이 있다. 그럴 때 나는 우리말 단어장도 함께 만들어달라고 요청한다. 단순히 영단어를 많이 알고 있다고 영어를 잘하게 되는 건 아니다. 많은 학생과 학부모들이 우리말로 해석하고 이해하려면 먼저 우리말 어휘 수준이 탄탄해야 한다는 것을 간과하고 있다. 어쩌면 이러한 사실을 알고 있으면서도 주요 과목 공부로 인해 우선순위가 밀리고 있는지도 모른다.

얼마 전, 한 텔레비전 프로그램에서 유명 영어 강사가 학생들의 영어 단어 학습 방법에 대해 언급했다. 학생들이 많은 양의 영어 단어를 외우고 있으나 이런 노력이 무의미하다고 지적했다. 예를 들어 학생들에게 'Homeostasis'가 무슨 뜻인지를 물으면 '항상성'이라고 답을 하지만 '항상성'이 무슨 뜻인지를 물으면 대부분 답을 하지 못한다는 것이다. 독서 논술 강사로서 깊이 공감 가는 대목이었다. 논술 수업에서 한자어같이 아이들이 어려워할 만한 단어의 뜻을 물으면 "저 이 단어 알아요."라고 답을 하는 아이들이 있다. 그래서 뜻이 무엇인지 다시 물으면 "설명은 못 하겠는데, 아무튼 이거 영어로는 알아요."라고 한다. 아이들은 어디서 들어본 적이 있다면 의미를 몰라도 아는 단어라고 착각한다. 앞서 진정한 어휘력이란 자신이 아는 어휘와 모르는 어휘를 구분하는 것에서 시작된다고 했는데 우리말 단어장은 이 구분을 명확하게 해준다. 이제는 우리말 단어장을 만들어야 할 때다.

나만의 단어장

아이들에게 단어장을 만들어 오라고 하면 모르는 단어가 없었다고 말하는 아이들도 꽤 있다. 하지만 책을 펼쳐서 단어를 몇 가지 짚어주면 이런 단어가 있었는지 몰랐다며 당황해하기도 한다. 모르면 모르는 대로 그냥 넘기면서 책을 읽는 것이다. 두세 달을 꾸준히 연습하다 보면 아이들 스스로 모르는 단어를 찾아내고, 그중에 어느 단어를 단어장에 적을지 선택하는 눈도 길러진다. 일상에서 자주 들어는 봤는데 잘 몰랐던 단어나 책에서 자주 접하는 단어인데 뜻을 잘못 알고 있던 것들을 우선적으로 단어장에 적을 줄 알게 된다.

단어장에는 일상생활에서나 책을 읽다가 모르는 단어가 나오면 기록한다. 단어의 뜻을 사전에서 찾아 적는다. 이때 추가로 사전의 딱딱한 의미 풀이를 자신만의 언어로 다시 적는 과정이 들어가면 좋다. 마지막으로 단어의 뜻을 이해했다면 짧은 문장을 만든다.

이 과정을 한 번 거친다고 해서 〈어휘를 안다는 것의 척도〉 7단계에 이르렀다고 보기는 어렵다. 하지만 단어장에 적은 단어를 일상생활과 책에서 다시 접하며 여러 번 되새기게 된다면 진정한 나의 어휘가 되는 것이다.

학생 단어장 지도 예시

어휘	가관이다	짧은 글	친구들은 정말 가관이다.
짐작하기	어떤 시설	교사 피드백	친구들의 어떤 모습을 가관이라고 생각했을까?
뜻	어떤 꼴이 볼 만하다	수정 후	별것 아닌 걸로 잘난 척하는 친구의 모습이 가관이었다.

어휘	눈코 뜰 새 없다	짧은 글	나는 요즘 눈코 뜰 새 없다.
짐작하기	잠을 잘 시간이 없다	교사 피드백	왜 눈코 뜰 새 없게 바빴을지 내용을 추가해보자.
뜻	매우 바쁘다	수정 후	나는 요즘 숙제가 너무 많아서 눈코 뜰 새 없었다.

어휘력 훈련이 필요한 유형4
〈말하기 습관이 글에도 나타나는 아이〉

요즘에는 아이들이 초등학교에 입학하면서 스마트폰이 생기고 어릴 때부터 메신저, SNS를 한다. 자연스레 일상에서까지 인터넷 용어나 비속어, 은어 등을 많이 쓴다. 다른 사람에게 보여 주는 글을 쓰거나 선생님과의 대화에서도 마찬가지다. 아이들에게 물어보면 그런 단어가 예의상 적절하지 않다는 것은 알지만, 대체할 표현을 찾지 못하겠다는 반응이 대다수였다. 또한 비속어는 아니더라도 말할 때 입버릇처럼 자주 사용하는 표현이 글쓰기에 그대로 나타나기도 한다.

부예따바(부드럽게 예쁘게 따뜻하게 바꾸기) 활동

학생들의 말이나 글에서 비속어 같은 순화가 필요한 표현이 있다면 어떻게 다르게 표현할 수 있을지 함께 고민해 본다. 한가지 표현으로 대체하기보다는 여러 가지 문장을 만들어본다. 이런 단어는 단어 학생들도 함께 볼 수 있도록 대체할 표현을 적어 벽에 게시해두면 좋다. 따로 모아두었다가 한글날이 다가올 때 "비속어 순화 사전"을 만들거나 스피드 게임을 해서 "우리말 지킴이"를 뽑아도 좋다.

학생 글 예시	함께 수정해보기
케빈과 마샤가 계속 잘난척하고 나대는 모습을 보고 **뇌절**했다.	케빈과 마샤가 계속 잘난 척하며 나대는 모습이 **꼴 보기 싫었다.** 케빈과 마샤가 계속 잘난 척하며 나대는 모습을 보며 **질려버렸다.**
만약 내가 예서라면 친구들 앞에서 거짓말 한 것을 들켰을 때 **쪽팔렸을 것 같다.**	만약 내가 예서라면 친구들 앞에서 거짓말 한 것을 들켰을 때 **창피했을 것 같다.** 만약 내가 예서라면 친구들 앞에서 거짓말 한 것을 들켰을 때 **부끄러워서 얼굴을 들지 못했을 것 같다.**

우리 아이를 빛나게 해줄 어휘력(feat. 속담, 사자성어, 관용어)

학생들과 속담 받아쓰기를 해보았다. 받아쓰기 속도가 나지 않았다. 다들 처음 들어보는 것처럼 "네?", "뭐라고요? 다시 한번 불러주세요."라고 외쳤다. 에피소드를 하나 말하자면 "낮말은 새가 듣고 밤말은 쥐가 듣는다"를 불러주었더니 한 아이가 "남말은 새가 듣고 반말은 쥐가 듣는다."라고 적어놓았다. "그래. 남 말도 반말도 조심해야 하는 건 맞아." 하며 한바탕 웃었다. 배우지 않았으니 당연히 모를 수밖에 없다. 차근차근 가르쳐주면 된다. 어떻게 하면 지치지 않고 속담을 공부할 수 있을까 고민하다가 유튜브나 SNS에서 챌린지 인증이 유행하는 것에 착안하여 '속담 챌린지'를 해보았다.

속담 챌린지

방학을 활용해 속담 챌린지를 진행해보니 아래와 같은 교육적 효과를 얻을 수 있었다.

속담 챌린지의 좋은 점

1. 조상들의 지혜를 배우고 바른 가치를 함양한다.
2. 적절한 상황에 속담을 활용하여 말과 글이 풍성해진다.
3. 짧은 글짓기에 속담을 넣으며 여러 가지 문형을 연습한다.
4. 이야기를 통해 속담의 뜻을 유추해보는 연습을 통해 추론 능력이 발달한다.
5. 일정 기간 매일 속담을 공부하며 자기 주도적 습관을 형성할 수 있다.
6. 챌린지에 성공하면 성취감을 맛볼 수 있고 다음 도전에 대한 자신감도 생긴다.

먼저 속담의 유래를 이야기로 풀어낸 책을 선정한다. 교사가 미리 속담, 뜻, 짧은 글짓기를 할 수 있는 활동지를 만들어 미리 나눠준다. 아이들은 매일 하나의 속담 이야기를 읽고 뜻과 예시문장을 공부한 뒤, 활동지에 정리한다. 짧은 글짓기까지 마치면 해당 부분을 사진 찍어 밴드, 카페, 메신저를 통해 인증한다.

짧은 글짓기를 할 때는 어떤 상황인지 알 수 있어야 하고, 속담 자체가 꼭 들어가야 한다고 미리 알려준다. 글짓기를 너무 어려워한다면 책에 나온 예시와 비슷하게 적어 보도록 한다. 점차 익숙해지면 자신의 일상과 연결 지어 문장을 만들기 시작한다.

인증을 하는 것에 끝내지 않고 다른 친구들의 글짓기도 함께 보며 생각을 공유한다. 나는 하나의 문장을 만들었는데 여러 개의 예시 문장을 공부하는 셈이다.

속담이 들어간 짧은 글짓기 학생들 예시

- 경시대회 답을 잘못 적었지만 이미 쏟아진 물인걸.
- 이미 쏟아진 물이지만 내가 놀려서 기분 나빴다면 미안해.
- 학교에서 받아쓰기할 때, 아는 글자를 틀렸지만 어쩌겠어. 이미 쏟아진 물인걸.
- 상처 주는 말을 하고 사과한다고 잘못이 없어지는 건 아니야.
나에게는 그 말이 쏟아진 물이야. 지울 수 없는 상처라고.

이런 방식으로 사자성어, 관용어 챌린지로 응용하여 아이들의 어휘 범위를 넓혀주자.

진정한 어휘력과 글쓰기라는 날개

지금까지 아이들에게 어휘력 학습이 왜 중요하고, 글쓰기에서 어휘력 부족 학생이 보이는 문제들을 유형별로 나누어 어떤 전략으로 지도하면 좋을지 알아보았다. 아이를 수학 학원을 보내던, 영어 학원을 보내던 모두 자식의 앞날을 걱정하고 응원하는 소중하고 귀한 부모의 마음이다. 하지만 꼭 기억해야 할 한가지는 단계를 건너뛰는 공부법은 없다는 것이다. 어휘력이 부족하면 공부량이 늘어날수록 속도를 내기는커녕 발목을 잡힌다. 아무리 좋은 책을 읽어도 기억에 남는 것이 없고, 아무리 많은 학원에 다녀도 원하는 성과를 내기 어렵다.

학습의 기본 중의 기본인 어휘력을 탄탄하게 길러주자. 그리고 그것을 바탕으로 자신의 생각을 명확하고 다채롭게 표현할 줄 아는 글쓰기 실력을 키워주자. 아이들이 꿈을 이루도록 도와줄 날개가 될 것이다.

수능까지 이어지는 초등 비문학 독해단계&구조화 글쓰기

정희정

정희정

“신나는 한글놀이”저자로 문해력의 첫 발걸음인 한글 교육을 탄탄하게 다진 아이들이 바른 독해력을 위한 방법을 안내하고 싶어 책 출간에 함께 참여하게 되었습니다. 학생들을 가르치면서 스스로 늘 중요하게 여기는 부분은 현대사회의 빠른 변화에 깨어있으며 많은 사람들과 소통하고 함께 성장하는 것입니다. 늘 이 부분을 떠올리며 제가 가르치는 학생들이 지닌 개개인의 기질들을 존중하고 소통을 중요시하며 그들이 성장해 나가는 과정에서 지치지 않도록 끊임없는 응원과 지지를 하며 함께 걸어 나가고 있습니다.
현재 인천 송도에 거주하고 있으며 위 마음을 담아 학생들과 처음부터 끝까지 손을 잡고 문해력 산을 함께 등반해 정상에 오른다는 뜻을 지닌 “책온마루”논술학원(인천)에서 하루가 다르게 성장하고 있는 “책온”이들의 마음 챙김과 문해력 등반의 동반자 역할을 하고 있습니다.

-“신나는 한글놀이”저자
-현 “책온마루(인천송도)”원장
-북적북적 연구소 공동대표
-영남교육대학원 졸업(석사, 정교사 2급)
-한국어교원 2급
-읽기능력진단검사자
-바른글씨지도사(글씨교정)
-기질분석가
-퍼실리테이터

인스타-@bookonmaru (마루쌤)
블로그-https://blog.naver.com/bookonmaru

1부 우리나라 문해력 현황

저자는 "신나는 한글놀이" 책을 통해 문해력의 첫 발걸음인 한글 교육에 대해 한 단계씩 탄탄하게 다지기 위한 방법을 소개한 바 있다. 이번 책은 한글 교육을 통해 각 단어를 익히고 문장, 구절, 문단을 공부해야 하는 학생들이 바른 독해력을 갖춰 문해력 향상 시키는 데에 도움이 되고자 한다.

코로나 19 팬데믹 이후 교육현장에서 문해력의 중요성이 크게 대두되고 있다. 2008년 국립국어원이 실시한 '국어능력'조사에 따르면, 우리나라 성인의 문맹률은 1.7퍼센트에 불과하다. 문맹률이 이렇게 낮은데도 문해력 수준이 문제가 되는 이유는 뭘까?

바로 '문맹'이 아닌 것이 곧 '문해'임을 의미하지는 않기 때문이다. 문맹은 '기초적인 읽기 및 쓰기 능력이 없음'을 나타내는 것이지만, 문해력은 기초적인 읽기 및 쓰기를 넘어서서 글을 읽고 의미를 이해하여 사람들과 소통하는 문제를 해결하는데 까지 활용하는 것이다. 여기까지 할 수 있어야 실질적인 문해력을 갖췄다고 할 수 있다.

문해력에 대해 각 기관이 뜻하는 바를 살펴보면, 국립국어원에서는

"현대 사회에서 일상생활을 해나가는 데 필요한 글을 읽고 이해하는 최소한의 능력"으로 규정한다. OECD(경제협력개발기구)에서는 "개인이 자신의 목적을 당성하고 지식과 잠재력을 발휘하여, 사회에서 활동하기 위해 글을 이해하고, 사용하고, 고찰하는 능력"이라 말한다. 마지막으로 한국교육과정평가원에서는 "미래 사회의 매체 환경 변화, 초등학교와 중학교에서 필요한 기초 학력수준을 고려하여 문자를 이해하고 쓸 수 있는 해독수준에서 다양한 언어 자료를 이해하고 표현할 수 있는 능력"이라고 말한다. 이를 통해 문해력에 대해 고찰해볼 필요가 있다.

'당신의 문해력 괜찮습니까?'을 통해 글을 읽고 의미를 이해하는 능력인 문해력이 우리 삶 어디에나 존재하며 우리의 생존에 필수적인 능력임을 다시 되새겨보자.

당신의 문해력 괜찮습니까?

이번 설날 미진이네 다섯 가족은 KTX 열차를 타고 할머니 댁을 방문할 예정입니다. KTX 열차는 '다자녀 행복'과 '청소년 드림' 할인제도를 시행 중이다.

아래 설명을 읽고, 고등학생 미진이와 두 중학생 동생과 부모님이 이 할인제도를 이용하여 '서울-부산' 구간의 왕복 승차권을 구입할 시 총 구매 금액은 어떻게 될까?

① 274,000원 ② 320,000원 ③ 328,000원 ④ 380,000원

(할인율) KTX 열차별 승차율에 따라 지정된 좌석을 등록된 가족 중 최소 3명이상(어른 1명 포함)이 이용하는 경우 어른 운임의 30% 할인

[서울-부산 간 편도 요금]

	어른	청소년
정상 요금	50,000	30,000
30% 할인 요금	35,000	21,000

[당신의 문해력 괜찮습니까?] 이 문제는 코레일 홈페이지에 게재된 승차권 할인율에 근거하여 3자녀와 부부가 '서울-부산' 구간의 왕복 승차권을 구입할 때의 구매 금액을 계산하는 문제이다. 문제에 제시된 할인율은 어른 운임의 30%를 할인하는 것으로 청소년인 세 자녀의 운임에는 적용되지 않는다. 따라서 편도 요금은 7만(3만5,000원X2)원과 세 자녀의 요금인9만(3만X3)원을 더한 16만원이고, 왕복 요금은 32만원이다.

2부 문해력과 독해력 중 왜 독해력인가?

글을 읽어서 뜻을 이해하는 능력을 뜻하는 '독해력'과 앞서 말한 '문해력'에는 어떤 차이가 있을까? 앞서 말한 '문해력' 과 비교해 보면 그 차이는 명확하게 드러나 있지 않다. 하지만 언어 현실에서는 '독해력'이 글을 읽고 그 뜻을 이해하는 능력이라면, '문해력'은 글을 읽고 이해하여 자기 방식으로 표현할 수 있는 능력까지를 포괄하는 개념으로 쓰이는 것을 알 수 있다. 이를 통해 문해력을 갖추기 위해서는 독해력이 우선되어야 함을 알 수 있다.

그렇다면 문해력의 기초라고 볼 수 있는 독해의 필수 활동인 읽고 쓰기 활동에서 가장 중요한 것은 무엇일까? 바로 해독의 장벽을 넘는 것이다. 여기서 해독이라는 것은 결국 글자와 소리의 관계에 있는 규칙성을 깨닫는 것으로 음운론적 인식 능력을 토대로 글자와 소리의 관계를 습득해 읽기의 유창성을 갖추는 것을 말한다.

읽기의 유창성이란 학생이 글자-소리 결합에 특별한 주의를 기울이지 않아도 단어를 보자마자 바로 인식하여 자동으로 읽어내는 것 즉 글자를 보면서 바로 소리 내 읽어내며 그 글자의 의미를 이해하는 능력도 갖춰내는 것이 읽기의 유창성과 독해력을 갖췄다고 말할 수 있다. 예를 들면, 초등학교 3학년의 경우 과학시간에 물체에 대해 학습한다. 물체란 단어는 3학년에서 배우는 학습어휘인데 물체란 단어를 보고 1초 안에 "물체"라고 낭독을 하면서 동시에 "물체란 모양이 있고 보고 만질 수 있으며 공간을 차지하는 것"이란 의미를 이해할 수 있는 것을 유창성을 갖췄다고 볼 수 있다.

학생들을 가르치며 간혹 개별 지도가 필요한 경우 읽기능력검사를 시행할 때가 있다. 이때 읽기 활동 검사 시 읽기를 잘하는 학생과 잘하지 못하는 학생의 차이 즉 유창성에 대해 살펴보면 말소리 변별해 내는 능력부터 차이가 나는 것을 종종 경험한다. 이 현상은 말의 뜻을 구별해 주는 소리의 최소 단위인 음운을 제대로 알지 못해 낱글자들이 모여서 만들어 내는 소리를 파악하지 못해 해독에 어려움을 겪는 현상이다. 또한 음운론적 결손은 없지만 읽기 속도와 처리 속도가 느려 읽기 유창성을 갖추지 못한 것이다. 마지막으로 의미 덩어리로 묶어서 읽어내는 힘이 부족하지 때문이다.

뉴질랜드에서는 '리딩 리커버리' 란 수업을 통해 읽기 부진을 겪는 학생들의 읽기 능력을 평균 수준으로 끌어올려주는 수업을 진행 중이다. 이 수업의 목표는 학생들이 문해력 격차 없이 동일한 출발점에서 서도록 하는 것에 있다. 저자는 우리나라에도 읽기 부진에 대해 해소해 줄 수 있는 수업과 교육이 필요하다고 생각한다. 왜냐면 독해력과 문해력을 강조하지만 아무도 우리에게 읽는 방법에 대해 가르쳐 준 수업과 교육은 없었기 때문이다.

그렇기에 문해력을 갖추기 위해서는 독해력을 길러야 한다는 것이다. 저자는 뉴질랜드의 문해력교사 활동이 우리나라에 도입이 되길 바라는 마음과 함께 독해력을 갖추기 위한 방법들을 소개하고자 한다.

3부 아무도 우리에게 읽는 방법을 가르쳐주지 않았다! 독해에도 비결이 있다!

글을 읽고 이해했다는 것의 의미 즉 독해가 잘 되었다는 것은 무엇을 뜻하는 것일까? 수년간 학생들을 지도하면서 독해가 잘 되는 학생들과 잘 안 되는 학생들의 몇 가지 공통점에 대해 이야기 하고자 한다.

우선 독해가 잘 되었다는 것은 이런 것을 뜻한다. 아래의 글을 읽으며 독자들도 함께 살펴보길 바란다.

첫째, 지문을 읽은 후 그 지문의 내용에 대해 글이나 말로 한 문장이라도 표현 할 수 있다. ( )
둘째, 표현하는 글이나 말이 내용의 흐름에 따라 표현할 수 있다. ( )
셋째, 글의 흐름에 따라 재구성해 표현할 시 작가의 의도를 파악해 글의 숨겨진 의미를 읽어낼 수 있다. ( )
넷째, 글의 전체 흐름이 이미지화가 되어 수면 위로 떠오르듯 머릿속에 짜임새 있게 그려져야 한다. ( )

어떠한가? 난 독해를 잘 하고 있었는가? 보통 4가지 중 몇 가지는 독해를 잘 하고 있다고 체크할 수 있지만 4가지 모두 확신을 가지고 체크하기는 어려울 것이다. 저자 또한 방대한 량의 텍스트를 한 번에 받아들일 때는 어려움을 겪는 부분이 있다.

그렇다면 우린 왜 독해가 어려울까?

독해력이 부족한 학생들의 특징에 대해 살펴보며 독해의 어려운 점과 해결 방법에 대해 설명하고자 한다.

첫째, 지문을 소리 내어 읽혀보면 읽는 것이 부자연스럽다. 이 특징을 가진 학생들은 독해 시 앞서 말한 읽기의 유창성이 갖춰지지 않은 학생들로 바른 독해 교정 시 어휘학습과 읽기 유창성을 키우기 위한 연습 활동이 필요하다.

둘째, 지문의 글을 자신이 알고 있는 배경지식을 토대로 이해하고 해석한다. 이 특징을 가진 학생들은 독해 시 이미 자신이 알고 있는 배경지식에 대한 집착력을 지니며 새로운 정보를 유연하게 받아들이기보다 자신의 독해 방식대로 즉 객관화된 이해력보다 주관적인 이해에 치중되어 있다. 이 학생들은 바른 독해 교정 시 한 문장씩 객관화된 정보를 받아들일 수 있게 하나의 의미 덩어리로 읽어낼 수 있는 연습 활동이 필요하다.

학생들과 수업 때 비룡소 그림책 「매미의 한 살이」를 읽으며 “수컷 매미는 울음소리로 암컷 매미에게 인사를 하는 거야”라는 부분이 있었다. 이 부분을 읽은 후 학생들에게 “매미는 암컷만 울지요?”라고 물으니 “네”라고 대답했다.

이때 의미 덩어리로 "수컷 매미는/울음소리로/암컷 매미에게 인사를 하는 거야"라고 끊어서 읽어주니 학생들의 이해도가 높아지고 "매미는 수컷만 운다는" 내용을 오랫동안 기억했다.

셋째, 지문의 글을 읽은 후 중요하다고 생각하는 내용에 대한 이야기를 나눌 때 중요한 부분이 없다고 말하거나 모든 것들이 중요해 생각나는 대로 이야기하는 학생들이 있다. 이 특징을 가진 학생들은 글을 읽으며 작가의 의도를 이해하는데 어려움이 있는 학생들로 바른 독해 교정 시 문단마다 작가의 의도가 숨겨진 중심내용을 찾아 읽어 낼 수 있는 연습 활동이 필요하며 작가의 의도를 찾아내는 방법은 문단에서 작가가 말하고자 하는 한 문장을 찾아보거나, 문단 전체가 중요하다고 느낄 때는 중심 단어를 찾아 연결을 지어 문단의 핵심 즉 중심 내용으로 이해해 보는 것이다.

넷째, 지문의 글을 읽은 후 어떤 내용의 글을 읽었는지 전혀 기억을 하지 못하는 학생들이다. 이 특징을 가진 학생들은 글은 읽었으나 표현할 때 자신의 표현법으로 재구성해내기 어려운 학생들로 바른 독해 교정 시 글의 전체 흐름이 이미지화 즉 구조화 할 수 있는 연습 활동이 필요하다.

이렇게 독해에도 읽는 방법과 단계가 필요하다. 그렇기 때문에 의미덩어리로 읽는 방법, 중심내용을 이해하고 저자의 의도를 파악하는 방법, 구조화 글쓰기 방법을 구체적인 예시를 통해 단계별로 소개하고자 한다.

4부 독해에도 단계가 필요하다!

독해력이 부족한 학생들의 특징에 대해 서술하며 독해를 바르게 할 수 있는 바른 독해 교정 방법에 대한 언급을 하였다. 앞서 말한 바른 독해 교정 한 단계씩 연습 지문을 통해 상세히 기술하고자 한다.

아래 지문을 읽어보자.

조선왕릉은 500년 넘는 한 왕조의 왕과 왕비의 무덤으로 거의 훼손 없이 그대로 남아 있다. 전 세계적으로 이렇게 한 왕조 왕가의 무덤이 온전히 남아 있는 일은 보기 어려운 일이다. 또한 조선왕릉은 풍수사상에 따라 만들어져 주변 풍경이 매우 아름답다. 이에 그 가치를 인정받아 조선 왕조의 무덤 중에서 임금과 왕비가 잠들어 있는 왕릉 40기가 세계 문화유산으로 등재되었다.

한 왕조의 무덤이 500년을 넘어 현대에 이르기까지 이렇게 잘 보존될 수 있었던 비결은 무엇일까? 바로 조선시대에 왕릉을 관리하는 직업인 능참봉이 있었기 때문이다. 조선시대에는 왕과 왕비의 무덤을 '능'이라고 불렀다. 이 왕릉을 지키고 보호하는 관리가 있었으니 바로 능참봉이다. 능참봉은 종 9품으로, 조선시대 관직 가운데 가장 낮은 벼슬이었다. 하지만 왕의 무덤을 관리한다는 상징성이 매우 컸기에 중요한 벼슬자리로 여겨졌다. 과거 시험에 합격하지 못한 사족들이 관직에 진출할 때 이 벼슬을 맡는 경우가 많았다. 『조선왕조실록』『성종실록』에는 "연소하지 않고 경륜이 있는 자를 시험을 치르지 않고 능참봉으로 임용했다"라고 기록되어 있다.

능참봉은 임금 조상의 무덤인 만큼 전문성을 가지고 엄격하게 관리해야 하기에, 학문적 소양뿐만 아니라 조경·토목·건축에 대한 지식과 역량도 갖추고 있어야 했다. 이렇듯 능참봉이 맡은 역할은 매우 다양했지만 주로 담당한 일은 왕릉을 안전하게 지키는 일이었다. 이를 위해 2인이 매월 보름씩 2교대로 왕릉에서 먹고 자며 생활하면서 지냈다. 이 외에도 왕과 왕비의 능에 제사를 지내고, 수시로 그 능을 살폈으며, 왕릉 주위의 나무를 관리하고 사람들이 함부로 나무를 베지 못하도록 감시하는 일들을 담당했다.

또한, 왕릉에 있는 시설들을 보수하는 일을 감독했으며 청소하는 일을 맡은 사람을 관리하는 일도 맡았다. 이러한 능참봉의 직무 특성 때문에 그들은 지역사회에서 고을 수령도 함부로 대하지 못할 만큼 권세를 부리는 유지 노릇을 톡톡히 했다. 그리고 왕의 효성이 지극할수록 거의 날마다 능 참배를 하러 오기 때문에 능참봉으로서는 잠시도 쉴 틈이 없는 관직이기도 했다. 이렇게 조선왕릉을 지키는 능참봉의 업무는 현재에 와서는 문화재청 궁중유적본부에서 담당하고 있으며, 조선왕릉 동부지구관리소, 중부지구관리소, 서부지구관리소에서 왕릉을 관할하고 있다.

다 읽었다면 떠올려보자.

1. 방금 읽은 지문은 몇 문단, 몇 문장으로 구성되어 있었는가?
2. 어떤 내용들로 구성되어 있었는가?
3. 지은이는 무엇을 말하고 싶었고, 만약 제목을 짓는다면 어떻게 지을 것인가?

바른 독해 교정 단계로 독해 후 다시 떠올려 보도록 하겠다.

[바른 독해 교정 단계]

part1. 텍스트 훑어읽기

텍스트 훑어읽기란 주어진 텍스트를 한 번 훑어보는 것이다. 교과서나 책을 읽을 때 맨 앞의 표지와 목차 등을 읽어보는 학생들은 별로 없다. 하지만 이를 통해 내가 아는 것과 모르는 것을 구별하고 특히 모르는 어휘가 없는지 대략적으로 살펴보는 활동은 텍스트를 분석하기 전에 처음부터 끝까지 한번 가본 길이란 편안한 이미지를 줄 수 있는 중요한 활동이다. 또한 위와 같은 하나의 지문으로 주어질 경우 각 문단과 문장의 구성을 살펴보는 일은 앞서 설명한 바와 같은 중요한 활동이 된다. 이때 문단과 문장의 구분은 다른 표기로 해 주는 것이 혼돈이 오지 않는다.

방법: 1) 문단과 문장 구성 살피기

이때 문단1 문장①과 같이 문단과 문장의 표시에 혼돈이 생기지 않도록 다르게 표시한다.

2) 모르는 어휘 동그라미로 표시하기

이때 모르는 어휘가 많다면 그 중 3~5개는 그 의미를 사전을 통해 바르게 알고 문장에서의 쓰임도 알 수 있도록 예시 문장을 만들어 보자.

효과: 텍스트 훑어읽기를 통해 지문의 구성을 알 수 있게 되며 내가 모르는 어휘가 무엇인지 알게 되며 나만의 어휘장을 만들 시 어휘력을 상

승시켜 결국 문해력을 높일 수 있게 된다. 텍스트 훑어읽기 과정에서 낭독을 할 시 유창성을 기를 수 있다.

part2. 의미덩어리로 읽어내기

의미덩어리로 읽어내기 안내에 앞서 글쓰기의 띄어쓰기 첨삭에 대해 어떻게 생각하는가? 저자는 학생들의 띄어쓰기 첨삭에 크게 관여하지 않는 편이다. 물론 크게 의미가 벗어났을 때는 해준다. 하지만 보통은 크게 관여하지 않고 천천히 알아가도록 지도한다. 그렇게 하는 이유에는 우선 글을 쓸 때 학생들이 띄어쓰기에 연연하여 자유롭게 쓰지 못하기 때문이다. 그리고 띄어쓰기 자체가 하나의 의미덩어리로 잘 보는가? 잘 보지 못 하는가? 척도가 된다. 또한 글을 쓸 때 띄어쓰기의 중요성을 모르지 않지만 띄어쓰기에 집중해 글을 흐름을 막을 때가 더 많기 때문이다.

의미덩어리란 글 쓴 사람이 하고자 하는 말이 잘 이해되게, 잘 전달되게 하나의 의미로 보고 끊어서 읽어보도록 하는 것이다. 이때 주의해야 될 점은 의미덩어리를 상세하게 단어위주로 끊어서 보아서도 안 되며 한 문장 전체로 보아서도 안 된다는 것이다.

방법: 1) 한 문장씩 글쓴이가 무엇에 대해 말하려고 하는지 이해 해본다.
2) 글쓴이가 말하고자 한 것이 무엇인지 또 그것이 어떻다는 것인지 이해해 본다.
3) 이해한 의미덩어리로 사선(/)를 그어본다.

4) 문장 내 주어, 목적어의 의미덩어리가 아니다.

효과: 글쓴이가 지문에서 말하고자 하는 것이 무엇인지 이해가 되고 지문을 의미덩어리로 보는 연습을 많이 하면 글 읽는 속도가 빨라지는 효과를 볼 수 있다.

[1, 2단계 예시]

1) ①조선왕릉은/ 500년 넘는 한 왕조의 왕과 왕비의 무덤으로/ 거의 훼손 없이 그대로 남아 있다./②전 세계적으로/ 이렇게 한 왕조 왕가의 무덤이/ 온전히 남아 있는 일은/ 보기 어려운 일이다./③또한/ 조선왕릉은/ 풍수사상에 따라 만들어져/ 주변 풍경이 매우 아름답다./④이에 그 가치를 인정받아/ 조선 왕조의 무덤 중에서 임금과 왕비가 잠들어 있는 왕릉 40기가/ 세계 문화유산으로 등재되었다./

2) ①한 왕조의 무덤이/ 500년을 넘어 현대에 이르기까지/ 이렇게 잘 보존될 수 있었던 비결은 무엇일까?/②바로 조선시대에 왕릉을 관리하는 직업인/ 능참봉이 있었기 때문이다./③ 조선시대에는/ 왕과 왕비의 무덤을 '능'이라고 불렀다./ ④이 왕릉을 지키고 보호하는 관리가 있었으니/ 바로 능참봉이다./⑤능참봉은/ 종 9품으로,/ 조선시대 관직 가운데 가장 낮은 벼슬이었다./⑥하지만/ 왕의 무덤을 관리한다는 상징성이 매우 컸기에/ 중요한 벼슬자리로 여겨졌다./⑦과거 시험에 합격하지 못한 사족들이/ 관직에 진출할 때/ 이 벼슬을 맡는 경우가 많았다./ ⑧『조선왕조실록』『성종실록』에는/ "연소하지 않고 경륜이 있는 자를 시험을 치르지 않고 능참봉으로 임용했다"라고/ 기록되어 있다./

3) ①능참봉은/ 임금 조상의 무덤인 만큼 전문성을 가지고 엄격하게 관리해야 하기에,/ 학문적 소양뿐만 아니라/ 조경·토목·건축에 대한 지식과 역량도 갖추고 있어야 했다./ ②이렇듯/ 능참봉이 맡은 역할은/ 매우

다양했지만/ 주로 담당한 일은/ 왕릉을 안전하게 지키는 일이었다./③이를 위해/ 2인이 매월 보름씩 2교대로/ 왕릉에서 먹고 자며 생활하면서 지냈다./④이 외에도/ 왕과 왕비의 능에 제사를 지내고,/ 수시로 그 능을 살폈으며,/ 왕릉 주위의 나무를 관리하고/ 사람들이 함부로 나무를 베지 못하도록/ 감시하는 일들을 담당했다./

4) ①또한,/ 왕릉에 있는 시설들을 보수하는 일을 감독했으며/ 청소하는 일을 맡은 사람을 관리하는 일도 맡았다./②이러한 능참봉의 직무 특성 때문에/ 그들은/ 지역사회에서 고을 수령도 함부로 대하지 못할 만큼/ 권세를 부리는 유지 노릇을 톡톡히 했다./③그리고/ 왕의 효성이 지극할수록/ 거의 날마다 능 참배를 하러 오기 때문에/ 능참봉으로서는 잠시도 쉴 틈이 없는 관직이기도 했다./④이렇게 조선왕릉을 지키는 능참봉의 업무는/ 현재에 와서는/ 문화재청 궁중유적본부에서 담당하고 있으며,/ 조선왕릉 동부지구관리소, 중부지구관리소, 서부지구관리소에서/ 왕릉을 관할하고 있다./

part3. 중심내용 찾기

중심내용 찾기란 각 문단에서 글쓴이가 하고자 하는 말이 무엇이었는지 파악하는 것으로 각 문단, 문장에서 중요한 것과 덜 중요한 것을 구분하여 중심이 되는 내용을 분류해 정보를 효율적으로 다루는 것에 있다. 이 과정은 독해교정 단계의 후 단계로 가기위한 중요한 과정으로 이 중심내용을 바탕으로 상위개념인 핵심어구를 만들 수 있으며 학생들의 글의 분석력을 높일 수 있게 된다. 이에 문단마다 글쓴이의 의도가 숨겨진 중심내용을 찾아 읽어 낼 수 있게 된다.

방법: 1) 글 전체를 대표하거나 설명하고자 하는 내용을 찾아본다.

2) 각 문단 내 한 문장이 될 수도 있으며 각 문단 내 구성된 문장들의 내용중 중심어구들이 될 수 있다.

3) 해당 내용에 밑줄을 친다.

효과: 지문에서 전체가 중요한 것이 아닌 중심이 되는 내용을 분류해 정보를 효율적으로 다룰 수 있게 되며 글의 분석력을 높일 수 있게 되어 글쓴이의 의도를 파악할 수 있게 된다.

[3단계 예시]

1) ①조선왕릉은/ 500년 넘는 한 왕조의 왕과 왕비의 무덤으로/ 거의 훼손 없이 그대로 남아 있다./②전 세계적으로/ 이렇게 한 왕조 왕가의 무덤이/ 온전히 남아 있는 일은/ 보기 어려운 일이다./③또한/ 조선왕릉은/ 풍수사상에 따라 만들어져/ 주변 풍경이 매우 아름답다./④이에 그 가치를 인정받아/ 조선 왕조의 무덤 중에서 임금과 왕비가 잠들어 있는 왕릉 40기가/ 세계 문화유산으로 등재되었다./

2) ①한 왕조의 무덤이/ 500년을 넘어 현대에 이르기까지/ 이렇게 잘 보존될 수 있었던 비결은 무엇일까?/②바로 조선시대에 왕릉을 관리하는 직업인/ 능참봉이 있었기 때문이다./③ 조선시대에는/ 왕과 왕비의 무덤을 '능'이라고 불렀다./ ④이 왕릉을 지키고 보호하는 관리가 있었으니/ 바로 능참봉이다./⑤능참봉은/ 종 9품으로,/ 조선시대 관직 가운데 가장 낮은 벼슬이었다./⑥하지만/ 왕의 무덤을 관리한다는 상징성이 매우 컸기에/ 중요한 벼슬자리로 여겨졌다./⑦과거 시험에 합격하지 못한 사족들이/ 관직에 진출할 때/ 이 벼슬을 맡는 경우가 많았다./ ⑧『조

선왕조실록』『성종실록』에는/ "연소하지 않고 경륜이 있는 자를 시험을 치르지 않고 능참봉으로 임용했다"라고/ 기록되어 있다./

3) ①능참봉은/ 임금 조상의 무덤인 만큼 전문성을 가지고 엄격하게 관리해야 하기에,/ 학문적 소양뿐만 아니라/ 조경·토목·건축에 대한 지식과 역량도 갖추고 있어야 했다./ ②이렇듯/ 능참봉이 맡은 역할은/ 매우 다양했지만/ 주로 담당한 일은/ 왕릉을 안전하게 지키는 일이었다./ ③이를 위해/ 2인이 매월 보름씩 2교대로/ 왕릉에서 먹고 자며 생활하면서 지냈다./④이 외에도/ 왕과 왕비의 능에 제사를 지내고,/ 수시로 그 능을 살폈으며,/ 왕릉 주위의 나무를 관리하고/ 사람들이 함부로 나무를 베지 못하도록/ 감시하는 일들을 담당했다./

4) ①또한,/ 왕릉에 있는 시설들을 보수하는 일을 감독했으며/ 청소하는 일을 맡은 사람을 관리하는 일도 맡았다./②이러한 능참봉의 직무 특성 때문에/ 그들은/ 지역사회에서 고을 수령도 함부로 대하지 못할 만큼/ 권세를 부리는 유지 노릇을 톡톡히 했다./③그리고/ 왕의 효성이 지극할수록/ 거의 날마다 능 참배를 하러 오기 때문에/ 능참봉으로서는 잠시도 쉴 틈이 없는 관직이기도 했다./④이렇게 조선왕릉을 지키는 능참봉의 업무는/ 현재에 와서는/ 문화재청 궁중유적본부에서 담당하고 있으며,/ 조선왕릉 동부지구관리소, 중부지구관리소, 서부지구관리소에서/ 왕릉을 관할하고 있다./

part4. 핵심어구 만들기

핵심어구 만들기란 앞서 설명된 각 문단, 문장에서 중요한 것과 덜 중요한 것을 구분하여 중심이 되는 내용을 분류해 정보를 효율적으로 다룬 중심내용을 바탕으로 상위개념을 만드는 과정이다. 이를 통해 각 문단, 문장의 키워드를 찾을 수 있으며 우리의 기억은 고리처럼 서로 연결되어 있는데, 핵심어구를 통해 내용을 쉽게 떠올릴 수 있게 된다. 또한 독해 마지막 단계인 구조화 글쓰기로 이어지는 중요한 단계이다.

방법: 1) 각 문단의 각 문장의 내용을 하나씩 이해하고 분석해본다.

첫 번째 문단을 살펴보자.

①문장에서는 조선왕릉의 현재 상태에 대해 설명하고 있다.
②문장에서는 조선왕릉에 대한 전 세계적 인상에 대해 설명하고 있다.
③문장에서는 조선왕릉의 가치에 대해 설명하고 있다.
④문장에서는 ①~④문장을 통해 현재 조선왕릉이 어떻게 되었는지 설명하고 있다.

각 문장들을 이해하고 분석한 결과 첫 번째 문단은 조선왕릉에 대해 설명하고 있으며 그 가치를 어떻게 인정받았는지 설명하고 있다. 따라서 우리의 기억을 잘 떠올릴 수 있도록 도와주는 문장은 ①,④문장으로 이 문장의 내용의 키워드를 적으면 된다.

효과: 글쓴이의 의도를 파악하여 중심 내용, 문장을 분석할 수 있으며 핵심어구를 통해 전체 내용을 떠올릴 수 있게 된다.

[4단계 예시]

1) ①조선왕릉은/ 500년 넘는 한 왕조의 왕과 왕비의 무덤으로/ 거의 훼손 없이 그대로 남아 있다./②전세계적으로/ 이렇게 한 왕조 왕가의 무덤이/ 온전히 남아 있는 일은/ 보기 어려운 일이다./③또한/ 조선왕릉은/ 풍수사상에 따라 만들어져/ 주변 풍경이 매우 아름답다./④이에 그 가치를 인정받아/ 조선 왕조의 무덤 중에서 임금과 왕비가 잠들어 있는 왕릉 40기가/ 세계 문화유산으로 등재되었다./

1문단 조선왕릉에 대한 설명과 가치

2문단 왕릉을 유지할 수 있었던 비결

3문단 능참봉의 역할1

4문단 현재 능참봉의 역할을 맡은 기관

part5. 구조화 글쓰기

구조화 글쓰기란 독해교정의 마지막 단계이자 꽃이라 표현하고 싶다. 구조화 글쓰기란 단계에 다다르기까지 독해교정을 통해 한 문장을 분석하며 작은 단위 즉 의미 덩어리로 나눠보는 단계와 큰 단위 즉 한 문단 전체를 분석하는 안목을 길러왔기 때문이다. 이 단계를 통해 우리는 독해력을 넘어 메타인지를 기를 수 있으며 문해력 다가갈 수 있게 된다.

방법: 독해교정 4단계까지 분석한 자료들을 통해 다시 텍스트 지문을 보면서 텍스트 내용과 가장 어울리는 제목을 짓는다. 그 후 1문단에서

4문단의 핵심어구를 적은 후 백지에 핵심어구를 통해 떠오르는 내용들을 적는다. 마지막 텍스트 지문의 주제를 찾은 후 이유에 대해 지문을 분석한 내용들을 토대로 글을 쓴다.

효과: 표현하기 어려워하는 학생들이 하나의 지문으로 지속적이고 세분화된 교정단계를 통해 지문 내용을 온전히 이해할 수 있게 된다. 글쓰기를 통해 자신의 언어로 재구성을 하면서 텍스트를 구조화 할 수 있게 된다. 이 과정을 통해 문해력을 키울 수 있고, 메타인지력도 높일 수 있게 된다.

조선시대 인기벼슬 능참봉

1문단 조선왕릉에 대한 설명과 가치

-조선왕릉은 500년 지속된 한 왕조의 왕과 왕비의 무덤이 완벽하게 보존된 유적지이다.

-조선왕릉은 전 세계적으로 보기 어려운 왕릉이다.

-조선왕릉은 풍수사상에 따라 만들어져 풍경이 아름답다.

-조선왕릉의 가치를 인정받아 왕릉 40기 모두 세계 문화유산으로 등록되었다.

2문단 왕릉을 유지할 수 있었던 비결

-조선시대에 능참봉이 있었기 때문에 가능한 일이었다.

3문단 능참봉의 역할

-왕릉을 안전하게 지키는 일을 하였다.

-왕과 왕비의 능에 제사를 지냈다.
-수시로 능을 살폈다.
-왕릉 주위의 나무를 관리했다.
-함부로 나무를 베지 못하도록 감시했다.
4문단 현재 능참봉의 역할을 맡은 기관
-담당은 문화재청 궁중유적본부에서 하고 있다.
-왕릉 관할은 조선왕릉 동부지구관리소, 중부지구관리소, 서부지구관리소에서 하고 있다.

주제: 능참봉의 역할은 매우 다양했지만 왕릉을 안전하게 지키는 일을 주로 담당해 전 세계적으로 조선왕릉의 가치를 인정받을 수 있었다.

이유: 이 글은 전체 4문단으로 구성되어 있으며 1문단에서는 조선왕릉에 대해 서술하고 있습니다. 조선왕릉은 전 세계적으로 보기 어려운 왕릉으로 그 가치를 인정받아 조선 왕조의 무덤 중 40기가 세계 문화유산으로 등록되었습니다. 2문단에서는 왕릉을 유지할 수 있었던 비결에 대해 서술하고 있습니다. 조선왕조 500년 세월 동안 왕릉이 거의 훼손 없이 그대로 남아 있을 수 있었던 비결은 왕릉을 지키고 보호하는 관리 능참봉이 있었기 때문입니다. 3문단에서는 능참봉의 역할에 대해 서술하고 있습니다. 능참봉의 역할은 매우 다양했지만, 왕릉을 안전하게 지키는 일을 주로 담당했습니다. 4문단에서는 현재 능참봉의 역할을 맡은 기관에 대해 서술하고 있습니다. 현재 세계 문화유산으로 등록된 왕릉에 대한 관리는 문화재청 궁중유적본부에서 담당하고 있습니다. 따라서 이 글의 주제는 [능참봉의 역할은 매우 다양했지만 왕릉을 안전하게 지키는 일을 주로 담당해 전 세적으로 조선왕릉의 가치를 인정받을 수 있었다]로 볼 수 있습니다.

5부 독해를 잘 했는지 어떻게 아는가?

1. 텍스트 훑어읽기를 할 때 학습자가 낭독(소리내어읽기)활동을 할 때 경청하는 선생님 혹은 부모님은 오독(읽기가 잘 이루어지지 않은 단어)를 표시한다. 오독하는 실수가 줄어들고 학습을 통해 이해하는 어휘가 많아지고 있는지 확인해야 된다.

2. 의미 덩어리로 읽어내기 과정은 독해 교정을 접할 때 학습자들의 실수가 많은 단계이다. 자칫 주어, 목적어 혹은 띄어쓰기에서 의미 덩어리화 하려는 경향이 있다.

또한 의미 덩어리 읽어내기 활동에 집중해 그 목적성을 잃을 수 있다. 그렇기 때문에 왜 의미 덩어리로 읽어내는지 목적을 수시로 생각해야 된다. 이 과정은 글을 쓴 사람이 무엇을 말하는지 이해하는데 목적이 있다. 따라서 내가 이해가 되는 덩어리로 읽어낸다면 독해를 잘 하고 있다고 보면 된다. 하지만 단어 위주의 작은 덩어리나 혹은 문장 자체의 큰 덩어리로 읽어내는 것에 주의해야 된다.

3. 중심내용 찾기 과정은 각 문단 내 각 문장들을 이해하며 중요하고 덜 중요한 내용을 분류해 정보를 효율적으로 분석했는지 여유에 따라 독해를 잘 했는지 알 수 있다. 이때 각 문장들이 중요하다고 생각해서 밑줄을 긋지 않는다면 독해를 잘 하고 있다고 말할 수 있으며 반복해서 이야기 하고 있는 어휘를 체크해 그것이 어떻게 되었는지 이해하고자 노력해야 된다.

4. 핵심어구 만들기를 할 때 핵심어구를 구성하고 있는 어휘가 그 문단 내용에 있다면 독해를 잘 한 것이다. 지속적인 연습을 통해 한 단계 나아간다면 만들어낸 핵심어구를 보고 그 문단 내용을 떠올려 봐야 한다. 독해교정 마지막단계 구조화 글쓰기는 많은 연습이 필요하다. 하지만 이 과정을 마스터한다면 저자가 경험했듯 지문을 한번 읽은 후 눈을 감으면 글이 이미지화 되면서 문장과 문단들이 연결고리를 지어 구조화되는 현상을 경험할 수 있을 것이다.

이 과정을 처음에는 백지에 “내가 떠오르는 내용들 적어보기” 연습을 꾸준히 하기를 조언한다.

6부 누구나 할 수 있다! 해보자!

[연습지문]

SBS다큐에 코딩을 소개하며 샌드위치 코딩 영상을 찍은 영상이 있다. 이 샌드위치를 소재로 연습지문을 만들어 보았다. 영상도 참고해보길 바란다.

샌드위치란 얇게 썬 두 조각의 빵 사이에 버터나 마요네즈 소스 따위를 바르고 고기, 달걀, 치즈, 야채 등 여러 가지 재료들을 끼워서 먹는 음식을 말한다. 샌드위치를 만드는 빵은 하루 묵은 것이 적합하고, 빵의 두께는 1cm내외로 얇게 써는 것이 좋 다. 빵 사이에 들어가는 재료는 개인의 취향에 따라 다양하다.

샌드위치란 이름은 18세기 샌드위치 가문의 4대 백작인 존 몬테규로부터 나왔다. 그는 식사할 시간도 아까워할 만큼 카드놀이에 푹 빠져 지내 하인들의 고충이 이만저만이 아니었다. 날로 건강이 쇠약해지는 백작 때문에 애를 태우던 하인들은 먹으면서 게임을 계속할 수 있도록 도박 테이블 위로 고기와 빵을 얇게 썰어서 가져오게 했는데, 이것이 샌드위치의 시초이다.

샌드위치는 만드는 방법이 간단하고 먹기에도 간편하다. 따라서 사람들에게 휴대가 편리한 대표적인 음식으로 생각되고 있다. 언제 어디서든 길거리에서도 간단하게 샌드위치를 만들고 파는 가게들을 많이 발견 할 수 있다.

*[연습지문] 독해 또한 끊임없는 연습과 노력으로 갖춰질 수 있다. [연습지문] 각 독해 단계는 네이버 블로그를 통해 안내할 예정이다.

7부 마치는 글

'신나는 한글놀이' 공저 후 한글 교육이 탄탄하게 다져진 아이들에게 다음 단계인 바른 독해력을 키우기 위한 안내를 드리고 싶은 마음이 컸다. 이런 마음을 가지고 있어서 일까? 글쓰기에 관한 바른 지도를 원하는 선생님들과 함께 할 수 있는 행운이 나에게 찾아왔다. 처음에는 나의 어떤 글이 학생들에게 도움이 될까? 생각해 봤지만 독서논술 선생님이면서 독해교정 선생님이 안내하고 싶은 방향성은 독해교정 구조화 글쓰기였다.

독서를 많이 하면 독해에 도움이 되고, 독해가 늘어야 되는데, 독서를 많이 해도 독해력이 늘지않는 학생들이 있다. 그럼 이 학생들은 어떻게 지도하는 것이 효율적일까? 독해교정은 이런 의문에서 시작되었다. 독해에 도움이 되는 방법들은 다양하지만 내가 찾은 방법은 독해교정이다. 이 과정을 통해 많은 학생들이 자신만의 독해의 방법을 찾아가길 바란다. 또한 독해교정과 글쓰기는 다른 분야가 아니다. 독해교정단계를 반대로 거슬러 올라가면 바로 글쓰기의 개요짜기라 볼 수 있기 때문이다. 그래서 독해교정 독서논술 선생님이 되어 학생들의 바른 독해력과 바른 글쓰기를 지도하고 싶다. 앞으로도 학생들을 위해 많은 연구와 방법들을 지속적으로 안내할 예정이다.

공부머리를 완성하는 초등 글쓰기

장은지

장은지

인하대학교 한국어문학을 전공하고 동 대학원에서 한국어학을 공부했다. 한국어 교원, 한우리 독서토론논술 강사로 일했다. 현재 다산 독서논술문해력교실을 운영중이며 국어전문학원에서 국어를 가르치고 있다.
https://blog.naver.com/dasan_korean
공부머리를 완성하는 초등 글쓰기

서술형 평가의 시대, 기본은 '글쓰기'다.

"선생님 영재반 수업에서 이상한 걸 하래요!"
독서 논술 수업을 시작하려는 데 6학년 학생들이 억울한 듯 말문을 열었다. 그 학생이 말한 '이상한 것'은 바로 과학 도서 읽고 독후감 쓰기였다. 학교에서 운영하는 영재 교육 프로그램에 참여하는 학생이었는데 꽤 많은 양의 책을 읽고 독후감을 써야 한다고 불만을 토로했다. 그 학생에게 '선생님께서 어떤 이유가 있으셔서 그런 과제를 내 주신 게 아닐까?'라고 이야기했더니 선생님께서 이렇게 말씀하셨다고 했다.

"똑똑한 너희들이 엄청난 것을 공부하고 생각해 내고 발견하고 발명하게 되어도 제대로 쓰지 못하면 물거품이 될 수도 있다."

내가 아이들에게 글쓰기를 가르치고 싶었던 이유와 일맥상통했다. 독서가 '저축'이라면 글쓰기는 '재테크'라고 할 수 있다. 돈을 모으기만 하고 갖고 있기만 한다면 돈을 모으는 재미밖에 느끼지 못한다. 하지만 그 돈을 적재적소에 투자하거나 이율이 높은 곳에 묶어 두었다가 필요한 곳에 쓴다면 힘들게 저축한 일들이 더욱 빛나지 않을까. 글쓰기는 공부와 독서, 연구 등을 통해 우리에게 온 지식들을 빛나게 해줄 능력이다.
초등학교 때 꾸준히 독서하고 글쓰기 능력을 키운다면 대학 입시를 넘어 사회에 나갈 때 든든한 종잣돈을 마련하는 것과 같다. 요즘 시대에는 더더욱 그렇다. 도서관이나 각종 기관에서 운영하는 어린이 글쓰기 프로그램은 굉장히 인기가 많아서 선착순 마감되곤 한다. 성인 글쓰기 강좌도 인기가 많아서 대기했다가 참가하는 일이 빈번하다. 한동안 '문해력'이 인기였다가 요즘은 '글쓰기'가 대세가 되었다. 관련 서적도 연일 인터넷 서점 베스트셀러 코너를 차지하고 있다. 2022 개정 교육과정도 이런 변화의 중심에 있다. 2022 개정 교육과정 국어과 목표를 찾아보면 초, 중, 고 모두 같은 내용을 찾을 수 있다.

목표

국어 의사소통의 맥락과 요소를 이해하고 다양한 의사소통의 과정에 협력적으로 참여하면서 언어생활을 성찰하고 국어문화를 향유함으로써 미래 사회에서 요구되는 높은 수준의 국어 능력을 기른다.

(1)다양한 유형의 담화, 글, 국어 자료, 작품, 복합 매체 자료를 비판적으로 이해하고 자신의 생각을 창의적으로 표현한다. -후략-

출처: 국가교육과정정보센터 누리집

'자신의 생각을 창의적으로 표현한다.'라는 목표에 부합하는 교육 방법, 평가 방법은 바로 '글쓰기'이다. 2022 개정 교육과정의 목표에서도 알 수 있듯이 다양한 유형의 텍스트를 이해하기에서 끝이 아니라 자신의 생각을 표현할 수 있는 능력이 무엇보다 중요하다.

2022 개정 교육과정을 찬찬히 살펴보고, 인터넷 서점과 SNS에서 글쓰기 열풍을 보면 대부분의 교사들과 학부모는 '글쓰기'의 중요성을 인지하고 있는 듯하다. 당장 중·고등학교에서 서술형 평가와 수행평가에서 '글쓰기 방식'의 평가를 접한 학생들의 비명이 들려온다. 학생들도 시간을 되돌릴 수 있다면 초등학생때로 돌아가 글쓰기 능력을 키우고 싶다고 말한다.

2000년대 초반에 중·고등학교를 다닌 학부모들은 요즘 학교에서 이루어지고 있는 여러 글쓰기 평가가 익숙하지 않다. '수행평가'라는 것이 도입되는 시기였고 지필평가의 단답형 주관식 문제로 갈음하는 경우가 대부분이었다. 하지만 이제 국어를 비롯한 여러 과목에서 수업 시간에 글쓰기를 해서 제출하는 수행평가가 확대되고 있다. 고등학교 국어 시간에 아래와 같은 수행평가가 이루어지고 있다.

도서 내용과 관련된 주제를 정해 토의 및 토론 활동 후 발표하기, 서평쓰기

주제, 독자에 대한 분석을 바탕으로 타당한 근거를 들어 설득하는 글쓰기

'창의적 읽기'를 통해 지정 필독 도서를 읽고, 독서 감상문 쓰기

지정 도서를 읽고 질문 세 가지 작성하고 이유 쓰기

챗GPT의 등장으로 교육 현장에서 글쓰기 평가 방식이 변하였다. 집에서 과제를 완성해서 제출하는 결과 중심의 평가에서 탈피하여 수업 시간에 글을 써서 제출하는 과정 중심의 평가를 주로 한다. 서술형 평가는 당연히 시험 시간에 이루어진다. 순발력도 필요하겠지만 평소 글쓰기 능력을 키워 놓아야 당황하지 않고 종이에 내 이야기를 채워 제출할 수 있을 것이다. 단순히 글을 써야 하는 수행평가 유형이 증가하고 대입에

서 서술형 평가의 비중이 강화된 것이 글쓰기 능력을 키워야 하는 이유는 아니다. 교육 당국과 우수한 학생들을 뽑고 싶은 대학의 의중을 파악해야 한다.

대한민국이 글쓰기로 들썩이고 독서 논술과 문해력, 글쓰기 공부방의 수요가 커지는 이유는 글쓰기가 현대 사회에서 요구되는 의사소통 능력과 창의적 문제 해결력을 기를 수 있는 열쇠이기 때문이다. 지식의 홍수 속에서 나에게 필요한 지식을 선별하고 학습하는 능력은 필수적인데 이러한 논리적 사고 과정은 '글쓰기'를 빼놓고 이야기하기 어렵다. 논리적 사고에 기반을 둔 글쓰기 과정을 뺀다면 많이 듣고 많이 읽더라도 그 지식은 곧 흩어지기 때문이다. '구슬이 서 말이라도 꿰어야 보배'라는 말이 있듯이 공부하고 생각하고 느끼고 읽은 모든 것들이 글쓰기를 통해 삶의 보배로 남을 것이다. 글쓰기의 중요성에 공감한다면 미루지 말고 당장 시작해보자.

긍정의 글쓰기

글쓰기는 어렵고 지루하다는 편견을 깨는 것에서 시작한다!

대입에서 서술형 평가의 비중이 커지는 것에 모두 동의하고 있는 분위기이다. 글쓰기 능력을 키워야 하는 아이들은 빼고 말이다. 글쓰기 교육과 관련된 학술 논문을 살펴보면 글쓰기를 좋아하는 초등학생들은 극히 드물다. 독서 논술 수업에서 만나는 학생들도 비슷하다. 독서를 싫어하는 학생보다 글쓰기를 싫어하는 학생들이 훨씬 더 많다. 왜 글쓰기를 싫어하냐고 물어보면 '어떻게 써야 하는지 몰라서'라는 대답이 대부분이다. 그럼 반대로 '어떻게 쓰는지 알려주면 글쓰기가 좋아질까?' 라고 물어보니 그건 모르겠다고 대답한다. 아이들이 생각하는 '글쓰기'의 범주가 너무 좁고 부정적이라 안타까운 마음이 든다.

요즘 도서관에서는 책 빌려주는 일뿐만 아니라 다양한 도서관 프로그램을 운영하고 있다. 작년에 도서관에 갔다가 게시판에 붙은 안내문이 눈에 들어왔다. "나는 초등학생 작가" 라는 프로그램이었다. 초등학생들이 글을 쓰고 그림도 그려 책을 출판하는 프로그램이었다. 초등학교 3학년이었던 딸은 글을 써야 한다는 것에 겁을 먹고 신청하지 말라고 했으나 나는 그림도 그린다며 설득해서 신청서를 냈다. 두 달 정도 매주 일요일마다 도서관에 가서 주제를 정하고 글을 쓰고 그림도 그리고 책 제목도 지었다. 몇 개월 뒤에 책은 아주 근사하게 출간되었다. 딸이 글쓰기를 해냈다는 것이 기특하고 자랑스러워 여기저기 자랑하고 다녔다. 그리고 그 뒤로 딸은 글쓰기를 좋아하게 되었다. 결과물이 잘 나오고 상도 받고 자랑도 할 수 있어서 글쓰기가 좋아졌나 궁금했는데 딸의 대답은 의외였다.

"내가 만든 이야기를 다른 사람들이 읽는 게 그냥 막 기분이 좋아!"

함께 프로그램에 참여했던 아이들은 1학년부터 6학년까지 매우 다양했다. 글의 분량도, 내용도 가지각색이었고 아이들마다의 개성이 묻어났다. 자유로운 무질서 속에서 보석이 발견되는 것 같은 느낌이 들었다. 나도 물론이고 프로그램을 이끈 작가님도 첨삭이나 가이드 라인에 맞추어 글을 쓰라고 하지 않으셨다. "꿈"이라는 공통된 주제만 있을 뿐이었다. 그리고 글쓰기를 해낸 아이들에게 '무한 칭찬'만 있었다.

이 경험이 내게 준 것이 바로 '긍정의 글쓰기'이다. '글쓰기'에 대한 부정적인 인식을 바꾸고 학습 능력을 키우기 위한 글쓰기로 들어가기 위해서는 '긍정의 글쓰기' 과정이 필요하다. 우선 글쓰기는 어렵고 힘들다는 생각을 깨고 연필을 잡고 공책을 펼쳐야 한다. 다양한 방법으로 '긍정의 글쓰기'를 실천해 보면 글쓰기는 어렵고 지루하다는 편견을 깰 수 있다. 실천 방법은 다음의 예를 참고하자.

쓰고 싶은 것을 쓰자.

우선 읽고 싶은 책을 고르듯, 쓰고 싶은 소재를 스스로 찾아본다. 중학교에 입학하면 자기소개하는 글을 쓰게 하는 경우가 많은데 대부분의 아이들이 이조차도 힘들어한다. 자신이 가장 잘 아는 것과 좋아하는 것, 관심 있는 것부터 시작하자. 요즘 초등학생들이 가장 좋아하는 음식이

'마라탕''과 '탕후루'라고 한다. 이 음식을 먹은 경험을 글로 쓰거나 삼행시를 지어보는 것도 좋다. 아래는 6학년 학생들이 자유 주제로 글쓰기를 한 것이다.

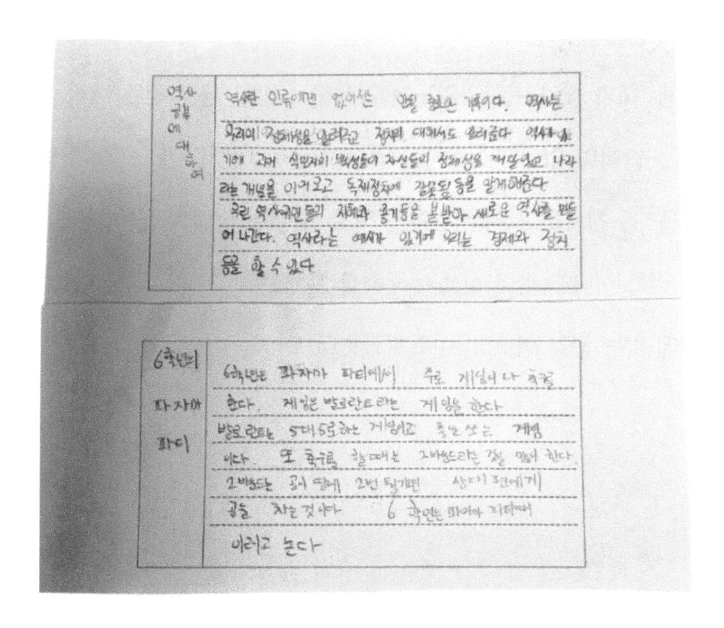

역사 공부에 대하여	역사란 인류에게 있어서는 [illegible] 기록이다. 역사는 우리의 정체성을 알려주고 정치에 대해서도 알려준다 역사가 [illegible] 기에 고려 식민지의 백성들이 자신들의 정체성을 깨달았고 나라 라는 개념을 이어오고 독재정치에 잘못된 등을 알게해준다 우리 역사위인들의 지혜와 용기등을 본받아 새로운 역사를 만들 어 나간다. 역사라는 예시가 있기에 우리는 경제와 정치 등을 할 수 있다

6학년의 파자마 파티	6학년은 파자마 파티에서 주로 게임이나 축구를 한다. 게임은 발로란트라는 게임을 한다 발로란트는 5대5로 하는 게임이고 총을 쏘는 게임 이다. 또 축구를 할 때는 2바운드라는 걸 많이 한다. 2바운드는 공이 땅에 2번 튕기면 상대 1명에게 공을 차는 것이다 6학년은 파자마 파티때 이러고 논다

주제 랜덤 게임

좋은 글은 자신의 경험에서 나온다. 그렇기 때문에 많은 부모들이 블로그를 찾아가며 아이와 특별한 경험을 하고자 노력한다. 하지만 특별한 경험보다는 일상적이고 익숙한 소재들로 시작하는 것이 좋다. 주제를 찾기 어려울 땐 '주제뽑기놀이'를 해보는 것을 추천한다. 여러 가지 글쓰기 주제를 종이에 써서 상자에 넣고 하나 뽑아서 그날 글짓기를 해보는 것이다.

1. 종이를 담을 수 있는 그릇이나 상자, 종이가방 등을 준비한다.
2. 종이와 펜을 준비한다.
3. 종이에 '내가 좋아하는 과일', '생일선물로 받고 싶은 것', '내가 싫어하는 계절', '방학이 없다면?', '내가 엄마와 몸이 바뀐다면?', '내가 좋아하는 아이돌' 등 친숙하고 쉬운 주제를 적고 접은 뒤 상자에 넣는다.
4. 눈을 감고 하나를 뽑아 글쓰기 주제를 발표한다.
5. 주제에 맞는 글을 써보고 서로 발표한다.

선플 달기

초등학교 다닐 때 일기를 열심히 써서 1년에 일기장만 일곱 권 넘게 샀었다. 왜 일기 쓰기를 좋아했는지 생각해보니 담임선생님의 코멘트 때문이라는 생각이 들었다. 일기를 검사하시며 빨간펜으로 칭찬이나 조언을 적어주셨다. 그때 해 주셨던 칭찬과 조언들이 아직도 가끔 생각이 난다. 내가 가르치는 아이들의 글에도 첨삭이나 교정보다는 칭찬이나 조언을 적어주고 있다. 글을 시작했다는 것도 칭찬하고 글을 마친 것도 칭찬받을 일이다. 집에서 글쓰기 지도를 한다면 평가나 첨삭보다는 댓글의 형태로 칭찬을 남기는 방식을 추천한다.

학습력을 키우는 글쓰기
글을 잘 쓰는 아이들은 공부도 잘한다.

'초등 의대반'에 대해서 들어본 적이 있는가? 초등 저학년때부터 엉덩이힘을 기르고 영재고나 자사고를 준비하기 위해서 초등학생들에게 고등 수학을 가르치는 사교육 현장이라고 한다. 물론 사교육이라는 것이 시대 흐름과 학부모들 요구에 의해 발생하지만 초등학생에게 고등 수학을 가르치고 의대라는 목표를 세워 입시 전쟁으로 모는 것이 옳은 것인가는 쉽게 대답하기 어렵다. 공부 잘하는 아이로 키우고 싶다면 '초등 의대반'보다는 '초등 국어'에 집중하는 것이 더 이득이다.

우연히 유튜브에서 귀가 쫑긋해지는 이야기를 들었다. 바로 초등 국어 공부의 세 가지 축 이야기다. 서울대 쌍둥이 선생님으로 유명한 여호원, 여호용 형제가 어떤 교육 유튜브에 출연하여 초등 국어에는 세 가지 축이 있다고 밝혔다. 그것은 바로 독서 , 글쓰기, 어휘 능력이다. 특히 글쓰기 능력을 키워줄 것을 강조했다. 독서와 글쓰기, 어휘 학습으로 초등 국어를 탄탄하게 다지는 것이 스스로 학습하고 필요한 것을 찾아 공부하는 능력, 학습력을 키우는 방법이다. 초등학생들의 능력에 알맞고 학습력 키우기에 필수적인 글쓰기 방법들을 소개한다.

고전 필사

삼국지에 오나라 사람 감택이 나온다. 감택은 가난한 농부의 자식으로 학문에 뜻이 있었지만 이루지 못하고 필사를 직업으로 삼았다. 필사를 하면 할수록 똑똑해진 감택은 역법과 천문에도 능통해지고 책도 쓴다. 손권이 이러한 감택의 능력을 알아보고 추천하여 훗날 높은 관직까지 오르게 된다. 필사가 가지는 엄청난 힘이 삼국지에도 나오는 것이다.

딸이 3학년 때 담임선생님께서는 잘못한 아이들을 혼내지 않으시고 '명심보감'을 쓰게 하셨다고 한다. 벌이 아니라 글쓰기 연습으로 활용해도 매우 효과가 좋은 방법이다. '명심보감'이나 '소학'도 좋고 '논어'도 추천한다. 고학년이라면 '명상록'이나 '천로역정'도 준비해 놓고 '필사데이'에 가족이 모두 모여 함께 써보는 것도 좋다. 고전은 부모와 아이 모두 읽는 것이 두 배의 영양분이 있다.

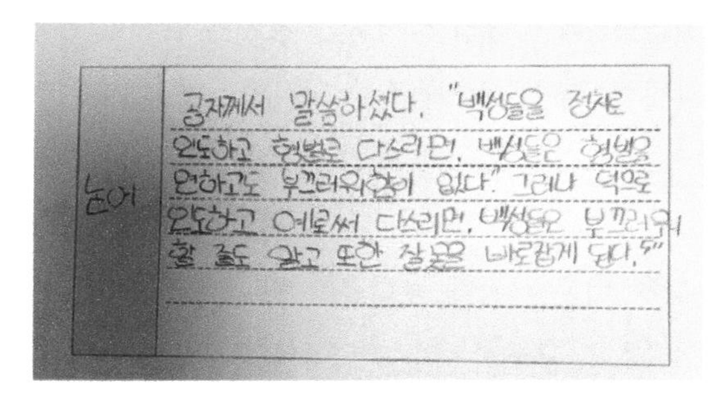

논어

공자께서 말씀하셨다. "백성들을 정치로 인도하고 형벌로 다스리면, 백성들은 형벌을 면하고도 부끄러워함이 없다." 그러나 덕으로 인도하고 예로써 다스리면, 백성들은 부끄러워할 줄도 알고 또한 잘못을 바로잡게 된다.[5]"

논어

1-8

공자가 말했다.

"군자가 무게감이 없이 언행하면 위엄이 떨어지고 배움도 탄탄하지 못하게 된다. 존경심이 있고 신뢰가 있는 사람을 가까이 하고, 나만 못한 사람의 친구가 되지 말고, 단점이 있으면 과감하게 고치기를 어려워 말아야 한다."

논어

공자[1]께서 말씀하셨다. "배우고 때때로[2] 그것을 익히면 또한 기쁘지 않은가? 벗이 먼 곳에서 찾아오면 또한 즐겁지 않은가? 남이 알아주지 않아도 성내지 않는다면 또한 군자답지[3] 않은가?"

한 문장 정리의 힘

나는 독서논술 수업을 하고 있다. 초등 저학년들은 책을 읽고 나서 독후활동을 하는 것이 중요하다. 초등 고학년들은 다독보다는 꼼꼼하게 읽는 연습을 하면서 책 내용을 정리하는 활동에 집중한다. 그 중에 가장 중요하게 생각하는 것이 글의 구조를 도식화하는 것이다. '텍스트 구조화'라고도 불리는데 비문학 독해 능력 향상을 위한 수업에서 많이 다루고 있다.

초등학생은 당장 비문학 독해 능력을 키워 시험을 보지는 않기 때문에 시험을 위한 '텍스트 구조화' 연습이 아니라 글쓰기 능력 향상을 위한 도식화 연습을 하는 것을 추천한다. 텍스트의 범위를 두지 말고 어떤 글이든 중심 낱말과 중심 문장을 찾는 연습을 하면 된다.

1. 글을 읽고 중요한 단어를 찾아 동그라미한다.

2. 중요한 문장에 밑줄 긋는다.

3. 밑줄 그은 문장만으로 요약한다.

4. 글의 주제를 한 문장으로 정리해본다.

독서 경험을 활용한 글쓰기

경기도 남양주에 산다면 다산 정약용을 모르는 사람은 없을 것이다. 남양주시 조안면 출신인 정약용의 호를 따서 '다산 신도시'라는 지역도 생겼으니 말이다. 정약용은 위대한 실학자이자 굉장히 책을 많이 쓴 작가이다. 전라도 강진에서 유배 생활을 할 때도 꾸준히 책을 써서 평생 500권이 넘는 책을 남겼다. 정약용이 다작할 수 있었던 이유는 다독했기 때문이다. 단순히 다독했을 뿐만 아니라 '초록 독서'라는 독서법이 있었다. 정약용의 '초록 독서'는 책을 읽으면서 책의 내용을 베껴 쓰는 것이다. 이 독서법은 정조의 독서법으로도 유명하다. 나는 학원에서 공부할 때 이 초록 독서법을 활용했다. 국어학을 공부할 때, 논문이나 전공 서적을 눈으로만 읽지 않고 중요한 내용을 뽑아 공책에 적었다. 읽기만 했을 때보다 기억하기 좋고 글을 쓸 때도 도움이 된다.

저학년들은 고학년들처럼 책 내용을 정리하거나 도식화하는 것이 어렵다. 책 내용도 길지 않고 짧고 간결한 경우가 많다. 그래서 초록 독서법을 응용하여 글쓰기하는 것을 추천한다. 가장 기억에 남는 장면이나 대사를 짧게 기록하는 방법이다.

또는 별점을 주거나 SNS에 남기는 것처럼 짧은 글을 쓴다. 그림을 그리고 해시 태그(#)를 이용해서 인상 깊은 내용을 쓰면 재미있게 독후 활동을 할 수 있다.

신문을 활용한 글쓰기

초등 4학년 이상 아이들에게 꼭 필요한 글쓰기가 있다. 바로 신문을 활용한 글쓰기이다. '꿩 먹고 알 먹고'라는 속담이 생각나는 활동이다. 신문을 읽으며 독해력을 키우고 새로운 어휘들을 익힐 수 있으며 논리적 글쓰기 활동이 가능하다. 논리적 글쓰기는 기사에서 다루고 있는 주제에 대해 자신의 생각을 밝히고 그 까닭을 써보는 활동으로 초등 고학년에서 요구하고 있는 언어 능력을 기를 수 있다.

하지만 요즘 종이 신문을 구하기도 어렵고 내 아이의 수준에 맞는 기사를 찾는 것도 쉽지 않다. 신문을 활용한 글쓰기 수업 때는 '어린이 신문'을 검색한 뒤 어린이를 위한 기사를 제공하는 신문사 사이트를 이용하는 것이 좋다. 어린이 조선일보는 'NIE 논술교실'이라는 코너를 만들어 기사 하단에 글쓰기를 할 수 있는 질문들이 함께 있다. 시중에 나와 있는 신문을 이용한 글쓰기 교재들도 추천한다.

신문을 활용한 글쓰기를 강력히 추천하는 이유는 사고력과 논리력뿐만 아니라 문제 해결력도 키울 수 있기 때문이다. 신문은 좋은 소식을 싣기도 하지만 주로 사회적 갈등이나 문제 상황을 기사로 쓴다. 정치, 사회, 경제, 환경, 교육 등 다양한 분야에서 생겨나는 문제들을 접하고 해결 방법에 대해서 고민해보고 글로 표현하는 활동은 학습 능력을 키우는 여러 가지 조건들을 충족시킨다.

모든 공부의 끝은 글쓰기

대학은 물론 사회에서도 글쓰기 능력은 필요하다. 세계적으로 유명한 MIT에서는 글쓰기만 가르치는 수업과 강사가 따로 있다. 케임브리지 대학에서도 전공을 불문하고 교수들은 글쓰기 코칭을 한다. 이 이야기를 듣고 부러우면서도 우리나라 대학 현실이 안타까웠다. 1학년 때 교양 필수 수업으로 작문 수업을 들었지만 대학 수준의 글쓰기 능력을 키우기에는 부족했다. 대학원에 가서는 거의 매주 글을 써서 발표해야 했는데 처음에 매우 고생했다. 하지만 꾸준하게 글을 읽고 쓰고 공부한 결과, 어느새 나는 글쓰기를 즐기고 있었고 나의 큰 무기가 되었다. 그래서 아이들에게 글쓰기를 가르치면서 상당히 진지할 수밖에 없다. 어릴 때부터 글을 쓴다면 미래에 얼마나 큰 영향을 줄 수 있을지 가늠할 수 있기 때문이다.

특히 학습 능력을 키우기 위해서 학원과 과외, 선행과 문제집에만 의존하는 현 교육 현실에서 독서 교육과 글쓰기 교육이 새로운 대안으로 자리 잡았으면 한다. 물론 다양한 학습법이 있고 알맞은 교육법이 있겠지만 장기적으로 보았을 때 글쓰기 교육을 무시해서는 안 된다. 많은 학자들이 책을 쓰며 연구 결과를 세상에 내 놓았고 사회에서도 각종 보고서와 제안서 등 글을 쓸 일은 무한하다.

글쓰기는 논리적이고 체계적인 사고를 할 수 있게 해주는 바탕이 된다. 그리고 다양한 주제를 찾으며 생활을 돌아보고 사회에 관심을 갖고 사람을 바라보게 된다. 어느 순간 글을 더 잘 쓰기 위해 독서에도 욕심을 낸다. 한글 공부도, 학교 공부도, 인생 공부도 글쓰기를 통해서 더 잘하게 된다. 글쓰기는 그 어떤 경험보다 강하고 짙은 영향을 줄 것이며 아이가 쓴 글들은 의미 있는 발자국으로 남을 것이다. 더 늦기 전에 글쓰기 교육을 시작해보자.

제대로 된 책 읽기,
글쓰기의 시작이다

김수미

작가소개 : 김수미

명지대학교 문예창작학과를 전공하여 소설가 박범신 교수님의 가르침을 받았습니다. 광고기획사, (주)서울문화사, 솔표 조선무약 홍보실 카피라이터로 재직했습니다. 결혼 후 20여년 간 초등영어수업, 한국어수업, 독서논술수업을 하며 소중한 인연으로 만난 아이들과 책읽기와 글쓰기로 소통하고 있습니다. 아이들의 엉뚱하고 기발한 생각과 표현이 즐겁고 그들의 꿈을 응원하며 성장하는 모습에 보람을 느낍니다.
인생의 후반전을 맞아 새벽기상을 하면서 책을 읽고 다시 글을 쓰며 나다움의 삶을 찾는 여정을 살아가고 있습니다. 매일 소소한 일상가운데 고마운 지인들과 함께 나누고 누리며 선한 영향력을 끼치는 삶을 살아가길 소망합니다.

- 초등영어지도사
- 그림책지도사
- 한우리독서지도사
- 한국어교원 2급 지도사
- 리드인센터 독서코칭 7년차
- 한국예술인협회 작가
- 캔바디지털콘텐츠 1급 강사

저서 〈향기로운 일상의 초대〉, 〈일상이 시가 되는 순간〉
인스타그램@joyngrace91,
이메일 cherishes@hanmail.net

제대로 된 책 읽기, 글쓰기의 시작이다

"선생님, 우리 아이는 책 읽는 걸 싫어해요.", " 문제집을 푸는 데 문제를 이해 못해서 틀리는 경우가 있어요.", "다른 과목은 잘하는데 발표랑 글쓰기는 못해요", "우리 아이는 책 읽는 건 좋아하는 데 국어 성적은 좋지 않아요." "책을 끼고 사는 데 글쓰기는 싫어해요. 왜그럴까요?" "제가 학원 안보내고 다른 과목은 가르치는데 글쓰기는 못 가르치겠어요" 독서논술 수업을 하다보면 이런 고민으로 상담하러 오시는 학부모님들이 대부분이다. 책 읽기가 힘들고 글쓰기가 어려운 이유는 뭘까?

오랜 시간 아이들과 수업하면서 더욱 분명해지는 건 책을 제대로 읽지 않아서 글쓰기가 어렵다는 사실이다. 자발적 읽기의 중요성을 이야기한 세계 최고의 언어학자 스티븐 크라센 교수도 "글을 잘 읽는 사람이 잘 쓴다. 왜냐하면 읽는 과정을 통해서 무의식적으로 글을 잘 쓰게 되는 방법을 습득하기 때문이다"라고 말했다. 그렇다면 지금부터 우리 아이들이 어떻게 제대로 책을 읽고 술술 써지는 글쓰기를 할 수 있는지 시작해보자.

1. 우리 아이 진짜 독서 수준은?

어렸을 때는 책 읽기를 좋아했는데 지금은 왜 싫어할까? 사실 요즘 시대는 책보다 더 재미있고 다양한 볼거리가 넘쳐난다. 학년이 올라가면서 점점 책 읽기를 싫어한다면 아이가 언제부터 책을 멀리하게 되었는지 되짚어 봐야 한다. 독서에 흥미를 잃은 아이들은 대부분 4학년 이상의 고학년이다. 부모님이 읽으라는 책은 재미없고 어렵기 때문에 아예 책 읽기를 싫어하게 된 경우다.

독서는 지식습득이 아니라 재미가 먼저다. 책을 잘 읽지 않는다고 학습만화를 읽게 하라는 말이 아니다. 아이의 수준에 맞는 책 읽기를 통해 독서의 재미에 빠져야 한다는 것이다. 그렇다면 우리 아이의 독서 수준은 어떨까? 영어학원에 가면 제일 먼저 레벨테스트를 하고 결과에 따라 단계별로 수업을 진행한다. 그런데 국어는 어떠한가? 모국어라는 이유로 당연히 그 연령, 그 학년이 아이의 수준이라고 단정 짓고 있다. 학교나 학원에서의 수업 및 독서도 개인 맞춤이 아니라 같은 학년별 모둠수업을 하고 있는 것이 현실적인 문제다.

미국의 경우에는 국가공인 렉사일 지수(lexile score)를 아동 도서에 표시하도록 규정하고 있다. 렉사일지수는 책의 난이도를 0~2000level까지 해당어휘와 문장길이를 기준으로 수치화한 국가공인 지수다. 작가들도 그에 맞춰 아동도서를 집필하고 출간하기 때문에 아이의 수준에 맞는 단계적인 책읽기가 가능하다.

그러나 우리나라의 경우, 어휘력과 문장구조 수준이 체계화된 유일한 책은 교과서 뿐이라서 전문가나 출판사가 추천하는 연령별 도서목록 위주로 책을 읽게 된다. 그러다 보니 읽기 능력이 되지 않는 아이들이 학년만 올라가 책 읽기가 어렵고 싫어지는 것이 어쩌면 당연한 결과다. 학년과 읽기 수준은 절대 비례하지 않는다. 같은 4학년이라고 해도 어떤 아이는 3학년 수준이고 어떤 아이는 6학년 수준일 수 있기 때문이다.

최근에는 코로나 시기를 거치고 아이들이 SNS나 유튜브, 틱톡, 숏폼 등 짧은 영상에 익숙해져 긴 글 읽기를 매우 싫어한다. 몇 년 사이에 어느 때보다 문해력과 언어능력도 낮아졌다. 2019년부터 베스트셀러인 『공부머리 독서법』에서는 학습능력에 기반이 되는 독서를 강조하며 공신력 있는 언어능력 평가로 '주니어토클'을 언급했다. 주니어토클은 국어와 관련된 사고력, 의사소통 능력, 문화 능력 등을 측정하는 기초국어능력인증시험으로 초등학교 3학년부터 중학교 2학년에게 적합한 시험이다. 초등학생과 중학생은 주니어토클로 국어능력을 측정할 수 있으며, 고등학생은 토클 자격증을 취득하여 생활기록부에 등재할 수 있다.

좀 더 간편하게 우리 아이의 독서수준을 알 수 있는 방법도 있다. 공부머리독서법 네이버 카페의 '기초 언어능력 평가지'로 테스트를 하거나 리드인에서 특허 받은 '교과도서지수 검사'를 하면 된다. 검사지는 해당 학년의 어휘, 문장구조, 문단 배열, 내용 전개를 가진 도서를 레벨별 영역별로 출제하였고 어휘력, 사실적 이해력, 추론적 독해력, 비판적 사고력을 테스트하여 아이의 읽기 능력과 학습상태를 분석할 수 있다.

테스트 결과, 대부분 아이들은 학년 레벨보다 읽기 능력이 낮은 경우가 많다. 학모님들은 결과를 보고 당황하는 모습이 역력하다. 아이에게 서가에서 읽고 싶은 책을 골라 보라고 하면 아이는 여지없이 레벨테스트의 결과를 입증이라도 하듯 딱 그 레벨 도서를 꺼낸다. 그제서야 학부모님도 그 레벨부터 책 읽기를 다시 시작해야 한다는 말에 수긍하시고 레벨 업까지 얼마나 걸리냐는 조급한 질문을 하신다. 조금 느린 것 같지만 책 한 권씩 꾸준히 제대로 읽기 시작하면 아이의 읽기능력, 언어능력, 독서수준은 점차 향상될 수 밖에 없다. 그래서 아이의 진짜 독서 수준을 정확하게 진단하고 인정해서 독서의 흥미를 잃은 그 지점부터 맞춤독서를 해야 하는 것이다. 이 때, 이야기책부터 다시 시작해야 한다. 비문학 정보도서는 이야기책보다 어렵고 학습적으로 느껴져 아이에게 부담감을 주기 때문이다. 쉽고 재밌게 읽을 수 있는 문학도서로 정서적 책읽기부터 다시 시작하는 것이 효과적이다.

2. 진짜 독서는 스킬이 아니라 습관이다

우리는 살아가면서 독서를 통해 많은 지식과 간접 경험을 배운다. 문학, 인문, 사회, 과학, 역사, 예술 등 다양한 주제를 폭넓게 접할 수 있다. 하지만 독서의 목적은 단순한 지식축적이 아니다. 책읽기를 통해 사고력과 창의력이 향상되고 언어능력이 개발된다. 상황에 맞는 공감능력과 일상생활에서의 문제해결능력도 배울 수 있는 게 바로 독서다.

이러한 독서를 어려서부터 효과적으로 하려면 어떻게 해야 할까? 책읽기를 제대로 하려면 전략이 필요하다. 2000년대 초반에는 영재교육, 조기유학 열풍이 대단했다. 인간의 뇌는 6세 정도 되면 어른 뇌의 90% 정도의 크기가 되고, 언어지능이 폭발적으로 향상되는 시기가 영유아라는 연구발표를 기반으로 조기 영어, 언어영재교육법 붐이 일어난 것이다. 한 달에 몇 백 권의 책을 읽는 아이, 4~5세 부터 백과사전을 술술 읽는 아이 등 독서 영재까지 생겨 속독학원까지 성행을 이루었다.

일반 성인들은 보통 1분에 400~700자 정도의 속도로 책을 읽는다. 속독은 1분당 2400자 이상 읽는 것이니 4배나 빠른 속도다. 안구훈련을 통해 눈동자를 빨리 굴리고 사선으로 빠르게 훑어 읽는 속독, 이미지로 기억하며 많은 책을 읽을 수 있다. 다독의 측면과 많은 정보를 알 수 있다는 장점이 있지만 책을 제대로 읽는 방법이 아니라 하나의 스킬을 가르치는 것이다.

초등저학년 아이들이 속독으로만 책을 읽는다면 사고력과 언어능력이 향상되지 않는다. 어휘의 뜻이나 문장구조와 내재된 의미까지 제대로 파악하지 못 한 채 사건위주로 재빠르게 읽어버리기 때문이다. 빠르게 읽으면서 추론까지 생각하긴 어렵고 풍부한 감상까지 이르지 못한다. 꾸준히 제대로 책 읽는 습관이 형성되면 의미단위, 문장 단위로 책을 읽게 되고 문해력이 높아지면서 자연스럽고 점차 빠르게 책을 읽게 된다.

대학입시에서 논술비중이 높아졌을 때에 지문읽기에만 능숙하도록 읽기 스킬을 가르쳐주는 독서 논술학원들도 많았다. 제한된 시험시간 때문에 문제에 맞춰 지문을 분석하고 발췌독 위주의 읽기 연습을 한다. 단 기간에 성적을 올려야 하거나 읽기 실력이 아직 갖추어지지 않은 학생들에게는 요약된 줄거리만 읽고 문제 유형에 맞는 모범답안을 외워 구술, 논술시험 대비를 시키기도 했다. 진짜 독서가 아닌 국어성적을 높이기 위한 스킬을 탑재하도록 훈련한 것이다. 단기간에 점수 향상을 시킬 수 있겠지만 궁극적인 독서논술 교육과는 질적으로 다르다.

질좋은 독서는 읽는 속도와 반비례한다. 숙련된 독서가가 아닌 이상 읽는 속도가 빨라질수록 독서의 질은 떨어질 수 밖에 없다. 특히 아이들은 부모의 강요나 숙제로 읽을 경우 빨리 끝내고자 하는 마음에 대충 휘리릭 읽는다. 의미없이 눈으로 텍스트만 읽고 책 한 권을 다 읽었다고 한다. 독서진단을 하러 온 학생들 중에 '진단 불가'를 받는 아이들이 바로 이런 경우다. 1분당 읽은 글자수는 높은 데 독서이해력은 현저히 떨어지는 초등고학년과 중학생을 볼 수 있다. 비판력이나 추론력 문제가 아닌 사실적 이해력을 요구하는 문제에서도 오답이 나와 그 이유를 물으면 읽은 거 같은 데 잘 기억이 나지 않는다고 대답한다. 읽었지만 제대로 읽지 않았거나 수준에 맞지 않아 이해가 되지 않은 채 글자만 읽은 상태라서 기억에 남지 않고 무의미한 독서를 한 셈이다.

빌게이츠를 성공하게 한 독서습관

세계적으로 성공한 마이크로소프트사의 빌게이츠는 "오늘의 나를 있게 한 것은 동네의 작은 도서관이었다. 하버드 대학 졸업보다 소중한 것이 독서하는 습관이다."라고 말했다. 실제로 빌게이츠는 어린 시절 동네 도서관에서 살다시피 했고, 지금도 자기 전에 매일 1시간씩 책 읽는 습관을 유지하고 있다고 한다. 최첨단 산업의 선두주자인 그도 꾸준한 독서를 통해 시대의 흐름을 예측하고 앞선 지혜와 실행력으로 현대 사회를 이끄는 글로벌 리더가 된 것이다.

많은 학부모들은 우리 아이가 책을 잘 읽으면 좋겠다고 생각하지만 독서환경을 만드는 노력은 게을리 한다. 24시간 바쁘게 생활하고 부모들도 책을 멀리하는 경우가 많다. 아이들에게 책을 읽으라고 하면서 정작 TV시청을 하고 있는 것이다. 통계청에 따르면, 지난 10년 사이 한국인의 독서율은 감소 추세이고 독서 인구의 1인당 평균 독서량은 14.8권으로 약 3권이 줄어들었다고 한다. 첫 번째 이유는 스마트 폰 등 전자기기를 이용하는 것이고 두 번째 이유는 독서습관이 되지 않아서라고 응답했다.

학부모님들에게 먼저 묻고 싶다. "지금 읽고 있는 책이 있는가?, 내가 가지고 있는 책의 이미지는 어떠한가?, 학창 시절에 밤을 새워 책을 읽어 본 경험이 있는가?, 나의 생각의 전환을 가져다 준 인생 책은 무엇인가?, 내 아이에게 꼭 추천하고 싶은 책은 무엇인가?" 회상해 보시길 바란다.

무엇이든 첫 인상, 첫 경험은 매우 중요하다. 아이들이 책을 처음 접할 때 자연스럽고 즐거운 놀이처럼 책을 대하는 것이 가장 좋다. 1992년 영국에서 시작된 '북 스타트 운동'은 현재 미국, 일본, 캐나다 등지로 보급된 시민운동이다. 북 스타트 운동은 말 그대로 아기 때부터 책을 가까이하게 함으로써 책 읽는 습관의 출발점이 되도록 하자는 데 그 취지가 있다. 영유아 단계부터 책으로 된 장난감을 갖고 놀게 하면 이때 형성된 책에 대한 애착이 평생을 간다는 것이다.

우리나라에서는 서울의 중랑구가 이 운동의 첫 시범 지역으로 선정되었다. 북 스타트 회원으로 혜택을 본 유아들은 독서 습관이 몸에 배어 도서관 이용이나 북클럽 가입이 많을 뿐만 아니라 더 나아가 다른 또래 아이들보다 읽고 쓴 능력이 훨씬 앞서는 것으로 나타났다.

요즘에는 지역도서관 시설이 매우 잘 되어 있다. 쾌적하고 포근한 분위기와 여러 가지 독서 글쓰기 프로그램, 시청각실, 자료실 사용도 맘껏 활용할 수 있다. 학교도서관이나 아파트 커뮤니티 도서관도 있다. 가깝고 자주 갈 수 있는 도서관을 정해서 아이와 매주 다녀 보자. 도서관 예절을 알려주고 책의 종류와 분야를 가르쳐 주고 책 선정도 아이가 할 수 있도록 도와준다. 어떤 책을 고르는지 보면 아이의 관심 분야를 알 수 있다. 아이와 엄마가 대출 할 수 있는 권 수 만큼 책을 대출하고 일주일간 함께 읽는 독서습관을 만들어 간다.

정서적 안정감과 창의적 사고력을 높여주는 책 읽기

부모가 책을 좋아하고 자주 읽는 모습을 보여주면 아이는 읽으라고 하지 않아도 책을 가져와 엄마 옆에서 읽을 것이다. 엄마들은 유치원 때까지 책을 잘 읽어주지만 한글을 떼고 나면 읽기 독립 시기라는 생각에 혼자 책을 읽게 한다. 하지만 초등 1~2학년 까지는 책을 읽어주고 아이와 그 책에 대해 이야기하는 것이 바람직하다.

어렸을 때부터 부모가 책을 자주 읽어 준 아이는 정서적 안정감을 느끼고 책에 대한 좋은 기억을 가지고 있기 때문에 독서를 공부가 아닌 휴식과 재미로 받아들인다. 그래서 꾸준한 독서습관의 형성은 매우 중요하다. 평생 책을 좋아하는 아이로 만들기 위해서는 정서적 책읽기와 관심있는 분야를 지켜보며 적절하게 연계도서로 확장해주어야 한다. 책 읽는 자세가 바르고 재미있는 책을 읽게 되면 아이는 자연스럽게 독서의 세계로 빠져든다. 그러면 30~40분 이상 책을 읽는 독서지구력이 생겨 올바른 책읽기 습관으로 발전할 수 있다.

아이들은 초등학교 때의 독서 습관과 제대로 읽은 책의 양에 따라 학년이 높아질수록 배경지식과 창의적 사고력의 격차가 점점 벌어진다. 중학교에 들어가면서 부터는 본격적인 선행학습과 수행평가로 책 읽을 시간이 현저하게 줄어들기 때문이다. 어릴 때부터 시작하여 자유학년제인 중등 1학년까지 올바른 독서습관을 만든다면 스스로 책을 읽는 숙련된 독서가로 성장할 수 있고 우리 아이를 빌게이츠로 만들 수도 있다. 책 읽는 습관은 나무의 뿌리를 깊게 내리는 것처럼 우리 아이의 사고력, 창의력, 학습능력, 표현력 향상에 근간이 될 것이다. 올바른 독서 습관은 아이에게 평생 좋은 친구를 만들어주는 일이다.

3. 읽기 수준에 맞는 제대로 된 책 읽기

매일 지속적인 독서 습관을 만들려면 어떤 책부터 읽어야 할까?
부모들은 당연히 아이에게 도움이 되는 책, 권장도서 목록에 있는 책들을 다 읽히고 싶다. 하지만 앞서 말한 것처럼 책 선정의 주도권은 아이에게 있다. 아이가 읽고 싶은 도서, 끝까지 읽을 수 있는 도서가 아이의 읽기 수준에 맞는 도서다. 도서관에서 여러 책을 빌려와도 아이는 가장 먼저 흥미를 끄는 책을 읽을 것이다.

아이가 그림책을 읽어 달라고 가져왔다 가정해보자. 제목만 읽고 바로 책장을 넘기는가? 책의 표지부터 읽는 것이 중요하다. 표지에는 작가가 의도하는 주제와 관련된 제목과 그림 이미지가 함축되어 있다. 작가의 이름, 출판사까지 읽어주도록 한다. 그림책의 경우라면 표지 앞 뒷면을 쫙 펼쳐서 감상하면 더욱 좋다.

권정생 선생님의 〈강아지똥〉을 예로 들어 보자. 앞표지에는 골목길 돌담 구석에서 돌이네 강아지 흰둥이가 똥을 누고 있다. 강아지 뒤로 하얀

김이 오르는 것도 보인다. 뒷표지에는 흰둥이가 똥을 눈 그 자리에 노란 민들레꽃이 피어났다.

표지 안의 면지에는 검은 바탕에 빨강, 노랑, 초록, 파랑 동그라미들이 빛나고 있다. 이 동그라미들은 민들레의 말을 듣고 비오는 날 자신의 몸을 녹여 민들레의 양분이 되는 강아지똥을 나타낸 것이다. 최근 25주년 특별판은 독자들이 가장 사랑하는 장면을 선정하여 표지로 디자인하였다. 표지를 보는 순간 책을 읽으며 느꼈던 감동을 다시 느낄 수 있도록 형상화한 것이다.

이렇게 표지부터 찬찬히 살피며 호기심을 유발하여 "이 알록달록 동그라미들은 뭘까?" 질문해 본다. 아이의 창의적인 생각을 들어주며 기대감을 갖고 책을 읽어준다. 너무 극적인 구연동화처럼 읽어 줄 필요는 없다. 아이가 좀 컸다면 한 쪽씩 번갈아 읽는 방법도 좋다. 혼자 읽는 것보다 지루하지 않고 아이의 듣기 능력과 집중력도 높아진다. 내일 또 이 책을 읽기 원한다면 계속 읽어도 된다. 한 번에 이해가 잘 안되기도 하고 읽을 때마다 새로운 것이 다시 보이기도 하기 때문에 여러 번 읽어도 된다. 아이들은 똥이야기를 좋아한다.

〈똥떡〉 등 똥에 관한 이야기책들을 더 읽어봐도 재밌어 할 것이다. 2학년 아이라면 책을 다 읽고 나서 "만약에 강아지똥을 만난다면 어떤 이야기를 해 줄 거야?", "만약에 네가 강아지똥이었다면 어떻게 했을까?" 하며 이야기를 나누고 왜 그런 말을 해주고 싶은지 그 이유도 물어보면 아이의 생각과 마음을 알 수 있다. 그러고 나서 아이의 생각을 그대로 그림이나 글로 2~3문장이라도 표현할 수 있도록 지도하면 완벽한 독서 전·중·후 활동이다.

책읽기를 멈춘 지점이 아이의 읽기 수준이다

초등 고학년의 경우, 책읽기를 다시 시작해야 하는 아이라면 도서지수 검사를 통해 자신의 레벨에 맞는 책부터 시작해야 한다. 초등 중학년이어도 유치원 때 책을 읽다 멈췄다면 그림책부터 시작하는 것이 바람직하다. 학년이 올라간 것이지 아이의 읽기 능력은 그대로 멈춰 있기 때문이다. 더 쉬운 방법으로는 해당 학년 교과서를 읽혀보면 알 수 있다. 교과서는 초등학생들이 배워야 할 내용을 이해하기 쉽게 만든 책이다. 모르는 어휘가 많고 이해를 못한다면 아래 학년의 권장도서를 읽혀야 한다. 저학년에서 고학년으로 올라오면 한자어도 많고 개념어, 추상적인 어휘들이 늘어난다. 학습적인 개념이해도 해야 하기 때문에 일반적인 고학년 교과서나 추천도서를 읽고 이해하기는 어렵다. 영어로 예를 든다면 알파벳만 배우고 이제 겨우 짧은 문장들을 겨우 읽는 데 영어동화책을 줄줄 읽으라는 것과 마찬가지다.

읽기 수준에 맞는 독서를 시작할 때 도서의 장르, 즉 주제별 영역도서의 순서도 중요하다. 쉽고 재미있는 이야기 책 즉, 문학도서부터 충분히 읽는 것이 좋다. 그래야 책 읽기의 즐거움을 다시 느끼고 어느 새 그 이야기에 빠져 몰입해서 1시간 이상 책을 읽을 수 있는 독서력이 향상되기 때문이다. 그 후에는 인문, 사회, 과학, 예술, 진로 관련도서들로 주제별 영역을 넓혀나가는 것이 바람직하다. 편독을 막고 통합적인 사고력을 향상시키기 위함이다.

사회, 과학 등 비문학도서가 문학도서보다 생소한 어휘와 배경지식을 요구하기 때문에 아이들은 더 어렵고 복잡하다고 느낀다. 그래서 지식정보도서는 이야기책보다 한 단계 더 낮춰 읽어야 한다. 5학년인데 독서력이 낮다면 3~4학년 정도의 쉬운 개념으로 풀어 쓴 도서가 같은 내용이어도 이해하기 쉽다. 같은 레벨의 도서를 반복해서 여러 권 읽다보면 어느 새 교과서가 쉬워지고 해당학년의 도서들도 쉽게 읽혀질 것이다.

주제별 책읽기와 연계도서까지 확장해서 다양한 독서를 해야 하는 데 아이들과 하모님들은 학년이 올라갈수록 책 읽을 시간이 부족하다고 하소연한다. 정말 책 읽을 시간이 없는 상황이라면 국어교과서 수록 도서 읽기를 추천한다. 수업을 하다보면 “이 책 어디서 읽은 거 같은 데요” 하며 반가워하는 아이들이 종종 있다. 국어 교과서에서 읽어 본 기억이 나는 것이다. 저학년 그림책 도서 같은 경우는 간혹 원문 그대로 실어 있기도 하지만 대부분 발췌문이 실려 있다. 그래서 원작을 처음부터 끝까지 읽고 감상하는 독서훈련이 필요하다. 추천하는 초등 학년별 1학기 국어 교과서 수록 도서는 다음과 같다.

◆ 1학년 1학기 국어 교과서 수록도서

한글놀이 〈숨바꼭질ㅏㅑㅓㅕ〉 (이재영, 현북스)
한글놀이 〈노란우산〉 (류재수 신동일, 보림출판사)
2단원 〈감자꽃〉 (권태응, ㈜창비)
3단원 〈최승호 시인의 말놀이 동시집1-모음〉 (최승호, 비룡소)
3단원 〈구름놀이〉 (한태희, 아이세움)
4단원 〈맛있는 건 맛있어〉 (김양미, 시공주니어)
4단원 〈학교가는 길〉 (이보나 흐미엘레프스카, 도서출판 논장)
4단원 〈꼭 잡아!〉 (이혜경, 여우고개) 5단원 〈우리는 분명 연결된 거다〉 (최명란, ㈜창비)
6단원 〈꽃에서 나온 코끼리〉 (황K, 책읽는 곰)
6단원 〈코끼리가 꼈어요〉 (박준희, 책고래출판사)
7단원 〈도서관 고양이〉 (최지혜, 한울림어린이)
7단원 〈우리 모두 한 집에 살아요〉 (마리안느 뒤비크, 고래뱃속)

◆ 2학년 1학기 국어 교과서 수록도서

1단원 〈세상에 둘도 없는 반짝이 신발〉 (제인고드윈, 모래알)
1단원 〈용기를 내 비닐장갑〉 (유설화, ㈜책읽는 꿈)
1단원 〈내 마음ㅅㅅㅎ〉 (김지영, ㈜사계절출판사)
2단원 〈뜨고 지고!〉 (박남일, 길벗어린이㈜)
2단원 〈시원한 책〉 (이수연, 발견)
3단원 〈식물은 어떻게 자랄까?〉 (유다정, ㈜교원)
3단원 〈이게 뭐예요?〉 (라파엘 마르탱, 머스트비)
4단원 〈누가 누가 잠자나〉 (목일신, ㈜문학동네)
4단원 〈잘 커다오, 꽝꽝 나무야〉 (권영상, ㈜문학동네)
4단원 〈내가 채송화처럼 조그만했을 때〉 (이준관, ㈜푸른책들)
4단원 〈아빠를 구하라〉 (송정양, 아이세움)
4단원 〈쉬는 시간에 똥싸기 싫어 - 노란당나귀〉 (김개미, 토토북)
4단원 〈낭송하고 싶은 우리 동시 - 무지개〉 (문삼석, 좋은꿈)
5단원 〈이홉 살 마음사전〉 (박성우, ㈜창비)
5단원 〈아기 토끼와 채송화〉 (권정생, ㈜창비)
5단원 〈세상에서 가장 힘이 센 말〉 (이철민, 달달북스)
6단원 〈누구를 보낼까요〉 (이형래, 국수)
8단원 〈알아서 해가 떴습니다〉 (정연철, ㈜사계절출판사)
8단원 〈개구리와 두꺼비는 친구〉 (아놀드로벨, ㈜비룡소)

◆ 3학년 1학기 국어 교과서 수록도서

독서단원 〈소똥 밟은 호랑이〉 (박민호, ㈜영림카디널)
1단원 〈너라면 가만있겠니?〉 (우남희, 청개구리)
1단원 〈꽃 발걸음 소리〉 (오순택, 아침마중)
1단원 〈아! 깜짝 놀라는 소리〉(신행건, ㈜푸른책들)
1단원 〈바삭바삭 갈매기〉 (전민걸, 한림)
1단원 〈으악, 도깨비다!〉 (손정원, ㈜느림보)
1단원 〈바람의 보물찾기〉 (강현호, 청개구리)
1단원 〈삐뽀삐뽀 눈물이 달려온다〉 (김륭, ㈜문학동네)
4단원 〈라디아의 정원〉 (세라 스튜어트,

시공주니어)
5단원 〈한눈에 반한 우리 미술관〉 (장세현, ㈜사계절출판사)
5단원 〈플랑크톤의 비밀〉 (김종문, ㈜예림당)
6단원 〈행복한 비밀 하나〉 (박성배, 푸른책들)
6단원 〈비밀의 문〉 (에런 베커, 웅진씽크빅)
7단원 〈명절 속에 숨은 우리 과학〉 (오주영, 시공주니어)
8단원 〈아씨방 일곱 동무〉 (이영경, ㈜비룡소)
9단원 〈개구쟁이 수달은 무얼 하며 놀까죠?〉 (왕입분, 재능아카데미)
9단원 〈프린들 주세요〉 (앤드루 클레먼즈, ㈜사계절출판사)
9단원 〈알고 보면 더 재미있는 곤충 이야기〉 (김태우, 함윤미 프린들어린이)
9단원 〈아프리카 까마귀, 석주명〉 (김준영, 한국차일드 아카데미)
10단원 〈짝 바꾸는 날〉 (이일숙, 도토리숲)
10단원 〈축구부에 들고 싶다〉 (성명진, ㈜창비)
10단원 〈쥐눈이콩은 기죽지 않아〉 (이준관, ㈜문학동네)
10단원 〈만복이네 떡집〉 (김리리, ㈜비룡소)

◆ 4학년 1학기 국어 교과서 수록도서

독서단원 〈산〉 (전영우, 웅진닷컴)
독서단원 〈피자의 힘〉 (김자연, 푸른사상사)
1단원 〈100살 동시 내 친구〉 (김완기, 청개구리)
1단원 〈사과의 길〉(김철순, 문학동네)
1단원 〈최씨 부자 이야기〉 (조은정, 여원미디어)
1단원 〈나비를 잡는 아버지〉 (현덕, ㈜효리원)
1단원 〈가끔씩 비 오는 날〉 (이가을, ㈜창비)
1단원 〈우산 속 둘이서〉 (장승련, 21문학과 문화)
2단원 〈맛있는 과학-6. 소리와 파동〉 (문희숙, 주니어김영사)
2단원 〈나무 그늘을 산 총각〉 (권규헌, 꿈꾸는 꼬리연)
3단원 〈경제의 핏줄, 화폐〉 (김성호, 미래아이)
3단원 〈무지개 도시를 만드는 초록 슈퍼맨〉 (김영숙, 스콜라)
4단원 〈조선 사람들의 소망이 담겨 있는 신사임당 갤러리〉 (이광표, 그린북)
4단원 〈지붕이 들려주는 건축 이야기〉 (남궁담, 현암주니어)
5단원 〈그림자 놀이〉 (이수지, 비룡소)
5단원 〈구름 공항〉 (데이비드 위즈너, 베틀북)
5단원 〈쩌우 까우 이야기〉 (김기태 엮음, 베틀북)
5단원 〈아름다운 꼴찌〉 (이철환, 알에이치 코리아)
5단원 〈초록 고양이〉 (위기철, 사계절)
7단원 〈알고 보니 내 생활이 다 과학!〉 (김해보-정원선, 예림당)
7단원 〈콩 한 쪽도 나누어요〉 (고수산나, 열다)
7단원 〈생명, 알면 사랑하게 되지요〉 (최재천, 더큰 아이)
8단원 〈공원을 헤엄치는 붉은 물고기〉 (알리시아 바렐라, 북극곰)
9단원 〈세종대왕, 세계 최고의 문자를 발명하다〉 (이은서, 보물창고)
9단원 〈세계 속의 한글〉 (박영순, 박이정출판사)
9단원 〈주시경〉 (이은정, ㈜ 비룡소)
10단원 〈글자 없는 그림책 2〉 (신혜원, ㈜사계절 출판사)
10단원 〈나 좀 내버려 둬〉 (박현진, 길벗어린이㈜)

10단원 〈두근두근 탐험대- 1부 모험의 시작〉 (김홍모, ㈜ 도서출판 보리)
10단원 〈비빔툰 9- 끝은 또 다른 시작〉 (홍승우, 문학과 지성사)

◆ 5학년 1학기 국어 교과서 수록도서

1단원 〈참 좋은 풍경〉 (박방희, 청개구리)
1단원 〈어린이를 위한 시크릿: 꿈을 이루는 일곱가지 비밀〉(김현태-윤태익, 살림어린이)
2단원 〈하늘과 바람과 별과 시〉 (윤동주, 정음사)
2단원 〈난 빨강〉 (박성우, ㈜창비)
2단원 〈가랑비 가랑가랑 가랑파 가랑가랑〉 (정완영, ㈜사계절출판사)
2단원 〈수일이와 수일이〉 (김우경, ㈜ 우리교육)
2단원 〈마음의 온도는 몇 도일까요?〉 (정여민, 주니어김영사)
3단우너 〈색깔 속의 숨은 세상 이야기〉 (박영란-최유성, 아이세움)
3단원 〈브리태니커 만화 백과: 여러 가지 식물〉 (봄봄스토리, 아이세움)
3단원 〈공룡 대백 〉 (한상호- 이용규- 박지은, 웅진 주니어)
5단원 〈생각이 꽃피는 토론 2〉 (황연성, 이비락)
7단원 〈여행자를 위한 나의 문화유산 답사기〉 (유홍준, ㈜창비)
8단원 〈바람 소리 물소리 자연을 닮은 우리 악기〉 (청동말굽, ㈜문학동네)
8단원 〈지켜라! 멸종 위기의 동식물〉 (백은영, 도서출판 뭉치)
10단원 〈잘못 뽑은 반장〉 (이은재, 주니어김영사)

◆ 6학년 1학기 국어 교과서 수록도서

1단원 〈뻥튀기〉 (고일, ㈜주니어이서원)
1단원 〈내 마음의 동시 6학년〉 (심후섭, ㈜계림북스)
1단원 〈가랑비 가랑가랑 가랑파 가랑가랑〉 (정완영, ㈜사계절출판사)
2단원 〈황금사과〉 (송희진, 뜨인돌어린이)
2단원 〈주 호텔〉 (유순희, 해와나무)
5단원, 〈속담 하나 이야기 하나〉 (임덕연, 도서출판 산하)
연극 단원 〈등대섬 아이들〉 (주평, 신아출판사)
연극 단원 〈말대꾸하면 안 돼요? (배봉기, ㈜창비)
6단원 〈조선 왕실의 보물 의궤 〉 (유지현, 토토북)
8단원 〈애, 내 옆에 앉아!〉 (노원호, ㈜푸른책들)
8단원 〈불패의 신화가 된 명장 이순신 〉 (이강엽, ㈜웅진씽크빅)
8단원 〈샘마을 몽당깨비 〉 (황선미, ㈜창비)
9단원 〈아버지의 편지〉 (정약용, 함께 읽는 책)

4. 책 읽는 힘을 높이는 독서테라피

아이의 수준에 맞는 독서를 시작으로 제대로 된 책 읽기를 하려면 독서 방법과 독서력이 개선되어야 한다. 아이의 독서방법을 보면 어떤 속도로 책을 읽고 어떤 습성을 가지고 있는지 알 수 있다. 그리고 독서력은 책을 읽고 이해하는 능력으로 최소 40분 이상 집중하여 책을 읽는 독서지구력까지 포함한 능력을 말한다.

먼저 독서방법에 대해 알아보자. 우리는 눈으로 글을 읽지만 우뇌에서는 이미지로 좌뇌에서는 글자를 소리로 처리하여 이해하고 의미를 파악한다고 한다. 소리를 내어 책을 읽게 되면 시각적 경로와 청각적 경로가 함께 처리되면서 내용이 잘 기억된다. 엄마가 충분히 읽어주고 아이도 소리 내어 책을 읽는 것이 좋은 이유이기도 하다. 하지만 학년이 올라갈수록 묵독을 하게 되는데 저학년 아이들은 눈으로만 읽는 것보다 낭독으로 책을 읽는 것이 효과적이다. 중요한 것을 암기할 때를 나도 모르게 소리 내어 반복하며 외우는 방법을 생각하면 이해하기 쉬울 것이다.

※음독에서 정독까지의 독서 방법을 살펴보면 다음과 같다.

· 초등 1학년 ~ 3학년 1학기 – 1분당 글자수 300자 (독서 방법 – 음독)
· 초등 3학년 2학기 ~ 5학년 – 1분당 글자수 500자 (독서 방법 – 속발음 낱글자)
· 초등 6학년 ~ 중학교 1학년 – 1분당 글자수 500자 (독서 방법 – 속발음 낱말)
· 중학 2,3학년 고등학생 이상 – 1분당 글자수 750자 이상 (독서 방법 – 정독)

음독은 책을 속으로 읽고 나서 1분당 읽은 글자 수를 계산했을 때 300자 미만인 경우를 말하며 단어를 하나 하나 음가대로 읽는 상태를 의미한다. 그 다음 단계는 속발음으로 낱글자씩 읽는 상태이고 그 후에는 속발음으로 낱말, 의미 단위로 읽는 단계를 말한다. 마지막 단계는 중학 고학년이상 성인들의 정독 상태 1분당 글자수를 나타내며 성인이어도 책을 잘 읽지 않는 사람들은 500자 미만인 경우도 많다. 지속적으로 책을 읽는 숙련된 독서가들은 750자 이상 1,000자의 속도로 읽고 이해하며 정독한다고 생각하면 된다. 수능을 치뤄야 하는 우리 아이들이 계속 훈련하여 1200자 수준까지 되면 제한 시간 내에 막힘없이 국어 지문을 읽고 문제를 잘 풀 수 있다. 진정한 정독의 의미를 좀 더 확장해 보자면 제대로 읽고 책의 내용 이해 및 줄거리 요약과 그에 대한 자신의 생각을 말하거나 쓸 수 있는 것까지의 행위를 말한다.

아이들 유형별 독서테라피

매일 만나는 아이들의 독서 수준과 성향은 천차만별이다. 책 읽기 싫은 데 억지로 끌려온 아이, 책을 읽어도 이해 못하고 요약정리가 안 되는 아이, 책을 좋아하는 데 편독이 심하고 성적이 안 나오는 아이, 엄마의 열정에 1학년부터 다니는 아이, 책은 잘 읽는데 글쓰기를 못하는 아이, 중학생인데 공부도 수행평가도 힘든 아이 등 각양각색이다. 이런 아이들의 각자 수준에 맞는 개별맞춤 독서로드맵으로 제대로 된 책 읽기와 글쓰기 코칭을 하는 것이 나의 역할이다.

이제 시작하는 초등 1~2학년은 호기심이 많아 집중할 수 있는 시간이 짧다. 그래도 학교 생활을 시작하면서 학습 습관이 형성되는 시기이기 때문에 정해진 시간에 앉아서 책 읽는 습관을 들여야 한다. 책의 내용을 자세히 확인하는 것 보다는 책에 대한 흥미를 갖고 집중할 수 있도록 하는 것이 좋다. 재미있는 그림책을 많이 읽게 하고 소리 내어 책을 읽거나 한 쪽씩 읽어주기도 한다. 듣기 트레이닝을 통해 한 번 듣고 읽기도 하면서 귀가 트이도록 한다. 듣기능력이 읽기 능력에 영향을 주기 때문이다. 언어를 습득하는 순서도 듣기, 말하기, 읽기, 쓰기인 것처럼 말이다. 글쓰기를 할 때에는 색연필도 준비해서 그림과 병행하여 다양한 글로 표현할 수 있도록 지도한다.

편독을 하고 글쓰기를 싫어하던 3학년 지민이는 책 읽는 것을 매우 좋아한다. 그런데 이야기 책은 시시해한다. 아는 것이 많아 또래 아이들보다 성숙하여 친구들과 어울리는 것은 재미없다고 하는 아이이다. 사회, 과학 지식정보도서를 읽을 때는 신이나지만 이야기책은 대충 읽고 글쓰기를 하려면 힘들어 했다. 대충 읽는 습관은 독해트레이닝을 통해 다져나가고 문학, 인문도서의 중요성도 인식시키며 흥미로운 문학도서를 선정하여 꾸준히 읽게 했다. 글쓰기는 작가가 되어 마음에 들지 않는 부분을 새롭게 고쳐 쓰게 하고 이유, 근거들을 뒷받침문장으로 쓰도록 지도했다. 다른 친구가 자신이 좋아하는 책을 읽을 때면 이미 예전에 읽은 책이지만 엄청 재밌다며 줄거리 스포까지 하고 성격도 점점 밝아졌다. 9개월쯤 지난 후 지민이는 완전히 새로운 작품 하나를 쓰기도 했다. 물론 주인공은 과학자였지만 글쓰기가 어렵지 않게 되었다.

학습력이 우수한 모범생 6학년 효정이는 공부를 잘하지만 문제집 푸는 시간이 오래 걸리고 책 읽을 시간이 부족해 독서수업을 하게 된 아이다. 독서이해도는 90%로 높지만 독서방법이 450자로 3학년 수준 밖에 되지 않는다. 그 이유는 책을 읽을 때 한 문장 한 문장 너무 신중하게 천천히 읽거나 전체 내용을 다 알아야 한다는 생각으로 공부처럼 앞 뒤 문장을 반복하며 학습화된 독서방법을 가지고 있기 때문이다. 독서의 재미보다는 과제로 책 읽기를 해 온 유형이라 할 수 있다. 집중독서 훈련과 독해트레이닝으로 독서방법을 개선하고『마당을 나온 암탉』,『찰리와 초콜릿공장』등을 읽으며 진정한 독서의 즐거움을 만끽하고 있다.

초등 고학년이나 중학생인데 내용이해가 잘 안되고 요약정리를 못하는 아이들은 독서방법도 독서력도 매우 낮은 유형이다. 이 유형의 아이들은 먼저, 읽기 수준에 맞는 도서들을 매일 1권씩 읽고 독서량을 채워나가야 한다. 영어, 수학이 중요한 것이 아니라 방학에라도 매일 시간을 내서 몰입독서를 해서 독서량을 채우고 독서력을 높여야 다른 학습도 쉬워지는 것을 명심해야 한다. 쉬운 책을 읽고 내용 파악을 하다보면 성취감이 생기고 처음엔 분당글자수도 적지만 시간이 지날수록 독서방법이 개선된다. 문학·인문 도서 10권, 사회·과학·예술 분야 5권을 읽은 후 어휘력, 사실적 이해, 추론적 사고, 비판적 사고력으로 진단하고 분석하여 부족한 영역 2가지 중점적으로 높일 수 있도록 독서테라피 해야 한다. 독서방법도 집중독서 훈련 및 독해 트레이닝을 통해 개선시키고 비문학도서도 읽으며 핵심내용을 축약하여 구조화하여 요약 정리할 수 있도록 지도해야 한다.

5. 문해력 높아지는 글쓰기

사흘 논란(2020년 7월 네이버 검색어 1위), 심심한 사과 논란(2022년 8월) 을 들어본 적 있는가? 사흘을 3일이 아닌 4일로, 심심한(마음의 표현 정도가 매우 깊고 간절하다)의 의미를 '지루한'으로만 인지하고 있어 문해력 논란이 화제가 되었다. 문해력은 글을 이해하고 활용하는 능력이다. 글을 읽고 상대의 마음과 의도를 이해해야 하는데 문해력이 낮아 소통이 원활하게 이루어지지 않는 것이다.

어느 대학교 톡방에서 '금일 6시까지 과제를 제출하라'는 공지에 금일을 금요일로 착각한 해프닝도 있었다. 학교에서도 수학여행 안내문에서 중식제공을 중국음식 제공으로 오인하고, '교과서는 도서관 사서 선생님께 반납하세요'라는 안내문에 실제로 교과서를 구입하여 선생님께 반납한 사례가 있었다고 하니 얼마나 심각한 수준인지 알 수 있다.

코로나 장기화 이후 학생들의 학습격차가 더 커졌고 사회 전반적으로 젊은 층의 문해력이 더욱 심각해졌다. 전문가들은 요즘 세대가 영상에 익숙해져 긴 글을 읽으려 하지 않고 어휘력도 부족해 문해력이 저하되었다고 지적한다. 조병영 교수(한양대 국어교육학과)는 "문해력은 절대 가르칠 수 없다. 스스로 읽고 스스로 쓰고 스스로 생각하면서 길러야 하는 능력이다. 문해력은 아이들이 읽고 쓰게 만들 수 있는 시간과 공간, 기회를 만들어 주는 것만 가능하다"고 하였다.

문해력 향상의 지름길

아이들이 스스로 책을 읽고 스스로 글을 쓰는 것이야말로 문해력이 향상되는 지름길이다. 앞서 말한 것처럼 제대로 읽기는 매우 중요하다. 자기 수준에 맞는 독서를 꾸준히 하고 짧은 글이라도 매일 쓰는 것이 가장 좋다. 대충 읽는 것이 아니라 제대로 읽고 있다면 어휘력이 확장되고 문장구조를 자연스럽게 습득하게 된다. 읽은 내용을 간략하게 요약하고 자신의 경험과 생각, 느낌을 표현하는 것이 글쓰기다. 글쓰기의 시작도 사실은 읽기다. 내가 쓴 첫 문장을 읽고 그에 부합하는 뒷받침 문장들로 채워나가는 작업이기 때문이다.

말하기는 좋아하지만 글쓰기를 어려워하는 아이들이 많다. 책을 읽은 후에는 내용과 감상을 부모님이나 선생님이 질문해주는 것이 중요하다. 글쓰기 전 아이의 마음과 생각을 여는 대화를 충분히 하는 것이 효과적이기 때문이다. 물론 매번 책을 읽을 때 마다 아이에게 묻는 것은 바람직하지 않다. 수업을 할 때도 최소 2권이상의 책을 읽고 그 중에서 본인이 더 재밌거나 좋았던 책을 선택하게 한 후 글쓰기 지도에 들어간다. 아이들은 상상력과 창의력이 풍부해서 예상치 못한 답변을 하기도 하고 엉뚱한 생각을 하지만 사고력 확장에 큰 도움을 준다.

이렇게 충분히 대화를 하고 난 후 글로 담아내면 된다. 1~2학년 아이들은 '한 줄 글쓰기'부터 시작한다. 책 한 권을 읽고 가장 기억에 남는 장면을 그림으로 표현한 후 제목을 짓고 어떤 장면인지, 왜 기억에 남았는지 정도로 쓰게 한다. 자신의 생각을 그림으로 표현하는 것도 사고력이 높아지는 정교한 활동이다. 그림일기를 쓰는 이유도 마찬가지라고 할 수 있다. 초등 저학년 시기에는 형식보다 내용이 중요하고 충분한 공감과 칭찬으로 자신감을 길러주는 것이 글쓰기의 1차 목표이다.

3,4학년 아이들은 줄거리 요약을 어려워한다. 그림책에서 줄글 책으로 넘어가면서 글밥이 많아져 대충 훑어 읽는 습관을 가지고 있기 때문이다. 누가 주인공이고 어떤 일이 있었는지 왜 그런 일이 일어났는지 그래서 어떻게 되었는지를 질문한다. 내용이 맞다면 그대로 '4컷 만화'로 그리고 상황에 맞는 글을 쓴다. 전체적인 감상으로 자신의 생각을 표현하고 마무리 한다. 그림그리기를 싫어하고 글쓰기도 힘들어 하는 아이들은 '마인드맵'을 활용하여 인물, 사건, 배경, 느낌의 항목에 핵심어를 적으며 요약 정리를 할 수 있도록 지도한다.

고학년인데도 줄거리 요약을 너무 간단하게 혹은 너무 길고 자세하게 쓴다면 사건중심의 내용 배열을 먼저 해야 한다. 종이나 카드에 줄거리 내용을 한 문장씩 적고 섞어 놓은 후 그것을 순서대로 배열하게 한다. 불필요한 내용이 있다면 빼고 완성시킨 후 그대로 옮겨 적는 것이다. 게임처럼 즐거워하고 주제에 맞게 핵심 내용을 파악하는 능력이 생긴다. 글로 옮겨 쓰기를 할 때 고학년은 원고지에 쓰는 방법도 좋다. 처음엔 복잡하게 여기지만 원고지에 글을 적으면 금방 한 면이 채워져 아이들도 뿌듯해 한다, 원고지 사용법도 익히고 문장 부호, 문단의 구성도 한눈에 배울 수 있는 장점이 있다.

아이들이 줄거리 요약이 쉬워지면 독서감상문을 쓸 때 글의 절반은 채워진 것이다. '처음·가운데·끝'으로 개요를 짜고 처음엔 읽게 된 동기나 표지, 제목의 느낌을 적는다. 가운데 부분은 육하원칙으로 구조화된 줄거리 요약과 나의 생각, 비슷한 경험이 있다면 함께 쓴다. 끝부분에는 전체적인 깨달음과 적용 및 다짐으로 마무리 하면 된다. 최종적으로 자신이 쓴 글을 한 번 읽어보고 퇴고하면 완성이다. 책을 읽고 독서 감상문까지 쓰고 나면 책을 두 세 번 읽은 효과가 나고 온전히 내 것이 된다. 지속적으로 읽고 쓰기를 반복하다 보면 문해력은 자연스럽게 향상된다.

매일 꾸준히 주제글쓰기

글쓰기를 잘하는 비법이 다독, 다작, 다상량이라는 말에 이의를 제기할 사람은 없을 것이다. 꾸준한 독서와 매일 글쓰기 습관이 가능할까? 요즘 학교에서 예전처럼 매일 일기쓰기를 하지 않아 안타깝다. 딸아이의 담임선생님은 일기장에 늘 정성스럽게 코멘트를 써주셨다. 그래서 연애편지를 하듯 선생님의 답장을 기다리며 보여주던 딸아이 모습이 아직도 생생하다. 이젠 딸아이가 초등교사가 되었으니 그런 따스한 선생님이 되라고 이야기 해주었다. 매일 일기를 쓴다는 건 아이들도 선생님도 귀찮은 일이지만 긍정적인 효과가 매우 많다.

먼저, 쉽게 글쓰기를 접할 수 있고 매일 글쓰는 습관형성에 가장 좋은 방법이다. 그리고 일상에서 사물이나 사건, 사람, 주변을 살피는 관찰력이 생긴다. 글쓰기의 필수 능력은 관찰력이다. 다른 사람들이 그냥 지나칠 수 있는 것을 색다르게 볼 수 있고 좋은 글감으로 활용할 수 있기 때문이다. 자세하게 묘사할 수 있어 문장력이 좋아진다. 또, 일기를 쓰면서 더 깊이 생각하게 되어 사고력도 높아진다. 일상의 순간을 기록하는 힘이 생기고 매일 꾸준히 쓰는 아이들은 1년 후, 3년 후 표현력과 글쓰기 실력이 일취월장한다.

일기 형식에 국한 시키지 말고 아이가 흥미를 갖는 놀이나 애정을 갖는 물건 등 다양한 소재로 즐겁게 '주제글쓰기'를 할 수 있도록 변화를 준다. 길이에 대한 부담감은 줄여주어야 한다. 짧게 쓰더라도 매일 10분 이상 쓰는 것이 중요하다. 몇 개의 단어만 혹은 줄임말로 쓰는 것에 유의하고 2~3줄을 쓰더라도 완전한 문장으로 쓸 수 있도록 지도한다. 가르치다보면 주어 없이 서술어도 없이 쓰는 아이들이 의외로 많다. 1~2학년이라면 맞춤법 오류보다는 어떻게 그런 생각을 했는지 아낌없이 칭찬을 해준다. 싫어하는 것도 솔직하게 쓸 수 있는 분위기를 만들고 4학년 이상이라면 가족, 친구, 우정, 사랑, 자연 등 추상어, 개념어 등을 활용해서 주제글쓰기를 한다. 글을 쓰다보면 생활문, 에세이, 시까지 자연스럽게 글쓰기 장르를 확장시킬 수 있다.

또한, 가정에서 온 가족이 '감사 일기'를 쓰는 것도 좋은 방법이다. 아이는 혼자 숙제처럼 일기 쓰는 것보다 부담스럽지 않고 억울하지 않을 것이다. 하루를 지내면서 가족 구성원 모두 한 일기장에 감사했던 것을 1~3가지 정도 작성한다. 매일 바쁘고 반복되는 일상이지만 하루를 긍정과 감사로 마무리하는 습관이 생긴다. 서로의 감사 내용들을 보면서 공감대가 형성되고 감사는 나눌수록 더욱 풍성해진다.

지금부터 1년만이라도 매일 써보자. 글쓰기도 어릴 때부터 해야 커서도 겁내지 않는다. 아이들과 함께 할 시간, 습관형성을 잡아 줄 시기는 초등학생 때 밖에 없다. 사춘기가 오기 전에 시작해야 한다. 초등학교 때라도 꾸준히 '우리가족 감사일기'를 써보자. 가족들이 더욱 화목해지고 아이뿐만 아니라 온 가족의 문해력과 글쓰기 실력이 향상될 것이다.

마지막으로 매일 할 수 있는 쉬운 글쓰기는 '문장 베껴쓰기'다. 흔히 말하는 필사이고 작가지망생의 필수 코스다. 그림을 그릴 때도 모방 연습으로 시작하는 것처럼 잘 쓰여진 문장, 책, 칼럼 등을 필사하는 것은 글쓰기의 초석이 된다. 시인 윤동주는 백석의 시를 필사했고 작가 신경숙은 습작 시절 여러 문인들의 작품을 필사한 것으로도 유명하다.

아이들은 어떤 필사하는 것이 좋을까? 3장 '읽기 수준에 맞는 독서'에서 소개한 교과서 수록 작품을 참고하여 책을 읽고 기억에 남는 문장을 필사한다. 수많은 작품들 중 교과서에 수록된 작품은 초등 교사 및 교육 전문가들에 의해 검증된 작품이기 때문에 필수어휘와 온전한 문장구조를 배우기에 안성맞춤이다. 매일 책 한 권을 다 못 읽더라도 읽은 쪽에서 마음에 와닿은 문장을 그대로 베껴쓰면 된다. 저학년 아이들은 소근육 발달이 아직 덜 되어 쓰는 힘이 약하기 때문에 많이 쓰라고 강요하는 것보다 2~3문장이라도 매일 쓰는 연습이 필요하다. 꾸준히 읽고 쓰는 습관형성이 되고 자신의 생각을 쓰는 것보다 힘들지 않기 때문에 부담없이 매일 실천할 수 있다. 필사는 베껴 쓰는 행위지만 시간이 지나면서 축적되고 필사를 하면서 사고하게 되어 자신의 생각을 쓰고 싶은 욕구가 생긴다.

6. 술술 써지는 메타인지 글쓰기

2023년 초등교육 트렌드는 창의적인 문제해결능력과 협력, 디지털교육 강화, 개별맞춤형학습이다. 어떤 문제에 대해 해결 능력을 가지려면 문제의 핵심을 파악해야 하고 원인과 해결책을 제시하려면 배경지식과 창의적인 사고력이 뒷받침되어야 한다. 4차 산업 혁명시대의 미래 인재상도 디지털을 활용하여 빠르고 폭넓게 배경지식을 쌓고 창의적, 비판적 사고를 바탕으로 유연하게 소통하며 문제해결능력을 갖춘 사람이다.

전 세계는 과학기술을 기반으로 지식정보화 사회, 인공지능 사회로 계속 발전하고 있다. 예전처럼 학습으로 방대한 지식의 양을 축적하는 것이 아니라 디지털, 인공지능AI, 챗GPT 등을 활용해 진짜 정보를 변별해내고 활용하는 능력이 요구되는 시대다. 김난도(서울대 소비자학과) 교수도"앞으로는 인공지능이 인간의 직업을 대체하는 것이 문제가 아니라 챗GPT를 잘 활용하는 사람과 활용하지 않는 사람이 격차가 벌어지는 시대"라고 말했다.

인공지능시대에 필요한 능력

AI를 잘 활용하려면 어떤 능력이 필요할까? 챗GPT를 사용해 본 학부모와 선생님들은 아실 것이다. 같은 정보를 알려고 할 때 질문을 어떻게 하는 지에 따라 답변이 달라진다. 인공지능은 프롬프트(시스템이 다음 명령이나 메시지를 받아들일 준비가 되었음을 알려주는 메시지)만큼만 똑똑하고 아웃풋하기 때문이다. 사용자가 얼마나 명확하고 구체적인 프롬로트(명령수행 질문)를 제시하느냐에 따라 얻을 수 있는 정보가 달라진다는 뜻이다. 인풋이 좋아야 아웃풋이 좋다는 말처럼 핵심은 질문을 잘하는 능력이다. 알려준 정보들을 읽고 이해하며 사실을 구별하고 수정 보완하여 활용하는 사람, 결국 메타인지능력이 높은 사람이 구체적이고 명확한 질문이 가능하고 AI를 잘 활용할 수 있는 것이다.

메타인지는 미국의 발달심리학자 존 플라벨이 창안한 용어다. 메타(Meta)는 '~위에 있는''초월적인'이란 의미의 그리스어로 즉 인지 위의 인지, 자신을 객관적으로 바라볼 수 있는 능력을 말한다. 즉,"자신의 인지 과정에 대해 생각하며 자신이 아는 것과 모르는 것을 자각하는 것과 스스로 문제점을 찾아내고 해결하며 자신의 학습과정을 조절할 줄 아는 지능과 관련된 인식"을 뜻한다. 뇌 과학자들도 AI가 인간의 영역 뛰어넘을 수 없는 영역이 바로 메타인지능력이라 하며 IQ처럼 타고나는 것이 아니라 훈련을 통해 가능하다고 한다. 메타인지 능력을 높이는 훈련이 바로 글쓰기라고 할 수 있다.

메타인지능력과 글쓰기

인지심리학자들은 자신이 아는 것을 말과 글로 표현하기를 권장한다. 아는 것을 말과 글로 표현해야 진짜로 아는 것과 모르는 것의 구분이 명확해지기 때문이다. 그래서 그날 배운 것을 복습하는 시간이 가장 중요하다. 아이들이 착각하는 것은 선생님이 가르쳐주거나 풀어 준 문제를 내가 안다고 생각하는 것이다. 공부를 잘하는 아이들은 선행을 많이 하고 학원을 많이 다녀서가 아니다. 스스로 공부하는 시간을 많이 확보하고 복기하여 모르는 것은 질문을 통해 또다시 습득하여 자기화시키는 학습능력이 뛰어난 것이다. 이러한 과정 속에서 새롭게 배운 개념과 내용을 글로 잘 정리 요약할 수 있다면 제대로 아는 것이라 할 수 있다. 글쓰기는 정확한 이해와 인지하는 만큼 쓸 수 있고 모르는 것은 다시 생각하고 추론하며 재조합하는 과정을 거치기 때문에 글을 쓸수록 메타인지능력이 향상된다. 역으로 메타인지능력이 높을수록 완성도 높은 글을 쓸 수 있게 된다.

이러한 메타인지 글쓰기는 고학년이상 중, 고등학교로 올라갈수록 빛을 발한다. 주장하는 글쓰기나 토의 토론, 수행평가에서 꼭 필요한 능력이기 때문이다. 5장에서 말한 것처럼 매일 짧은 글이라도 자신의 생각을 쓰고 핵심내용을 요약하는 능력이 생긴 5~6학년 아이들이라면 주장하는 글과 논술문을 술술 쓸 수 있다. 비판적이고 논리적인 사고력을 확장시키고 자신의 주장을 객관적인 근거로 뒷받침할 수 있는 글쓰기가 가능하다.

고학년이 되어서야 글쓰기를 배우려는 아이들은 영어 수학보다도 독서와 국어에 많은 시간을 할애해야 한다. 쉬운 책을 틈틈이 읽고 국어나 사회교과서의 짧은 논술문이나 어린이 신문의 칼럼을 읽으며 필사하기를 추천한다. 교과서를 필사하면 인과 관계를 잘 파악하게 되고 사고력이 높아지며 예습 복습도 가능하니 1석 2조다. 신문은 '어린이 동아일보'나 '어린이 조선일보'를 구독하여 종이신문으로 읽으면 가장 좋다. 해당사이트에서 PDF 파일을 다운 받아 출력해도 된다. 신문을 읽으면 시대흐름에 맞는 다양한 배경지식이 쌓이고 사설이나 칼럼을 베껴 쓰면서 글쓰기 실력을 향상시킬 수 있다. 기자들의 글은 간결하고 잘 쓴 글이기 때문이다.

매일 꾸준히 하면서 아이의 관심 분야가 생긴다면 호기심이 자극되고 더 깊이 알고 싶은 탐구력으로 몰입할 수 있다. 그 결과를 보고서나 논술문으로 정리하면서 추론적 사고와 통찰력이 생기며 메타인지능력이 높아진다. 그로인해 꿈과 목표가 생기고 진로선택까지 영향을 끼칠 수 있다.

마지막으로 글쓰기를 정리하자면 "주제정하기(글감찾기) - 자료수집 - 개요짜기- 글쓰기(주장, 근거) - 고쳐쓰기"다. 이 단계에서 가장 중요한 것은 고쳐 쓰기다. 아이들은 독서논술 선생님의 첨삭지도나 피드백을 받는 것이 필요하다. 하지만 결국 스스로 읽고 불필요한 부분을 삭제

하거나 보완하며 글의 흐름이나 문장의 호응이 매끄럽지 않은 부분을 고쳐 쓰면서 완성해야 한다. 제대로 읽고 꾸준히 글을 쓰면 스스로 고쳐 쓰기도 가능해지는 것이다. 대문호 헤밍웨이도 〈노인과 바다〉를 200번이나 고쳐 쓰며 완성했다고 한다.

수많은 시간 속에서 아이들과 독서논술 수업을 하며 이제는 가르치는 것이 아니라 아이들이 스스로 잘 할 수 있을 때까지 코칭하는 것이 진정한 선생님의 역할임을 다시 한 번 깨닫는다. 이제 글쓰기는 선택이 아니라 필수다. “짧은 글이라도 매일 쓰라”는 낸시 소머스(하버드대학교 글쓰기 담당) 교수의 말처럼 앞의 방법대로 ‘제대로 된 책 읽기로 시작하여 메타인지 글쓰기’를 꾸준히 하는 우리 아이들이 되길 바라며 글을 마친다.

글쓰기가 만만해지는 패턴 글쓰기

이성은

이성은

경기도 하남시에서 '샘글독서논술'을 운영하고 있습니다. 글쓰기가 막막한 아이들을 만나 글쓰기가 제일 재미있어지는 마법을 부리는 선생님입니다. 책을 읽고 생각을 말하고 글로 쓰도록 돕는 일이 가장 행복합니다. 아이들이 즐거운 글쓰기의 경험을 할 수 있도록 지도 방법을 연구하고 개발하는 일에 진심입니다. 지은 책으로는 〈그림책을 읽는 12가지 방법〉, 〈신나는 한글놀이〉가 있습니다.

(사)한국문화예술진흥협회 독서논술전임강사
백림문화연구소 수석연구원
하남시 샘글독서논술 미사점 원장
그림책 심리 지도사
그림책 명상 지도사
블로그 blog.naver.com/sophia715
유튜브 @koreanstorybook 채널 운영
인스타 @hisessam

이력

- 미사도서관, 세미도서관, 위례도서관, 불암도서관 등 다수 독서 교실
- 인창도서관 경기은빛독서나눔이 교육
- 나룰도서관 북스타트 그림책 활동가 양성 과정
- 독서 지도사 양성 과정

글쓰기가 만만해지는 패턴 글쓰기

프롤로그 : 독후감상문이 술술 써지는 마법을 소개합니다.

독서논술 수업에서 처음 만난 아이에게 하는 질문이 있습니다.
"글을 쓸 때 어떤 부분이 가장 어렵니?"
하고 물으면 돌아오는 대답은 비슷합니다.
"독서 감상문이요. 책을 읽고 어떤 걸 글로 써야할지 모르겠어요."
뭘 써야할지 도통 모르는 아이들은 학교에서 독서감상문 쓰기 수행평가를 볼 때면 머리카락을 움켜쥐고 괴로워하거나 멍하니 창문을 바라볼 수밖에 없습니다. 그러다 마감 5분전이라고 외치는 선생님 목소리에 번뜩 정신을 차리고 급하게 글을 이렇게 마무리합니다.
"참 재미있었다", "정말 감동적이었다.", "아주 좋았다.", "너무 신났다."
머릿속에는 온갖 생생한 경험과 표현들이 떠다니는데 그것을 글로 꺼내놓지 못하는 것입니다.
살아가는데 꼭 필요한 기술은 무엇일까요? 바로 글을 통해 생각을 정리하고 표현하는 능력입니다. 글쓰기는 아이디어와 감정을 전달하는 가장 기본적인 삶의 도구입니다. 특히 초등학생들에게 글쓰기는 자신의 생각을 자세히 드러내고 타인과 소통하는 능력을 키우는 중요한 기술입니다.

이 챕터에서는 책을 읽고 독후감상문을 쓰는 아이들을 지도하기 위한 가이드로, 간단하고 쉽게 따라 할 수 있는 네 가지 글쓰기 패턴, 성찰형 글쓰기(MECD), 정보를 활용한 글쓰기(PMI), 관점 전환형 글쓰기(여섯 색깔 모자), 트리즈 글쓰기(TRIZ)를 소개합니다. 글쓰기 모형을 이용한 패턴 글쓰기는 아이들이 연필을 쥐고 느끼는 막막함을 만만함으로 바꿔 줄 강력한 도구입니다.

저자로서 이 책을 통해 누구나 자신감 있게 글쓰기를 할 수 있기를 바랍니다. 글쓰기 패턴으로 꾸준히 글을 쓰다보면, 분명히 여러분의 멋진 아이디어와 이야기가 글로 술술 써지는 마법을 경험하게 될 거예요!

1. 책에 나를 비춰보는 성찰형 글쓰기(MECD)모형

1) 성찰형 글쓰기

사람은 살아가면서 끊임없는 자기 성찰을 통해 성장합니다. 친구와의 다툼이나 말실수를 한 후에 스스로를 돌아보며 반성하고 잘못된 행동을 수정하게 되지요. 책을 읽거나 영화 감상을 통해서도 자기 성찰이 가능합니다.

성찰형 글쓰기란 책을 읽으면서 마음이 머무는 장면에서 올라오는 감정을 알아차리고 자신의 경험을 연결하는 글쓰기 모형입니다. 이러한 과정을 통해 일상에서의 경험을 떠올려보고 그것이 어떻게 자신에게 영향을 미쳤는지 살펴보는 것이 성찰형 글쓰기의 핵심입니다. 이를 통해 자아를 발견하고 긍정적인 방향으로 변화를 이끌어낼 수 있습니다.
성찰형 글쓰기의 과정은 다음과 같습니다.

장면 고르기(Mirror)
감정 찾기(Emotional)
경험 연결하기(Core)
변화, 성장하기(Decisional)

초등학교 2학년 수업에서 '흥부와 놀부'를 읽은 후 인상 깊은 장면을 발표했습니다. 한 팀에 있는 5명의 아이들 모두 다른 장면을 말했습니다.

A: 놀부가 일부러 제비의 다리를 부러뜨리는 장면이 화가 났어요.
B: 흥부가 형수님에게 주걱으로 맞고 볼에 묻은 밥풀을 먹으려고 반대편 볼도 때려달라고 하는 장면이 불쌍했어요.
C: 흥부가 박을 잘랐을 때 금은보화가 나오는 장면을 보고 안심이 됐어요.
D: 놀부가 박을 잘랐을 때 구렁이와 도깨비가 나오는 장면에서 통쾌함을 느꼈어요.
E: 흥부가 제비 다리를 치료해주는 장면이 감동적이었어요.

똑같은 한 권의 책을 읽고 다양한 글을 쓰게 되는 것은 읽는 사람에 따라 역동을 느끼는 장면이 모두 다르기 때문입니다. 책에 내 마음을 비추어보기 때문에 이 단계를 거울보기(Mirror)라고 합니다.
그 다음 인상 깊은 장면에서 느껴지는 내 감정(Emotional)이 무엇인지 생각해보게 합니다. A학생의 경우 '화나다'는 감정을 골랐습니다.

다음 단계는 장면에서 직관적으로 떠오르는 나의 경험(Core)을 연결하도록 지도합니다. 저학년의 경우 아직 다양한 경험을 떠올리기 어려울 수 있으니 간접 경험을 쓰도록 지도하는 것도 좋습니다. 예를 들어 책이나 영화, 애니메이션에서 비슷한 내용이 있었다면 연결해서 쓰도록 합니다.

마지막은 변화, 성장(Decisional) 단계입니다. 앞으로의 다짐이나 미래 비전으로 마무리합니다. 근사록이라는 책에는 '공자의 논어를 읽어서, 읽기 전과 읽은 후나 그 인간이 똑같다면 구태여 읽을 필요는 없다.'는 문장이 있습니다. 책을 읽고 마음에 큰 역동이 일어났더라도 변화하지 않으면 아무런 의미가 없겠지요. 나를 돌아보는 성찰을 통해 변화하고 발전하는 것은 독서의 큰 목적 중의 하나입니다.

2) 성찰형 글쓰기의 예시

다음은 4학년 학생이 '내가 잘하는 건 뭘까'를 읽고 성찰형 글쓰기 모형으로 쓴 글입니다.

홀수에서 짝수가 되는 달리기

「 내가 잘하는 건 뭘까 」 글 유진

'내가 잘하는 건 뭘까'를 읽었다. 주인공 홀수는 잘하는 게 하나도 없다고 생각한다. 기타, 태권도, 미술 학원을 다니지만 하나라도 자신 있게 잘한다고 말하지 못한다. 그래서 작가는 주인공의 이름을 홀수라고 하지 않았을까? 홀수는 뭔가 부족해보이고 미완성된 느낌이 든다. 홀수는 동생과 그림을 그리면서 자신감을 찾게 되고 어릴 때에 비하면 현재 잘하는 게 많아졌음을 깨닫게 된다. 이 책에서 인상적인 장면은 홀수가 동생과 즐겁게 그림을 그리는 부분이다. 이 장면은 행복한 느낌이 든다. 마치 하얀 페가수스가 자유롭게 하늘로 날아가는 것처럼.

나도 잘하는 게 있다. 바로 달리기이다. 달리기는 스타트가 생명이다. 시작하자마자 바로 뛰기 시작해야 한다. 빨리 달리기 위해서는 몸을 낮추고 달려야 한다. 자세를 낮추면 공기의 저항을 줄이고 스피드가 붙어서 빠르게 달릴 수 있다. 시선은 계속 앞을 보고 손을 앞뒤로 흔들면서 달려야 한다. 50m정도 달리면 숨이 차기 시작하는데 그럴 때는 숨을 적게 쉬어야 계속 속도를 유지할 수 있다. 나는 달릴 때 마치 달아나는 사슴을 뒤쫓는 한 마리의 최상위 포식자 호랑이가 된 듯한 기분이 든다. 달리는 순간에는 쿵쾅쿵쾅 심장이 뛰는 소리와 거친 호흡 소리만 들린다. 아무런 생각도 나지 않고 마음은 고요해진다. 그래서 기분이 안 좋을 때면 빠른 속도로 학교 운동장을 열바퀴 정도 달린다. 달리고 나면 마치 흙탕물의 흙이 밑으로 가라앉고 맑은 물이 되는 것처럼 머릿속도 깨끗해진다.

나에게 달리기란 열정이다. 열정이란 많은 애정을 갖고 온갖 정열을 쏟아 붓는 것이다. 열정을 다하는 일은 자연스럽게 잘하게 된다.

앞으로 홀수처럼 잘하는 게 없다고 느껴질 때 운동장을 달릴 것이다. 숨이 턱까지 차오를 때까지. 한참을 달리고 나면 자신 없는 나의 마음은 고요해지고 할 수 있다는 자신감으로 가득 채울 수 있을 것이다.

2. 정보를 활용해서 글쓰기 (PMI 모형)

1) 정보와 상상을 활용해서 글쓰기

정보를 활용해서 글쓰기는 에드워드 드 보노(Edward de Bono)박사가 만든 글쓰기 모형입니다. PMI 글쓰기는 Plus, Minus, Interesting의 약자로, 어떤 주제에 대해 긍정적인 측면, 부정적인 측면, 흥미로운 측면을 분석하고 평가하는 글쓰기 기법입니다. 이 기법은 주제에 대한 다각적인 관점을 제시하여 비판적 사고 능력을 향상시키고, 균형 잡힌 의견을 형성하는 데 도움이 되는 글쓰기 방법입니다.

정보를 활용하는 글쓰기의 과정은 다음과 같습니다.

Plus 사고: 좋은 점, 긍정적인 면, 도움이 되는 점

Minus 사고: 나쁜 점, 부정적인 면, 아쉬운 점

Interesting 사고: 관심이 가는 점, 독특하게 여겨지는 점, 재미있는 점, 상상

초등학교 4학년 아이들과 브리타 테켄트럽의 '빨간벽'을 읽고 질문했습니다.

"등장인물의 장점을 하나씩 말해볼까?"

A: 꼬마쥐가 용기를 내서 빨간벽 밖으로 나간 점이 용감해요.

B: 파랑새가 꼬마쥐를 등에 태우고 아름다운 세상을 보여준 게 고마워요.

C: 동물 친구들이 꼬마쥐의 말을 믿고 낯선 곳으로 간 점이 대단해요.

Plus 사고는 이렇게 등장 인물의 장점으로 쓰면 글쓰기가 수월합니다. 아이들은 다양한 인물의 장점을 찾아냅니다. 이 과정이 익숙해지면 책

이 나에게 주는 좋은 점을 쓰도록 지도합니다.

장점쓰기가 끝나면 다시 발문합니다.

"등장 인물의 단점을 찾아볼까?"

A: 고양이가 잘 알지도 못하면서 자기 생각이 진짜인 것처럼 말한 게 나빠요.
B: 여우가 생쥐에게 질문하지 말고 그냥 받아들이라고 한 장면이 마음에 안들어요.
C: 사자가 겁이 많아서 벽을 넘어오는 걸 망설인 점이 답답해요.
Minus 사고는 등장 인물의 단점으로 쓰게 합니다. 간혹 아무도 단점이 없어서 쓸 내용이 없다고 하는 아이들도 있습니다. 그럴 경우 이 책이 나에게 주는 안좋은 점이나 책 내용 중 아쉬운 점을 쓰게 해도 좋습니다. Minus 사고를 바탕으로 쓰는 연습을 꾸준히 하면 비판적인 사고를 기르는데 큰 도움이 됩니다.

단점쓰기가 끝나면 다시 발문합니다.

"책 읽으면서 재미있거나 관심이 생긴 부분을 하나씩 말해볼까? 떠오르는 아이디어를 말해도 좋아."

A: 등장 인물과 비슷한 친구들이 있다는 게 흥미로웠어요. 반에 항상 질문을 많이 하고 다른 친구들을 돕는 꼬마 생쥐 같은 친구가 있어요. 단짝 친구인데 꼬마 생쥐와 싱크로율 100%예요.
B: 저희 반에는 새로운 아이디어를 알려주는 파랑새 같은 친구가 있어

요.

C: 우리도 닮은 등장 인물을 찾아보면 재미있겠어요! 저는 사자를 닮았어요. 겁이 많아서 처음 하는 일은 시간이 오래 걸려요. 항상 친구들이 모두 시작한 다음에 따라하는 편이거든요.

Interesting 사고로 글을 쓸 때는 자신의 생각을 쓰게 합니다. 책을 읽으며 관심이 생긴 부분이나 흥미로운 점, 떠오르는 아이디어나 상상을 쓰도록 합니다. 여기서 생각이 떠오르는 대로 자유롭게 쓰도록 하는 것이 중요합니다. 그렇게 하면 아이들은 독창적인 내용으로 풍성하게 글을 써내려갈 것입니다.

2) 정보와 상상을 활용해서 글쓰기의 예시

다음은 5학년 학생이 '줄무늬가 생겼어요'를 읽고 성찰형 글쓰기 모형으로 쓴 글입니다.

당당하게 아욱콩을 먹으려면

「 줄무늬가 생겼어요 」글 데이빗 섀논

'줄무늬가 생겼어요'를 읽었다. 카밀라는 남의 시선을 신경쓰는 아이이다. 어느 날, 카밀라는 줄무늬 병에 걸리고, 학교에서 친구들에게 놀림을 받는다. 여러 사람들이 병을 치료하기 위해 모였으나 모두 실패한다. 아무도 치료하지 못하고 있을 때 한 할머니가 아욱콩을 먹어야 된다고 말한다. 카밀라가 아욱콩을 먹자 줄무늬가 사라진다. 결국 예전의 모습으로 돌아온 카밀라는 남을 신경쓰지 않고 아욱콩을 맛있게 먹게 된다.

여기서 카밀라의 장점은 남의 눈치를 보지 않고 아욱콩을 먹는 것이다. 카밀라는 원래 아욱콩을 아주 좋아하지만 주변 친구들이 싫어해서 먹지 못했다. 할머니가 카밀라를 치료한 후, 눈치 보지 않고 아욱콩을 먹게 됐다. 카밀라가 당당하게 아욱콩을 먹는 걸 보고 나도 덩달아 흐뭇해졌다.

이 책에 나오는 친구들의 나쁜 점은 카밀라의 줄무늬를 보고 비웃은 점이다. 친구들은 말하는 대로 몸이 변하는 카밀라를 보고 막대 사탕, 크레파스라고 놀린다. 진정한 친구라면 카밀라의 엄마가 그랬던 것처럼 함께 슬퍼하고 걱정해줘야 한다. 하지만 친구들은 오히려 재미있어하면서 놀리기만 했다. 카밀라는 몸이 우스꽝스럽게 변해서 당황스러웠을텐데 친구들에게 놀림까지 받아서 하늘이 무너진 것처럼 슬펐을 것이다.

내가 가장 관심 있는 점은 카밀라가 줄무늬로 변한 것의 의미이다. 카밀라는 다른 사람의 시선을 신경 쓰면서 자신이 진짜 좋아하는 것을 숨기고 산다. 다른 친구들이 좋아할만한 행동만 하면서 말이다. 카밀라는 원하는 대로 행동하면 왕따가 될까봐 걱정이 돼서 그런 것이다. 결국 카밀라는 자신을 속이면서 살다가 줄무늬로 변하는 병에 걸리고 만다. 작가는 이 책을 통해 나의 진짜 모습을 숨기고 다른 사람의 취향대로 살면 마음의 병을 얻을 수도 있다는 메시지를 전하고 있다. 카밀라처럼 큰 어려움을 겪지 않으려면 나답게 살아야 할 것이다. 나도 지금까지 옷을 입거나 친구들과 음식점에 갈 때 친구들이 좋아하는 대로 무조건 맞춰주는 편이었다. 친구들 의견에만 맞춰주다 보니 진짜 내가 좋아하는 게 뭔지 모르겠다. 앞으로는 싫으면 싫다고 친구들에게 솔직하게 말해야겠다. 나도 카밀라처럼 온몸에 줄무늬가 생기기 전에 말이다.

다음은 학생이 '이사'를 읽고 PMI 글쓰기 모형으로 쓴 글입니다. 줄거리와 P단계로만 글을 써도 훌륭한 한편의 독후감상문이 완성됩니다.

꿈꾸는 사람은 아름답다

「이사」 정소연 창비

'이사' 라는 책의 주인공 지후는 장애를 가진 동생 지혜가 있다. 지후는 부모님이 지혜의 병을 치료하기 위해 가두알에 간다는 사실을 우연히 알게 된다. 지후는 동생 때문에 우주비행사의 꿈을 이루지 못할 것 같은 불안감에 화가 난다. 지후는 우주선 견학을 가서 우주선을 본 후 꿈이 더욱 선명해진다.

이 책이 나에게 준 긍정적인 면은 꿈에 대해 생각해보게 한 점이다. 지후는 우주 비행사의 꿈을 가슴에 품고 산다. 피규어를 모으고 벽에 우주선 포스터를 붙여 놓는가 하면 미래에 자유롭게 우주를 누비는 상상을 한다. 가두알로 이사가게 되어 꿈에서 한 발자국 멀어지게 되었을 때 크게 실망하지만 결국 꿈에 대한 열망은 더욱 굳건해진다.

이 책은 우리에게 꿈은 왜 필요한지 묻는다. 꿈이 있는 사람은 강하다. 살다 보면 내 일상을 송두리째 빼앗아 갈 정도로 큰 사건이 일어나곤 한다. 친구의 배신이나 가족의 거짓말이 그렇다. 한 번 무너진 일상을 다시 일으키려면 오랜 시간이 걸리고 마음을 다잡는 데도 큰 에너지가 필요하다. 하지만 가슴에 꿈을 품은 사람은 다르다. 어떤 시련이 와도 쉽게 흔들리지 않는다.
철학가 니체는 '올라가려는 자는 반드시 모순이 필요하다'고 말했다. 이는 '거센 파도가 유능한 뱃사공을 만들어 낸다.'라는 말과 일맥상통한다. 성장을 위해 고난은 불가피하다는 의미이다. 지후는 분명히 '이사'라는 장애물을 넘어 주어진 환경에서 자신의 꿈에 가까워지는 방법을 백방으로 알아보고 할 수 있는 것은 무엇이든 실천에 옮겼을 것이다. 그리고 마침내, 지후는 고요하고 광활한 우주를 비행했을 것이다.
열 세살 지후의 꿈에 대한 집념이 새삼 부럽다. 동시에 내 꿈에게 미안해진다. 나는 왜 그동안 내 꿈을 등한시했을까. 나는 동화 작가의 꿈이 있다. 아주 조금씩 내 꿈에 다가가고 있다. 언젠가 내가 쓴 동화가 외로운 아이들에게 다가가서 작은 손을 잡아주면 좋겠다. 마치 늘 품에 지니고 다니는 애착 인형처럼. 어린 왕자가 장미꽃을 애지중지 가꾸었던 것처럼 나의 꿈에 물을 주고 햇빛도 쬐어주면서 잘 보살펴줘야겠다. 예쁘게 잘 자란 나의 꿈이 우주처럼 광활한 세상을 누비는 상상을 해본다.

3. 관점 전환형 글쓰기 (여섯 색깔 글쓰기 모형)

1) 관점 전환형 글쓰기

몰타(Malta)의 심리학자인 에드워드 드 보노(Edward de Bono)가 고안해낸 창의적 사고 기술입니다. 전통적 사고 방식인 수직적 사고에서 벗어나 수평적 사고를 돕는 방법입니다. 하얀 모자, 빨간 모자, 검정 모자, 노란 모자, 초록 모자, 파란 모자 총 여섯 색깔 모자를 통해 생각을 이끌어냅니다. 그래서 여섯 색깔 모자 글쓰기(Six Thinking Hats)라고도 합니다. 각 모자는 다른 관점과 접근 방식을 나타냅니다. 여섯 색깔 모자는 다음과 같습니다.

-흰색 모자 (White Hat): 객관적 사고 단계입니다. 책에 나타난 주요소재의 정보와 사실을 씁니다.

-빨간색 모자 (Red Hat): 직관적 사고 단계입니다. 한 장면을 고르고 본능적으로 떠오르는 직관, 감정, 느낌을 표현합니다.

-검정색 모자 (Black Hat): 비판적 사고 단계입니다. 문제점, 위험, 부정적인 측면에 대해 씁니다.

-노란색 모자 (Yellow Hat): 긍정적인 사고 단계입니다. 장점, 가치, 긍정적인 면에 초점을 맞춰 씁니다.

-초록색 모자 (Green Hat): 창의적 사고 단계입니다. 새로운 아이디어, 변화, 발전, 성장에 초점을 맞춥니다. 이 단계에서는 새로운 관점을 제시하고, 문제에 대한 창의적인 해결책을 찾을 수 있습니다.

-파란색 모자 (Blue Hat): 통찰적 사고 단계입니다. 전체 요약, 의사 결정, 냉철한 생각을 씁니다. 주제에 대해 서술하면서 미래의 비전을 제시하면 완성도 있는 마무리가 됩니다.

2) 관점 전환형 글쓰기의 예시

놓아버림이 필요할 때

「샘과 데이브가 땅을 팠어요」글 맥바넷 그림 존 클라센

샘과 데이브는 다이아몬드를 찾기 위해 땅을 판다. 다이아몬드는 천연 광물 중 가장 굳기가 우수하며 광채가 뛰어난 보석이다. 주성분은 탄소이며 분자구조상

의 차이로 인해 동일한 원자로 구성된 자연 산물인 흑연과는 매우 다른 특성을 가진 보석이다. 다이아몬드는 천연 광물 중 최상급이자 압도적으로 높은 굳기 혹은 경도(Hardness)를 자랑한다. 다이아몬드가 "무색"에 가까울수록 더욱 희소한 가치를 지닌다.

샘과 데이브는 어마어마한 것을 찾기 위해 땅을 판다. 둘은 땅을 파다가 보물을 발견하기 직전에 파는 방향을 바꾸거나 땅 파기를 멈춰서 행운을 피해간다. 나도 비슷한 경험이 있다. 3단 쌩쌩이를 성공하기 위해 하루에 한 시간씩 줄넘기를 하기로 마음먹었다. 일주일 동안 매일 실천에 옮겼다. 한 달 정도 꾸준히 했으면 3단 쌩쌩이도 성공했을텐데 일주일을 못 넘기고 그만두고 말았다. 내가 그토록 원하던 성공이 코앞에 있었는데 기회를 놓쳐버렸다.

책을 읽으면서 어리석은 친구의 말을 듣는 것은 위험하다는 생각이 들었다. 샘과 데이브는 한 치 앞에 있는 다이아몬드를 못 찾고 자신의 생각대로 열심히 땅을 판다. 둘 중 한 명이라도 지혜로운 사람이 있었다면 어마어마한 것을 얻을 수 있었을 것이다. 문제를 해결할 때 지혜롭지 못한 친구에게 조언을 듣는 것은 별 도움이 되지 않는다. 책에 등장하는 강아지 같은 지혜로운 친구가 곁에서 다이아몬드 위치를 알려준다면 힘들게 고생하는 수고를 덜 수 있을 것이다.

샘과 데이브는 열심히 땅을 파도 다이아몬드가 안 나오자 지쳐서 까무룩 잠이 든다. 이 장면에서 '놓아버림'이 필요하다는 것을 깨달았다. 아무리 열심히 노력해도 목표를 이루기 어렵다면 마음을 비우고 하던 일을 멈추는 결단도 필요한 것이다.

결과적으로 데이브와 샘이 땅파기를 멈추고 잠을 청한 것은 잘한 일이다. 둘은 다이아몬드 찾는 일을 그만둔 후에야 비로소 진정한 행운을 발견한다. 나는 이 책을 통해 비움의 중요성에 대해서 생각해보았다. 비움이란 탐욕이나 욕심을 버리는 것이다.

다이아몬드는 꿈이다. 마음에 꿈을 품고 있는 자는 열정의 삽질을 할 수 있는 것이다. 모든 삽질은 의미가 있다. 꿈과 열정의 사이에. 그 사이와 사이의 사이 사이에. 그 눈빛은 아름답겠지. 눈빛은 아름답고 빛나겠지.

4. 문제를 해결하는 트리즈 글쓰기(TRIZ모형)

1) 트리즈 글쓰기

대부분의 사람들은 어떤 문제에 직면했을 때 비슷한 문제 해결 패턴을 보입니다. 비슷한 상황에서 비슷한 사고를 하고 동일한 방법으로 문제를 해결하는 것입니다. 예를 들어 친구와 다툼이 있을 것 같으면 먼저 사과한다거나 부모님께 혼날 것 같으면 피해버리는 패턴 등이 있습니다.

창의적 문제해결 방법인 트리즈(TRIZ) 원리는 러시아의 겐리흐 알트슐러가 연구한 발명문제해결원리입니다. 창의성의 40가지 원리를 이용해서 기존의 획일적인 사고에서 벗어나 다양한 해결 방법을 모색하고 가장 이상적인 방법을 찾을 수 있습니다.

창의성은 교육과 끊임없는 연습을 통해 개발할 수 있는 능력입니다. 트리즈 글쓰기를 통해 책에서 드러난 문제 상황을 파악하고 모순을 정의하고 문제를 해결할 수 있습니다. 이러한 연습을 하면서 아이들은 창의력과 통찰력을 기를 수 있습니다.

문제 발견 → 원인 분석 → 대안 제시의 순으로 진행됩니다. 단 해결 과정에서는 아주 상세한 프로세스가 필요합니다.

*** 원인 분석 방법 : 5Why (왜?라고 다섯번 질문하기) + 7가지(시간적, 공간적, 물질적, 정보, 사람, 구조, 에너지의 원인)**

〈글쓰기 순서〉
문제 상황 : 문제 상황을 설명
모순 정의 : A를 하면 B는 해결되지만 C를 하면 D가 문제이다.
원인 분석 : 이러한 모순이 생기는 원인은 ~이다.
사고 전환 : A와 C를 동시에 만족 시키려면 어떻게 해야 할까?
해결 방안 : 트리즈 40가지 아이디어 카드 활용.
의사 결정 : 제시한 해결 방안 중 가장 이상적인 해결방안을 선택하여 이유를 제시한다.

〈책을 읽고 문제 상황을 찾는다〉

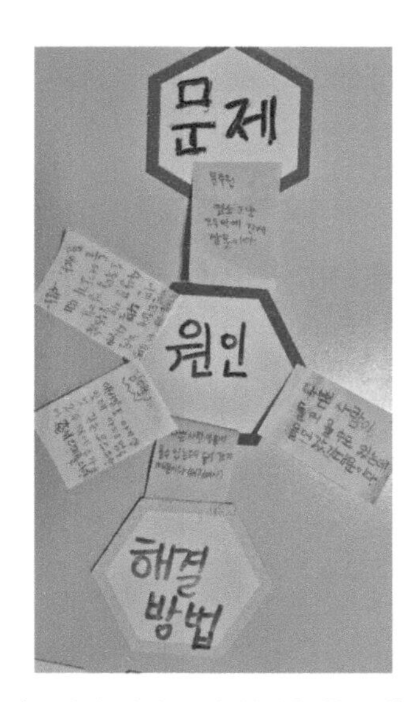

〈문제의 여러 가지 원인을 찾는다〉

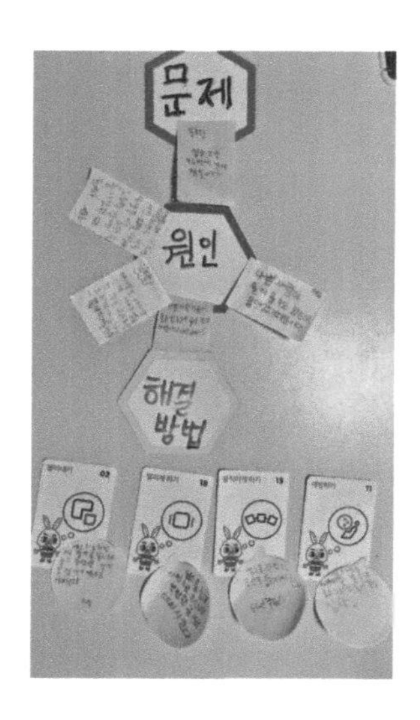

〈트리즈 원리를 적용해서 문제 해결의 방법을 찾는다〉

*40가지 원리의 개념과 활용 사례는 다음과 같습니다.

01. 분할(Segmentation) : 세부적인 독립시스템으로 나눈다. 블라인드, 조각과일, 조각케이크, 할부결제, 얼음조각, 기차, 컴퓨터부품

02. 추출(Extraction): 필요한 부분이나 특성만 선택하거나 필요하지 않은 부분이나 특성만 뽑아낸다. USB, 영화예고편, 휘발유, 에어컨 실외기

03. 부분 활용(Local Quality) : 물체의 구조나 환경을 균질 상태에서 비균질(non-uniform) 상태로 바꾼다. 가변차선, 스타벅스 커피

04. 비대칭(Asymmetry) : 대칭 비율을 조절해 보거나 대칭 부분의 재료를 다르게 해 본다. 비행기 날개, 황제 다이어트, 암호 만들기

05. 통합(Consolidation): 한 번에 여러 작업을 한다. 멀티 쇼핑몰

06. 다용도(Multifunction): 하나에 여러 가지 기능을 연계한다. 복합기

07. 포개기(Nesting):하나의 객체를 다른 객체의 속에 넣거나 하나의 객체가 다른 객체의 구멍

을 통과하게 한다. ATM, 마트로시카 인형
08. 균형(Counterweight) : 들어 올리는 힘을 내는 다른 요소와 결합해서 무게를 상쇄시킨다. 시소, 크레인, 자기부상열차, 위키피디아
09. 사전반대조치(Preliminary Counter Action): 미리 작용할 것의 반대방향으로 어떤 조치를 취한다. 백신접종, 주사 맞을 때 엉덩이 때리기
10. 선행조치(Preliminary Action) : 미리 조치를 하는 것이다. 출국 수속제도, 자격증, 우표절취선, 무세미(WX), 선불카드
11. 사전예방(Preliminary Compensation, Beforehand cushioning) : 미리 안전하게 조치를 하는 것이다. 보험, 경고, 방지
12. 높이 맞추기(Eqipotential) : 효과적인 주변의 자원을 이용하여 환경을 변화시켜 요구되는 높이나 목적, 수준을 맞추는 것이다. 맞춤식
13. 반대로 하기(Do It Reverse, The other way round): 반대로 해본다. 자리나 방향을 거꾸로 바꾸어 본다. 역경매, 포석정, 재택근무
14. 구형화(Curvature Increase, Spheroidality) : 구부러지게 하거나 곡선, 곡면, 구체, 나선형을 이용하는 것이다. 순환선, 나선형계단
15. 역동성(Cynamic) : 자유롭고 유연하게 움직이게 만드는 것이다.
구글 근무시간, 전투기, 런닝 머신, 구부러지는 빨대
16. 과부족(Partial or Excessive Actions): 많게 하거나 적게 하여 문제를 해결한다. 퀴즈 힌트, 기선제압, 파레토 법칙, 99가격, 초저가
17. 차원변경(Dimension Change) 수직이면 수평으로 바꾸거나 2차원을 3차원으로 바꾼다. 메가 스터디, 디지털 미디어 3D영화, 복층아파트
18. 진동(Mechanical Vibration): 떨리거나 흔들리게 한다. 진동 드릴
19. 주기적 작용(Periodic Action): 계속하지 않고 주기적으로 한다.
안식년 휴가, 가변 차선제, 스프링 쿨러, 전기 후라이팬
20. 지속성(Continuity of Useful Action): 유용한 작용을 쉬지 않고 계속 하는 것이다. 레미콘 차, 24시간 운영 식당, 365일 코너, 평생고객,
21. 신속성(Rushing Through) : 빠르게 속도를 내서 진행한다. 고속도로의 하이패스, 교보문고의 바로드림 서비스, 다이렉트 보험사
22. 전화위복(Convert Harmful to Useful) : 나쁘거나 유해한 것을 좋은 것으로 바꾼다. 맹독치료, 맞불작전, 홈쇼핑 마감 임박 재고처리
23. 피드백(Feedback) : 피드백을 도입한다. 고객의 소리, 온도센서
24. 매개체(IIntermaediate): 직접 하지 않고 중간 매개체를 이용한다.
맹인 안내견, 중개인, 퍼실리테이터, 중매자, 여행사, 이벤트 대행사
25. 셀프 서비스(Self-service) : 스스로 하게 하거나 자동으로 하게 하는 시스템을 만든다. 셀프포장, 셀프 주유, 레고, 셀프 바코드계산

26. 복제(Copy, Copying): 손상되기 쉽고 다루기 불편한 원래의 제품 대신 단순하고 값싼 복제품을 사용한다. 음식모형, 마네킹, 모델하우스
27. 일회용품(Cheap Short Life) : 아주 값싸게 만들어서 한 번 쓰고 버린다. 종이컵, 페이퍼백
28. 기계 시스템의 대체(Replacing Mechanical System) : 다른 에너지로 대체해 본다. 진동 호출벨, 전자식 잠금장치,GPS센서, 신용카드
29. 공기유압사용(Pneumatics and Hydraulics System) : 공기나 유압을 사용한다. 에어백, 운동화 바닥, 버블 랩, 에어쿠션, 뽁뽁이
30. 얇은 막(Flexible Membrance and Thin Films) : 얇은 보호막, 필름을 사용한다. 해로운 외부환경을 유연한 막이나 필름으로 격리시킨다. - 썬팅, 자외선차단제, 방수 커버, 수술용 장갑, 비닐랩, 닥터 캡슐
31. 다공성 (Porous Materials) : 미세한 구멍을 가진 물질을 사용하거나 구멍을 만든다. 스펀지, 모기장, 그물, 정수기 필터
32. 색깔변경(Changing Color) : 색깔, 이미지, 투명도를 변화시킨다.
소변검사지, 리트머스 시험지, 투명 끈, 실크 인공고막, 변색 렌즈
33. 동질성(Homogeneity) : 같은 재료를 사용한다. 커플룩
34. 폐기 및 재생(Rejection and Regeneration) : 기능이 다 한 것은 버리거나 개조 한다. 충전 건전지, 잉크 카트리지 리필
35. 속성 변화(Parameter Changes): 물질의 특징이나 성질, 즉 유연성의 정도, 온도, 부피 등을 변화시킨다. 압축 프로그램, 죽, 전자책
36. 상전이(Phase Transformations): 물질의 상태가 온도, 압력, 외부 자기장 등 일정한 외적 조건에 따라 한 형태에서 다른 형태로 바뀌는 현상을 이용한다. 에어컨, 냉장고, 가습기, 향수, 스팀 청소기, 석빙고
37. 열평창(Thermal expansion): 효과가 있는 부분의 팽창을 높이거나 늘린다. 열기구, 다리 이음새, 기차 레일, 태양열 발전
38. 활성화(BOosted interaction): 산화도를 높이거나 환경을 활성화 시킨다. 촉매, 인센티브, 발효, 치어리더, 에너지 충전 프로그램
39. 비활성화(Inert environment): 활성화가 되지 않는 환경으로 만든다. 무균실, 소화기, 지 사제, 휴가, 통조림, 방음유리, 동면, 냉각기
40. 융합화(Composite Materials): 여러 가지 다양한 재료를 사용하여 새로운 상태로 만든다. 철근 콘크리트, 팝페라, 퓨전국악, 칵테일

2) 트리즈 글쓰기의 예시

아기도련님 글 라빈드라나트 타고르

'아기도련님'을 읽었다. 주인공 라이챠란은 주인님 집에 살면서 일을 돕는 하인이다. 그는 주인집 아들 아누쿨을 돌보고 아누쿨의 아이까지 돌보게 되었다. 라이챠란이 진흙 속의 꽃을 꺾으러 간 사이 물가에서 놀던 아기 도련님(아누쿨의 아이)이 사라진다. 아기 도련님을 잃어버린 라이챠란은 주인집에서 쫓겨나 고향으로 돌아간다. 그곳에서 결혼을 하고 아들 파일라를 낳는다. 라이챠란은 아들 파일라를 아기 도련님이라고 생각하며 헌신적으로 키운다. 늙고 가난한 라이챠란은 아누쿨을 찾아간다. 라이챠란은 파일라를 아누쿨에게 데려다주며 잃어버린 아기 도련님이라고 한다. 그리고 그 곳을 떠나 사라진다.

이 책에서 가장 큰 문제는 라이챠란이 아기도련님을 잃어버린 것이다.
이 문제가 발생한 원인은 세 가지가 있다. 첫째, 아이가 사라질 것을 예상하지 못 했기 때문이다. 둘째, 라이챠란이 꽃을 꺾으러 갔기 때문이다. 셋째. 위험한 강가였기 때문이다. 이 중 가장 근본적인 원인은 아이가 사라질 것을 예상하지 못한 것이다. 만약 라이챠란이 아이가 사라질 것을 미리 예상했다면 아기도련님을 잃어버리지 않았을 것이고 그러면 죄책감 없이 아기도련님을 계속 돌볼 수 있었을 것이다.

원인을 제거하려면 어떻게 해야 할까? 이를 해결 할 수 있는 방법은 세 가지가 있다. 첫째 예방하기의 원리를 이용한다. 아기가 유모차에서 나올 수 있으니 안전벨트를 매서 아기를 고정시킨다. 유모차도 자물쇠로 주변에 있는 기둥에 묶어서 유모차가 물이 있는 근처로 가지 못하게 하고 꽃을 꺾으러 간다. 둘째 활발하게 만들기의 원리를 이용한다. 아이와 공을 주고 받는 놀이를 해서 지치게 만든다. 지친 아기가 잠들면 꽃을 꺾으러 재빨리 다녀온다. 셋째 도움받기의 원리를 이용한다. 동료 여자 하인에게 아기를 돌봐 달라고 부탁을 하고 혼자 꽃을 꺾으러 간다. 이 중 가장 좋은 해결 방안은 도움받기의 원리를 이용하는 것이다. 아누쿨은 부자이기 때문에 분명히 집에서 일하는 하인이 적어도 5명 이상은 될 것이다. 그러니까 그 중 아이를 잘 돌보는 여자 하인 한명에게 아이를 돌봐달라고 부탁을 하는 것이다. 그러면 라이챠란은 무사히 꽃을 꺾어올 수 있을 것이고 아기 도련님도 안전할 것이다. 결국 라이챠란은 쫓겨나지 않고 계속 일 할 수 있게 된다.

참고 도서

알트슐러의 40가지 발명 원리, 겐리흐 알트슐러 저, 박성균, 윤기섭, 최윤희 공역, GS인터비전
독서 감상문 지도전략, 황보 현 외18인 저, 고요아침

생각이 한눈에 보이는 초등 이미지 글쓰기

이주현

이주현

경남 김해시 장유에서 〈책통클럽〉을 운영 중인 독서 선생님 입니다.
책 읽기를 어려워 하는 아이들에게 책 읽는 방법을 알려주고 있습니다.
책 읽는 방법을 알고 독서에 푹 빠진 친구들을 보면서 뿌듯함을 느끼고 있으며, 이 책을 통해 글 쓰기를 어려워 하는 아이들이 글쓰기에 쉽게 접근하여 글쓰기에 푹 빠지기를 기대합니다.

- 현 책통클럽 원장
- 블로그 blog.naver.com/booktong_mi
- 인스타 @juhyuni82

1장. 이미지로 이야기 하는 스마트 시대

현재 아이들의 삶은 이미지 그 자체입니다. 아이들은 유튜브 영상으로 다양한 정보를 습득하고, 생각을 영상으로 찍고 편집 어플로 편집하여 숏폼을 통해 표현합니다. 또한 일상을 사진으로 찍어 인스타그램에 업로드하며 실시간으로 나의 상황을 친구와 공유하기도 합니다. 스마트폰 없이는 한시도 살 수 없는 스마트 시대가 되었습니다. 스마트 시대는 스마트 폰과 태블릿 PC등 스마트 기기가 보편화 되어 이를 통해 우리는 언제 어디서나 인터넷에 접속하여 다양한 정보를 얻을 수 있게 되었습니다.

이러한 스마트 기기의 접근에 대한 편리성은 교육 분야에서도 적용되고 있습니다. 최근 몇 년간 대규모 교육기관과 플랫폼에서 인터넷 강의를 개발하고 제공함으로 스마트 기기를 매체로 한 교육 영상과 콘텐츠 시장이 급속도로 성장하고 있습니다. 유아 한글 학습에서부터 시작하여, 초등교육에서 대학 입시까지 인터넷 강의는 교육의 지역적 제약을 받지 않는 중요한 매개체가 되었습니다. 아이들은 쉽고 재미있게 교육 컨텐츠들을 접하고 놀이를 하고 게임 하듯이 공부를 할 수 있게 되었습니다.

이처럼 스마트 시대는 아이들의 교육에 날개를 달아 주었지만 한계가 있습니다. 아이들이 활자와 멀어지게 하고 문해력을 저하시키는 계기를 만든 것 입니다. 글을 읽고 의미를 이해하는 능력인 문해력은 상호간 소통과 학업에 영향을 주는 중요한 역량입니다. 영상을 통해 쉽게 이해하는 습관을 들인 아이들은 활자를 읽으며 그 뜻을 이해하고 의미를 이해하는 과정에서 힘듦을 느낍니다.

영상은 아이들이 단시간에 직관적으로 의미를 이해하고 받아들일 수 있도록 구성되어 있기 때문입니다. 하지만 활자를 이해하는 과정은 오롯이 나의 사고로 부터 시작됩니다. 나의 지식과 경험을 바탕으로 하는 사고 과정은 시간이 걸리고 에너지가 많이 소모 됩니다. 떠먹여 주는 학습에 익숙한 아이들은 생각하는 과정을 힘들어 하게 되고 활자와 멀어지는 상황이 되어 버렸습니다. 아이들이 활자와 멀어지게 됨으로서 단어의 뜻을 모르거나, 문장의 해석이 미흡하게 되는 문해력 저하 현상은 학업은 물론 일상의 소통에까지 영향을 주고 있습니다.

이러한 흐름을 반영하듯 우리 교육부에서도 문해력 향상을 위한 노력을 기울이고 있습니다. 교육부는 '2022 개정 교육과정'에서 초등 국어 시간을 32시간 늘려 문해력의 기반인 국어에 집중하겠다고 밝혔으며, 고교 학점제 도입과 관련해 '독서와 작문' '주제 탐구독서' '독서 토론과 글쓰기'등 주체적 능동적 독서 과목들도 신설할 예정이라고 밝혔습니다. 또한 초등에서 고등까지 교육과정 전체가 석차 중심의 지필 평가에서 역량 함량 중심의 성취 평가제로 전환된다는 점에 주목해야 합니다. 역량 중심의 성취 평가의 가장 대표적인 방법으로 서술/논술형 평가 확대 방안을 발표했는데 2022개정교육과정/교육부 주요 과목을 지필 평가가 아닌 역량 중심의 성취를 평가하려면 현실적으로 글쓰기가 가장 기본적인 평가 수단이 될 수밖에 없습니다. 문해력 저하 현상에 대한 해결 방안으로 교육과정에서 적극적으로 독서와 글쓰기를 통해 활자에 대한 이해력 증진을 강조하고 있지만 정작 아이들은 활자를 이해하고 표현하는 것에 익숙하지 않습니다.

책을 읽고 이해하는 것도 어려운 아이들에게 무에서 유를 창조해야하는 글쓰기는 더 어려운 난관임에는 틀림없습니다. 스마트기기를 통해 다양한 정보를 쉼 없이 받아들여 아는 것은 많지만 깊이는 없는 아이들의 사고력, 어른들의 언어를 써가며 말은 청산유수로 하지만 그 뜻은 모르는 아이들의 언어습관을 보았을 때 아이들이 살고 있는 세계와 깊은 사고 과정을 바탕이 되어야하는 글쓰기의 간극을 좁히기란 쉽지 않아 보입니다. 글쓰기의 난관에 갖혀버린 스마트 시대의 글쓰기는 어떻게 접근해야 할까요? 해결 방법은 없는 걸까요?

2장. 활자가 익숙하지 않은 스마트 시대의 아이들

저는 현직 독서교육 교사입니다. 현장에서 글쓰기에 관련하여 가장 많이 듣는 질문 중 하나가 "독후감을 잘 쓰려면 어떻게 해야 할까요?" "우리 아이는 일기를 왜 이렇게 쓸까요?" 입니다. 이마 학교에서 가장 많이 내주는 글쓰기 숙제가 독후감과 일기이기 때문일 것이라 생각합니다. 그리고 이 두 가지의 글쓰기 숙제 때문에 집안 분위기가 험악해 지기도 한다는 이야기들을 아이를 통해 전해 듣기도 합니다. 아이의 글쓰기의 수준이 부모님의 기준에 혹은 선생님의 기준에 근접하지 않아 생기는 해프닝일 것입니다.

 글쓰기의 근본적인 해결은 글을 많이 읽는 것입니다. 글을 많이 읽는 것 즉 독서를 많이 하다보면 글쓰기의 기본이 되는 어휘나 문장을 구성하는 능력은 자연스럽게 습득이 됩니다. 하지만 문제는 여기서부터 시작 됩니다. 아이들은 책을 읽고자 하나 활자를 제대로 읽고 책을 이해하는 것이 어려움을 느낍니다. 스마트한 세상을 살아감으로 인해 아이들의 활자인지 능력이 퇴화하고 있다는 것은 주변의 현상들과 사회 전반적인 분위기를 통해 이미 잘 아시리라 생각합니다.

 활자인지 능력의 향상은 지속적인 훈련을 통해 습득이 됩니다. 무작정 독서를 하는 것이 아니라 의미단위로 책을 읽는 습관을 알려주거나 책을 읽고 독해하고 서술하는 과정을 통해 정독하는 습관을 길러야 합니다. 이처럼 읽는 방법을 먼저 알려주고 글에 대한 이해능력을 키우는 독서가 선행이 되어야 글쓰기가 가능합니다. 글쓰기는 고도의 사고력과 창조력, 구성력, 표현력이 뒷받침 되어야 잘 할 수 있는 분야입니다. 글을 잘 쓰려면 머릿속에 다양한 어휘가 입력되어 있어야 하고 많은 배경지식들이 자리 잡고 있어야 합니다. 이것이 글을 잘 쓰게 하는 재료입니다. 이런 재료들을 생활 속 경험에서 얻을 수도 있겠지만 책을 읽는 것을 강조하는 이유는 풍부한 어휘 습득, 다양한 글의 구성(구조)에 대한 이해와 창의적인 표현 방식은 독서를 통해서만 밀도감 있게 습득될 수 있기 때문입니다.

 독서는 시간 확보가 중요합니다. 긴 시간에 걸쳐 습득 되는 능력이라 단시간에 일취월장하기 힘든 능력중 하나입니다. 그럼 독서능력을 키우기 전까지는 글쓰기를 꿈도 꾸지 말라는 말인가요? 독서 능력이 기반이 되지 않은 글쓰기는 힘들고 어려운 과정임에는 틀림없습니다. 하지만 저는 글쓰기의 접근을 달리하여 태산처럼 느껴지는 아이들의 글쓰기에 대한 거리감을 줄이고 나도 글을 잘 쓸 수 있다는 효능감을 심어주는 것에 초점을 맞춰 글쓰기에 접근 하고자 합니다. 실제로 현장에서 글쓰기 수업을 하는 중 한 아이가 글쓰기를 더 잘하고 싶어 작가는 어떻게 글을 쓰나 책을 눈여겨봤다는 이야기를 했습니다. 글을 더 잘 쓰고 싶어서 책도 더 열심히 봐야겠다는 이야기도 들었습니다.

글쓰기에 자기 효능감이 생겼을 때 발생하는 글쓰기와 독서의 선순환의 구조가 바로 이런 것이 아닐까요? 더 잘하고 싶어서 잘 안 되는 부분에 대해 노력하고 채워가려 하는 자기 주도적 글쓰기는 그 어떤 글쓰기 과정보다 이상적이라 할 수 있습니다. 그럼 어떻게 해야 아이들이 글쓰기에 쉽게 접근할 수 있을까요? 그리고 그토록 어려워하는 글쓰기에서 자기 효능감이 생길 수 있을까요? 제가 생각하는 글쓰기에 쉽게 접근할 수 있도록 하는 매개체는 바로 이미지입니다.

3장. 왜 이미지 글쓰기 인가요? 이미지를 이용해 생각을 정리 합니다.

아이들이 글을 쓸 때 가장 어려워하는 단계는 무엇일까요? 이 이야기를 하기 전에 글쓰기의 단계를 먼저 살펴보아야 하겠습니다. 글쓰기의 단계는 "쓸 내용 떠올리기" "내용 조직하기" "자신의 생각을 글로 나타내기"로 나누어 볼 수 있습니다. 5학년 1학기 국어교과서/4단원/ 글쓰기의 과정/교육부

"쓸 내용 떠올리기"에서는 그야말로 내가 경험했던 일을 중심으로 글

을 쓸 글감을 찾는 과정입니다. 이 단계에서는 내가 경험했던 일을 떠올려 가지치기를 하며 자유롭게 경험을 떠올려 적어 봅니다. 적은 경험들을 보며 글을 쓰는 목적(교훈, 감동, 웃음 등)에 따라서 쓸 내용을 선택하는 것도 중요합니다.

"내용 조직하기"에서는 글감을 구성하여 표현하는 과정입니다. 글의 주제에 따라 시간의 흐름, 장소의 이동, 생각의 변화 등 글의 주제에 따라 글을 조직하여 한편의 글을 완성하기 위한 글의 구조와 방향을 설정하는 단계입니다.

"자신의 생각을 글로 나타내기"과정은 지금까지 쓸 내용을 떠올리고 조직한 것을 바탕으로 하여 한편의 글을 써보는 과정입니다. 문장을 완성하고 문장의 호응관계를 생각하며 틀린 곳을 전체의 흐름을 생각하며 점검하고 수정해야 합니다.

자 이제 도입의 이야기로 돌아가 보겠습니다. 단계별 글쓰기를 진행할 때 아이들이 어려워하는 단계는 무엇일까요? 바로 "내용을 조직하기" 단계입니다. 스마트 시대의 아이들은 글감은 실로 넘쳐 납니다. 부모님들께서도 다양한 체험을 중시하기에 아이의 경험을 위한 활동들을 함께 하고 있습니다. 직,간접 경험이 풍부한 시대에 살기에 아이들이 글감을 찾는 것은 어렵지 않습니다. 하지만 "내용을 조직"하는 것은 이야기가 다릅니다. 글쓰기에서 내용을 조직하는 것은 글의 전문을 통찰하는 과정입니다.

예를 들면 발단 전개 위기 절정 결말을 내 머릿속에 구조화한 상태에서 "자신의 생각을 글로 나타내기"의 단계로 넘어가야 하는 것입니다. 이때부터 아이들의 머리속은 엉킨 실타래가 되기 시작합니다. 무엇부터 어떻게 적어야 할지, 어떤 이야기가 내 주제와 연결되어야 할지, 글의 순서와 흐름은 어떻게 구성해야 할지 거대한 경험의 실 뭉치 속에서 아이들은 막막하기만 합니다. 여기에서 바로 이미지가 필요합니다. 글쓰기에서 이미지는 생각을 정리하고 시각화 하는 역할을 합니다. 내 생각과 경험들이 만화처럼 한 장면 한 장면 내 눈앞에 펼쳐진다면? 어떤 일이 벌어질까요?

〈글감을 시각화하여 그림으로 표현하기〉

아이들은 시각화 되어 있는 경험의 장면의 카드를 나열해 가며 이야기의 순서를 정리합니다. 글의 주제와 상관없는 내용은 빼기도 하고 추가하고 싶은 장면들은 더해 가며 글의 구조를 잡아 가는 것입니다. 활자보다 이미지에 익숙한 아이들은 경험의 장면이 눈앞에 펼쳐져 있으니 이야기를 만들기가 훨씬 수월 합니다. 이미지를 보고 발표 하는 것은 만화의 스토리를 만드는 것처럼 친근하게 느껴져서 인지 너도나도 손을 들며 적극적으로 참여합니다. 이미지 하나로 얼음 같았던 글쓰기의 시간이 따뜻해지고 웃음이 가득 합니다. 글쓰기에 대한 재미있고 즐거운 경험은 글을 쓸 때 원동력이 됩니다.

실제로 〈시각적 이미지를 활용한 내용 생성 전략이 글쓰기에 미치는 영향 연구/2014/유정화〉라는 논문에서 글쓰기에 이미지를 활용했을 때 다양한 이점들이 있다는 연구 결과를 발표 했습니다. 시각적 이미지를 활용한 내용 생성 전략이 글쓰기에 미치는 영향 연구/2014/유정화

글쓰기에 이미지를 활용했을 때와 활용하지 않았을 때를 비교 분석하여 본 결과 이미지를 사용했을 때 글의 표현이 풍부해졌고, 아이들이 글쓰기에 접근하는 태도도 능동적으로 변화 하였다고 했습니다. 제가 가장 주목한 것은 이미지를 활용한 글쓰기를 한 후 글쓰기에 대한 인식변화 부분입니다. 답답한 벽 같았던 글쓰기가 벽이 뻥 뚫린 것처럼 시원해 졌다는 이야기, 글을 쓰라고 하면 어떻게 할지 몰라 불같이 화가 치밀었던 마음이 이미지라는 안경을 통해 자세히 생각하고 써보니 재미있었다는 이야기, 이미지를 활용하면서 땅속의 보물들을 발견 하듯이 다양한 글감이 생각났다는 이야기도 있었습니다. 이처럼 저도 글쓰기에 이미지로 소통하는 시간을 넣으며 스마트 시대의 아이들에게 글쓰기에 대한 문턱을 낮추고자 합니다. 이미지를 활용한 글쓰기는 쓰기에 대한 자발성과 자기 효능감을 부여하여 더 깊은 글쓰기 단계로 나아가는 발판을 만들어 주는 것에 목적이 있습니다.

4장. 생각이 한눈에 보이는 이미지 글쓰기의 단계적 활용방법

1) 글의 표현을 풍부하게 표현해 주는 이미지 관찰 글쓰기.

"선생님 치이카와 캐릭터 아세요?"
"아니, 치이카와는 처음 들어보는데?"
"일본 캐릭터인데요. 진짜 귀여워요. 고양이같이 생긴 캐릭터도 있고, 곰같이 생긴 캐릭터도 있어요."
"그럼 고양이가 치이고, 곰이 카와야?
"아니요. 치이카와 만화에 나오는 캐릭터들이 많은데, 주인공 이름이 치이카와에요. 치이카와는 곰 같은 모양이고, 하얀색인데 크지는 않아요. 작고 귀엽게 생겼는데 머리가 크고 얼굴이랑 몸은 구분이 없는 1등신이에요. 그런데 1등신이라도 몸이 완전히 구분이 없는 게 아니라 땅콩처럼 중간이 조금 쏙 들어가 있어요.
"아~ 이렇게?"
화이트보드에 설명들은 대로 작게 캐릭터를 끄적여 봅니다.
"우와! 비슷해요."
"우와! 진짜? 네가 설명을 너무 잘해서 그래. 그럼 인터넷으로 실물을 찾아볼까나~"

언젠가 5학년 여자 친구와 이모티콘에 대한 이야기를 나누었습니다. 요즘 친구들 사이에 최신 유행 캐릭터라는데 선생님이 영 이해를 못하니 이해시키느라 고생이 많았어요. 하지만 자신이 좋아하는 캐릭터를 설명하라니 색깔, 크기, 모양을 비유까지 하며 상세히 묘사를 합니다.

그것도 너무나 신나게 말이죠. 눈치 채셨겠지만 5학년 여자 친구의 설명은 캐릭터에 대한 글쓰기나 다름없습니다. 글로 표현하지 않았을 뿐 대화를 하는 상대방이 캐릭터가 머릿속에 그려지게 했지요. 이미지를 관찰하고 표현 하는 것은 이미지 글쓰기의 첫 단계로 매우 중요합니다. 하나의 이미지를 하나의 소재라고 가정 한다면, 글을 구성하는 소재들이 풍부하게 표현 되어야 완성도 있는 글쓰기를 할 수 있기 때문입니다. 여기서 중요한 것은 표현하려는 이미지가 아이들의 흥미를 유발하는 요소가 있어야 한다는 것입니다.

step1. 아이들의 흥미를 끄는 주제부터 이미지를 관찰하고 묘사해 보세요.

앞의 짧은 대화처럼 이미지 관찰의 시작은 아이들에게 친근한 것으로부터 시작하는 것이 좋습니다. 익숙한 이미지들은 오래 보아온 것들이기 때문에 아이들이 자신감을 갖고 글쓰기를 시작 할 수 있어요. 저와 함께하는 이미지 글쓰기는 아이들에게 글쓰기에 대한 문턱을 낮추는 것이 목표이기 때문에 아이로부터 자신감을 갖게 하는 것이 중요 합니다.

자연 풍경이나 도시의 풍경은 스마트 시대 아이들에게는 그다지 흥미로운 주제는 아니에요. 단편적으로 나를 나타내는 핸드폰 프로필 사진을 보면 어른들의 프로필 사진에는 꽃과 나무 돌 등의 풍경이 가득 하지만, 아이들의 프로필 사진은 좋아하는 캐릭터나 아이돌이 대부분 입니다. 생각할 거리가 많은 복잡한 이미지나 추상적인 이미지를 관찰하면 글의 내용이 풍부해 질 것이라고 생각 하지만, 표현의 방향성이 구체적이지 않고 머릿속의 생각들이 많아지며 복잡하게 얽혀 어려워했어요. 추상작품을 그린 화가들이 처음에는 사실적 묘사에서 시작해서, 선과 형태를 생략하고 줄여가며 추상화풍으로 나아가듯이 아이들도 사실적인 관찰과 묘사로부터 시작하는 것이 글쓰기에 현실감 있게 다가가기 좋은 방법입니다. 글은 생각의 표현이고 아이들의 생각은 아이들 주변으로부터 시작 되니까요. 관심사로부터 시작되는 글쓰기는 아이들이 글쓰기를 부담 없이 받아들일 수 있도록 하는 촉매제가 됩니다. 관심이 있고 좋아하는 것부터 글쓰기를 시작하여 글 쓰는 것에 대한 흥미가 높아졌다면 점차 글쓰기의 주제를 확장시켜 주세요. 나의 시각 문화 속 주제가 아닌 다양한 영역의 이미지를 관찰하고 글을 쓰는 것은 아이의 시야를 확장시켜 줍니다.

★★★★	캐릭터, 동물, 아이돌, 영화(애니메이션), 과자 등 아이들이 좋아하는 시각문화 속 이미지
★★★	의문을 갖고 이야기를 확장할 수 있는 신비하고 독특한 이미지
★★	자연풍경이나 도시의 풍경 이미지
★	추상적이고 복잡한 이미지

〈이미지 관찰 글쓰기의 주제/ ★의 개수가 높을수록 흥미도가 높습니다.〉

그렇다면 관찰은 어디서부터 시작하는 것이 좋을까요? 관찰에는 특별한 기법이 없지만 아이들의 특성상 중심사물에서 배경으로 관찰하는 것이 유용합니다. 아이들은 직관적이기 때문에 눈에 띄는 사물에 먼저 눈길이 가게 됩니다. 눈에 띄는 일명 주인공 이미지부터 관찰을 하고 배경의 이미지들은 숨은그림찾기 하듯이 찾아보면 흥미를 지속적으로 유지하며 즐겁게 관찰 할 수 있답니다. 관찰과정에서 적절한 발문을 하고 아이가 창조하는 이야기를 들어 주면서 피드백 하는 것도 중요합니다. 창조라고 하지만 기본적으로 이미지에 대한 맥락적 이해가 바탕이 되어야 하기 때문에 이미지와 너무 동떨어진 이야기를 하는 것은 지양해야 합니다. 마지막으로 이미지를 관찰 한 뒤 표현하는 방법은 이미지의 특성에 따라 다양한 글쓰기의 형식(일기, 편지, 기행문, 신문기사 등)으로 표현할 수 있도록 했을 때 몰입도가 높답니다. 더욱 쉽게 와 닿으실 수 있도록 지금부터 현장에서 제가 수업했던 중국 현대 미술가 인준의 〈우는 아이〉의 수업과정을 이야기 해보겠습니다.

제가 이 작품을 선택한 이유는 감정에 대해 이야기 하고 싶었기 때문입니다. 아이들과 이야기를 나누다 보면 감정은 '좋다' '싫다' '기쁘다' '슬프다' 정도로 단순화 되어가고 있는 것 같아요. 사실 눈물 하나에도 여러 가지 감정이 표현될 수 있잖아요. 슬퍼서 울 수도 있고, 기뻐서 흘리는 눈물 그리고 억울해서 눈물을 흘릴 수도 있지요. 감정의 다양함을 알려주고 싶었기에 작품속의 눈물을 흘리는 아이의 감정에 관찰의 포인트를 잡고 관찰수업을 시작 했습니다.

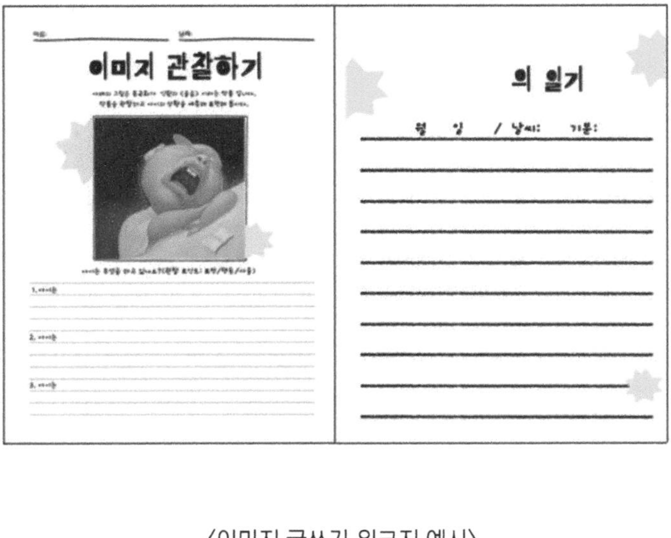

〈이미지 글쓰기 워크지 예시〉

"자~ 이 작품을 보자. 중국 현대 미술가 인준의 작품이야."
"와하하~ 아이 얼굴이 핑크색이네요."
"왜 핑크색 일까?"
"울면 얼굴이 빨게 지니까요."
"맞아. 아이가 울고 있어. 왜 울고 있는 걸까?
"엄마한테 혼나서 우는 것 같아요."
"아이고 그렇구나. 그럼 아이는 왜 혼났을까?"
"숙제를 안 해서 혼났을 것 같아요."
"왜 그렇게 생각했어?
"저기 하얀색 책상위에 책이 있잖아요. 저게 문제집인데 안하고 놀았어요."
"난 슬픈 이야기를 읽어서 우는 것 같은데."
"나는 숙제를 안 해서 선생님한테 혼날까봐 우는 것 같아. 실컷 놀다가 숙제를 하려고 책상에 앉았는데 모르고 잠이든 거야. 일어나 보니 아침인데 숙제할 시간도 없고 학교 갈 시간은 다 되어 가니까 눈물이 나는 거지."
"무서운 이야기를 봐도 눈물 나잖아. 귀신이 나오는 책을 읽고 너무 무서워서 우는 것 같아. 밤은 되어 점점 어두워지고 집에는 혼자 있고,"
"밤이 되고 있다는 것은 어떻게 알았어?"
"뒤에 초록색 배경이 점점 진해지는 것 같아요."

아이들은 이야기를 나누며 작품 속 주인공과 나를 동일시하기 시작합니다. 평소에 한줄 서평 적을 때도 끙끙 대는 아이들이 작품을 보며 다양한 이야기를 상상하고 쏟아 내는 것도 너무 흥미로웠지만 각각 눈물에 관한 다른 스토리를 앞 다투어 이야기 하고 만들어 낼 때 뿌듯함이 밀려 왔습니다. 내가 수업하려 했던 방향과 아이들의 반응이 한 지점에서 만날 때의 전율과 기쁨은 이 글을 보고 있는 교사나 부모님도 충분히 느끼는 감정이라 생각이 됩니다.

"우리 이 아이가 되어 오늘의 일기를 써보자. 아이의 이름을 정해줘도 재미있을 것 같아."

"우와 재미있겠다."

수업 과정에서 아이들은 이미 작품속의 주인공이 되었기에 거침없이 일기를 써내려가기 시작합니다. 글을 쓰라고 하면 고개를 숙이고 하얀 종이만 바라보고 있는 아이들은 어디로 간 걸까요? 사각사각 글을 쓰는 아이들의 경쾌한 연필 소리와 더불어 무엇이 재미있는지 연신 소곤대며 즐거워하는 아이들의 표정을 보니 글쓰기의 즐거움을 조금은 안 것 같아 기분이 좋아졌습니다. 생각해 보면 글쓰기와의 첫 만남이 아이들에게 창조적 영감을 주는 환경은 아님에는 분명 합니다. 학교에서 주는 숙제로써의 일기부터 시작해 독서 감상문이 글쓰기와의 첫 만남 이니까요. 첫 만남은 너무 어렵다는 노래 가사도 있듯이 첫 만남이 어려웠던 글쓰기와는 작별을 하고 아이들의 창조적인 영감을 뿜어낼 수 있는 글쓰기 환경을 만들어 주어야 한다고 생각합니다.

제가 말하는 창조적 영감을 주는 환경은 거창하지 않습니다. 글쓰기는 숙제가 아니라 나의 생각을 표현하는 것이라는 인식을 갖게 해주는 것이 그 출발이라고 생각합니다. 아이들의 주변을 살피고 흥미를 가질 수 있는 주제와 소재들을 생각해 보는 것. 그리고 아이들의 취향이 반영된 이미지로 이야기를 나누고 생각을 지속적으로 표출해 보는 경험을 갖는 것. 그로인해 글 쓰는 시간들이 즐겁게 기억 되는 것이 창조적 영감을 주는 환경의 출발이 아닐까요? 글쓰기가 부족한 아이들이 글쓰기 방법을 배워야 함에는 틀림없지만 글 쓰는 기법을 배우기에 앞서 글쓰기에 빠져들게 하는 것이 우선시 되어야 한다고 생각합니다. 아이가 어떻게 하면 글을 잘 쓸 수 있을까 방법을 찾기 위해 이 글을 읽고 있으신 선생님 혹은 학부모님께 드리고 싶은 말씀은 아이에게 글쓰기는 즐거운 것이라는 경험을 주어야 한다는 것입니다. 그 한 가지 방법으로 저는 〈이미지 글쓰기〉를 알려 드리는 것 뿐 정답은 아닙니다.〈이미지 글쓰기〉도 시도를 해 보시고 각자의 현장에서 유용하게 쓰일 도구와 방법들도 함께 찾아보시기 바랍니다.

어떤 아이의 의 일기

1월 월 10 일 / 날씨: 보통 기분: 짜증남

오늘 억지로 재미없는 책을 읽었다. 너무 재미 없어서 책을 찢어 버리며 울었다. 목이 너무 아팠다. 너무 크게 울었는지 울음 소리가 온 집에 울렸다. 그래서 엄마에게 혼이 났다. 이게 다 저 책 때문이다. 이제 억울함에 눈물이 났다. 찢어진 책을 쓰레기통에 버려도 눈물은 멈추지 않았다. 다음부터는 내가 원하는 책을 읽고 싶다. 눈이 붓고 코도 막혀서 숨을 쉬기 힘들다. 사,,살려,,주세요.

뚱뚱이 의 일기

1월 월 10 일 / 날씨: 맑음 기분: 슬픔

나는 오늘 펑펑 울었다. 엄마가 공부를 하라고 했는데 너무 양이 많고 손이 아프고 힘들고 귀찮아서 너무너무 힘들었다. 울다가 잠이 들었는데 일어나보니 저녁 이었다. 다시 공부를 하려니 마음이 아프고, 막막하고 비참하고, 서럽고, 섭섭하고, 아쉽고, 안타깝고, 우울하고 아까 빨리 할걸 후회 스러웠다.

〈이미지 글쓰기의 워크지 활동사례〉

2) 글의 구조를 잡아가는 이미지 배열 글쓰기.

이미지의 관찰을 통해 글쓰기의 준비가 되었다면 이제는 글의 구조를 만들어야 합니다. 이미지를 관찰하고 쓴 글이 책의 한 페이지라면 이제 그 페이지들을 유기적으로 연결하여 한편의 스토리가 있는 책을 만들어야 해요. 스토리를 만들 때 글의 구조화가 중요한 이유는 글의 논리적인 흐름을 만들고 내용을 분류하여 각 부분이 조화롭게 연결이 되어야 하기 때문입니다. 글의 구조가 긴밀하게 짜여 있지 않은 글은 쉽게 이해되지 않으며, 글의 주제나 목적을 명확하게 전달 할 수 없습니다. 아이들이 글을 쓸 때 가장 어려워하는 부분이 글의 구조를 잡는 것입니다. 이론적으로 기-승-전-결을 따져서 글을 쓰거나 더 나아가서는 발단- 전개- 위기- 절정- 결말을 생각하며 글을 써야 한다는 것은 알고 있습니다. 하지만 막상 글을 쓸 때는 이런 이론들이 떠오르지 않는 것이 사실입니다. 그럼 어떻게 해야 아이들이 글의 구조를 이해하고 표현할 수 있을까요?

step2.이미지를 배열하며 스토리를 만들어 보세요.

아이들이 글쓰기를 할 때 가장 막막해 하는 것이 주제에 맞는 소재를 정하고 이야기를 연결하는 것입니다. 일기를 쓸 때 보면 그 현상이 적나라하게 드러납니다. 오늘 하루에 여러 가지 일이 있었는데 그 일들 중에서 무엇을 골라 적어야 할지, 고심 끝에 고른 이야기를 쓸 때도 어떤 사건부터 적어야 하는지, 어느 정도까지 상세히 적어야 하는지 고민의 고민이 연속 됩니다. 결국 머리가 아파오고 고민하기 싫어서 하루에 있었던 모든 일들을 나열하듯 쭉 적고 "참 재미있었다." 로 끝맺음을 합니다. 머릿속에 얽혀 있던 생각들이 정리가 되지 않아 일어나는 현상입니다.

그런데 오늘 하루에 있었던 일들이 사진이 찍혀 포토카드 형태로 내 눈앞에 쭉 나열되어 있다면 어떤 현상이 일어날까요? 일단 오늘 하루에 있었던 일들을 카드를 넘겨가며 확인해 봅니다. 카드 중에서 내가 즐거웠던 일이 그려진 카드를 몇 장 고르고 별로 중요하지 않은 사건의 카드는 빼놓습니다. 그리고 그 카드를 배열 합니다. 시간 순서일 수도 있고, 즐거웠던 일 혹은 중요한 일 순서일 수도 있겠죠. 배열이 된 포토카드를 관찰하며 첫 번째 카드부터 일기를 써내려 갑니다. 이처럼 글을 쓸 때 내 머릿속 생각의 흐름이 한눈에 보인다는 것이 이미지를 이용한 글쓰기의 가장 큰 장점입니다. 글의 흐름이 명료하게 머릿속에 구조화 되어 있으면 글을 써내려 가는데 거침이 없어짐은 물론 글의 연결이 자연스러워 지고 글의 구성도 탄탄해 집니다. 이와 같은 원리로 보통 글을 쓸 때 글의 전체적인 흐름을 잡기 위해 개요를 작성합니다. 개요를 간결하게 써내려가며 글의 전체적인 구조를 잡아 놓아야 글의 주제가 흔들리지 않고 글을 써 나갈 수 있기 때문입니다. 이미지 카드를 이용해서 글을 쓰는 것도 이와 같은 원리입니다. 이미지 카드를 주제에 따라 배열해 보며 글의 전체적인 구조를 잡고 스토리를 연결하는 과정을 연습하는 것입니다. 제가 현장에서 수업했던 〈고양이의 하루〉를 이야기 하며 이미지 카드로 어떻게 글을 구조화 하는 연습을 하는지 말씀드려 보겠습니다.

우리 친구들은 고양이를 너무 좋아 합니다. 학교 다녀오는 길에 만난 고양이 얘기를 자주하고, 고양이가 너무 귀여워서 만지려고 했다가 종종 고양이 손톱에 상처를 입고 오는 아이들도 있어요. 안타까운 마음에 "에고 귀여운 고양이가 오늘은 왜 그랬을까?" 하니"오늘은 고양이가 분명 기분이 안 좋았을 거예요." 라고 이야기 하더라 구요. "왜 기분이 안 좋았을까?" 하니 "오늘은 따뜻한 곳에서 식빵 굽고 편히 쉬고 싶었는데 친구들이 귀찮게 만지니까 제가 만질 때는 화가 났을 수도 있어요."라고 대답을 했어요. 고양이의 입장에서 생각하는 모습이 너무 귀엽기도 하면서 아이들이 평소에 재미있는 발상들을 많이 하는데 왜 글로는 표현하기 힘들어 할까 안타깝기도 했습니다. 그래서 아이들이 좋아하는 고양이의 하루를 짧은 이야기로 적어보자 생각하며 고양이의 귀여운 모습이 담긴 사진을 프린트해 준비했습니다.

"선생님 이 사진 너무 귀여워요."

"너무 귀여운 고양이들이 있지? 오늘은 고양이의 하루를 상상해서 짧은 이야기를 만들어 볼 거야"

"지금 고양이들이 무엇을 하고 있는지 관찰해 보자."

"스트레칭 하는 고양이도 있고, 식빵 굽는 고양이도 있어요."

"어떤 고양이는 창밖을 보고 멍하게 있어요."

"손을 모으고 기도하는 고양이도 있는데요."

한장 한장 사진을 관찰하고 이야기를 나눈 뒤 주제를 정해 보기로 했습니다. 주제에 맞춰 구조화 하는 연습을 해야 하기에 주제를 정하고, 주제에 맞는 사진을 4~5장 골라서 순서대로 나열해 이야기를 만들어 보기로 했습니다. 〈고양이의 000 하루〉 라는 큰 주제 아래 각자가 "고양이의 신나는 하루" "고양이의 우울한 하루" "고양이의 힐링하는 하루" "고양이의 엉망인 하루" "고양이의 특별한 하루"등 각자가 원하는 주제를 잡아 이야기를 만들어 나갔습니다. 그리고 나의 주제에 맞춰 배열한 이미지의 스토리를 이야기 하는 시간을 가져 보며 이야기의 맥락에 맞지 않는 사진은 바꾸거나 순서를 재배치 해 보는 등 글을 쓰기 전 전체 이야기의 구조를 잡아 글의 흐름이 눈에 보이도록 개요를 잡아 보았습니다. 눈에 보이는 이미지가 있으니 글을 쓰는 아이들의 생각이 명료하게 드러나 글에 대해 피드백을 해주는 교사의 입장에서도 수월했던 것 같아요. 전체 흐름이 눈에 보이고 한편의 글이 이미 머릿속에 있으니 일사천리로 글을 써 내려갔고 조금은 어설프기는 하지만 주제에 맞는 한 편의 글이 완성 되었습니다.

〈아이들이 배열한 고양이 사진과 글〉

아이들도 A4 한 장에 달하는 글을 완성한 자신을 너무 대견해 했고, 뿌듯함을 느꼈습니다. 어떤 친구는 큰 고민 없이 글을 썼는데 너무 잘 썼다며 혹시 내가 글쓰기 천재가 아닐까 하는 자신감을 드러내기도 했어요. 후에 부모님께 전해들은 이야기로 이미지 글쓰기 수업 후 꿈이 작가가 되었다는 친구도 있었답니다. 이 과정을 통해 제가 느낀 것은 아이들이 글쓰기를 싫어하는 이유가 방법을 몰라서였다는 거예요. 요즘 스마트 기기들로 인해 활자를 쓰는 것에 익숙하지 않기도 하지만 방법을 모르기에 더 두려워했던 것 같습니다. 수업 시간에 자신의 재미있는 생각들을 발표하고 싶어서 한 팔을 길게 쭉 뻗어 손들고 있는 아이들을 모습을 보며 생각하고 창조하는 것을 싫어하는 아이는 없다는 것을 느꼈습니다. 단지 생각의 시작을 열어주지 못했을 뿐이라는 것을요. "몰라요." "그냥요." "선생님 마음대로 하세요." 라는 말들은 생각을 하기 싫어서가 아니라 생각하는 방법을 몰라서라는 것을요. 피카소는 "모든 아이들은 예술가다."라고 말했습니다. 잠재되어 있는 예술적 영감들을 건드려만 주면 아이들은 자신의 영감들을 화산처럼 격렬히 발산할 것이라 생각합니다. 이미지 글쓰기 경험을 통해 나의 생각을 발산하고 멋지게 표현할 연습을 하고 있는 아이들을 응원 합니다.

3) 글쓰기 과정을 통찰하는 이미지 창조 글쓰기

자 이제 본격적으로 글쓰기에 들어갈 시간입니다. 한 장의 이미지를 관찰하고, 여러 장의 이미지를 배열하여 글을 구조화해 표현하는 연습을 마쳤다면 스스로 이미지를 창조하여 글을 써 봅니다. 이 과장에서는 기존의 이미지를 활용하여 글을 쓰는 방법에서 한 단계 더 나아가 나의 머릿속 생각을 직접 이미지로 그려보고 구조화해 보는 것에 목적이 있습니다.

step3. 생각이 보이는 스토리 카드를 그려서 글을 표현해 보세요.

쉽게 설명하자면 '이미지 창조 글쓰기'는 생각을 정리하는 기술 '비주얼 씽킹'(교실속 비주얼 씽킹/ 김해동/ 맘에 드림)과 많이 닮아 있습니니다. '비주얼 씽킹'은 그림과 영상 등을 이용해 생각을 정리하고 소통하는 능력, 즉 이미지로 생각하는 습관을 말합니다. 복잡한 아이디어나 정보를 시각적 형태(글, 그림, 기호)로 표현하여 커뮤니케이션에 활용하며, 업무를 전달하거나 노트필기를 할 때, 책을 읽고 독서록을 쓸 때도 활용합니다. 정리하면 '비주얼 씽킹'의 가장 큰 장점은 복잡한 정보를 쉽고 재미있게 이해하도록 단순화 하는 것에 있습니다.

'이미지 창조 글쓰기는' '비주얼 씽킹'의 이미지로 생각하고 소통하는 부분을 차용합니다. 머릿속의 글감들을 이미지로 시각화 하여 공유하여 글쓰기를 하지만, 시각화할 때 이미지의 단순화에만 집중하지 않습니다. 글감을 표현할 때 주제를 강조시켜 주어야할 부분이 있다면 그림으로 상세히 표현 합니다. 예를 들어 기행문을 쓴다고 가정해 보겠습니다. 먼저 주제를 정하고 여행지에서 있었던 일들을 우선 카드에 간단히 그림으로 그려 1차 표현합니다. 그리고 카드에 그려진 여행 장소를 이동한 순서에 따라 생각하며 배열해 봅니다. 여행지의 내용을 모두다 기록 하는 것이 기행문의 목적은 아니기에, 1차 표현된 카드 중 특히 내가 재미있었거나 감동이 있었던 장소를 골라 상세히 그려 2차 표현을 해봅니다. 이 때 그림실력은 중요하지 않습니다. 기억을 떠올릴 만한 요소들을 나의 생각이 보이도록 표현하면 됩니다. 2차 표현으로 강조될 장소의 견문과 느낌을 카드 뒤편에 적어봅니다. 마지막으로 카드를 관찰하며 글을 써 내려 갑니다. 이 때 2차 표현을 통해 강조될 부분의 장소를 중심소재로 하여 다른 소재들 보다 상세히 표현하면 글이 입체적으로 표현 됩니다.

주제 정하기 - 주제와 관련된 소재를 이미지 카드로 표현하기(1차 스케치) - 이미지 카드를 주제에 맞게 순서대로 배열하기(구조화) - 소재들 중 강조될 만한 중심 소재 선정하여 상세 스케치(2차 스케치) - 이미지 카드를 보며 이야기 공유하기 - 이미지 카드를 보며 글쓰기

〈이미지 창조 글쓰기 과정〉

이해를 돕기 위해 이미지 창조 글쓰기 방법으로 글을 쓴 사례를 살펴보며 말씀 드리겠습니다. 이 글을 쓴 3학년 남자친구는 겨울 방학 때 포항 여행이 기억에 남아 포항 여행을 주제로 기행문 쓰기를 해 보았어요. 먼저 포항 여행에서 기억에 남는 장소를 이야기 하고 1차 스케치를 해보았습니다. 간절곶 상생의 손, 죽도시장, 숙소에서 밤바다를 본 장면, 숙소에서 아침에 해돋이를 못 보았던 기억, 스카이 워크를 스케치 했습니다. 스케치한 카드를 순서대로 배열하고 카드 중에서 가장 기억에 남고 재미있었던 곳이 어디냐고 물어보니 죽도 시장이라고 해서 카드를 한 장 더 연결해 죽도 시장의 기억을 더 자세히 스케치해 보았답니다. 이 친구는 죽도 시장의 다양한 먹거리가 흥미로웠는지 시장에서 샀던 음식들을 중심소재로 글을 써 나갔습니다.

〈1차 스케치후 순서대로 카드를 배열하고 중심소재를 죽도시장으로 선택하여 2차 스케치를 진행 했습니다〉

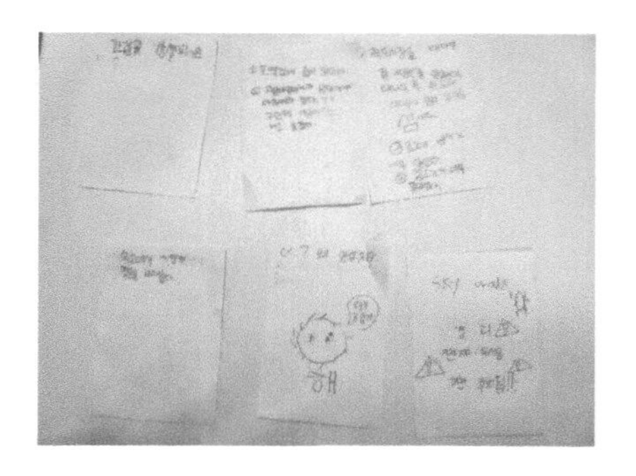

〈카드 뒤에 장소에서의 느낌과 견문을 적어보았습니다 〉

그리고 여행을 하며 알게 된 것은 뉴스에서만 보았던 간절곶의 손의 이름이 상생의 손이라는 것, 죽도 시장이 대나무가 많은 섬이라는 뜻에서 죽도라는 것을 알게 되었고, 날씨가 좋지 않으면 동해라도 해돋이를 볼 수 없다는 것도 알게 되었다고 합니다. 3학년 남자친구는 이런 견문과 느낌들을 엮어서 한편의 글을 완성 했는데 전체적인 글의 구조가 머릿속에 담겨진 상태에서 글을 썼더니 글이 연결이 훨씬 쉬웠고 글이 술술 써져서 신기했다고 이야기 했습니다. 그리고 글이 너무 잘 써진 것 같아 기분이 너무 좋다고 얘기 했답니다.

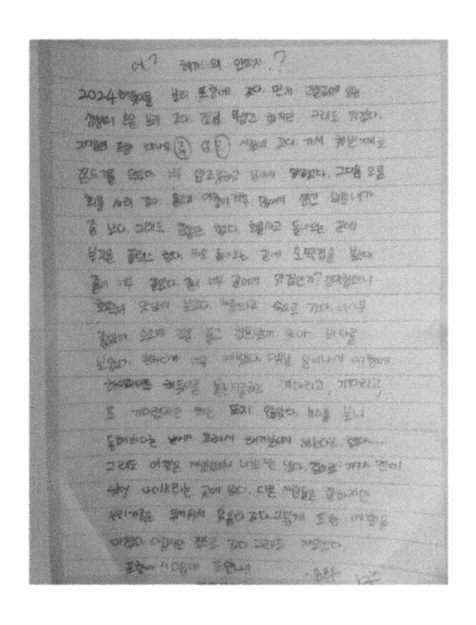

〈완성된 한편의 글〉

이처럼 이미지 창조 글쓰기는 정서 표현을 목적으로 하는 글에 적용이 용이 합니다. 주장하거나 설득하는 글쓰기의 경우 글의 내용을 구조화 할 때 하위 내용이 이미지로 표현 되는 것 보다 활자로 표현하는 것이 글의 명료함을 더해주기 때문입니다. 수필, 일기, 시, 편지 소설, 기행문, 감상문등의 글쓰기에 활용해 보시길 추천 드립니다.

5장. 생각이 보이는 이미지 글쓰기를 적용해 수업 하실 교사와 부모님들께

이 글을 보고 〈생각이 보이는 이미지 글쓰기〉를 적용해 보려고 생각하신다면 현재 지도 하려는 아이들이 글쓰기에 입문하려고 하는 상황 일 듯합니다. 처음 글쓰기를 시작하는 아이들은 글쓰기 자체에 부담을 느끼고 있는 상황이기 때문에 이미지를 관찰하고 이야기 하는 것도 쉽지 않을 수도 있답니다. 하지만 이미지 글쓰기를 단계별로 적용하여 수업하다보면 성과가 나오리라 생각 됩니다.

주의하셔야 할 것은 1.이미지 관찰 글쓰기 2.이미지 배열 글쓰기 3.이미지 창조 글쓰기의 각 단계를 충분히 경험하도록 할 수 있게 해주는 것입니다. 각 단계의 시작은 교사와 소통하며 글을 써 내려가겠지만 수업 회차가 진행되면서 글쓰기를 스스로 할 수 있는 수준까지 훈련을 해 주시면 좋을 것 같습니다. 누구나 글쓰기의 시작은 맞춤법도 틀리고 이 아이가 무슨 말을 하려고 하는지 가늠하지 못할 정도로 문장의 배열이나 호응이 엉망일 수 있습니다. 하지만 지금 이 순간 중요한 것은 아이가 글을 통해 무언가를 표현 하려고 시도하고 있다는 것입니다. 울퉁불퉁 개성이 강한 글을 처음부터 일직선으로 맞추고 깎아내며 정리하려고 하지 말아 주세요. 울퉁불퉁 하지만 글쓰기를 즐기고 있다면 그걸로 충분합니다. 울퉁불퉁 글쓰기를 하면서 아이들은 내면의 깊이가 깊어지고 세상을 보는 시야가 넓어집니다. 당장 눈에 보이는 스킬을 알려주고 멋들어진 글을 쓰는 것이 중요하지 않음을 말씀드리고 싶습니다.

그리고 글쓰기를 꾸준히 진행 하신다면 내적 동기로도 충분히 글이 표현 될 것입니다. 아이들이 표현하고 싶은 사진을 찍어서 가지고 온다던지 내가 표현하고 싶은 주제를 먼저 이야기해 준다면 내적 동기가 발현이 된 것입니다. 처음의 시작은 아이들의 흥미를 자극하는 외적 동기에 의해 시작 되었지만 스스로 글을 표현하고 싶게 된 이 순간이 진정한 글쓰기의 세계로 들어가는 순간일 것입니다. 앞에서 말씀 드렸듯이 아이들은 스스로 하는 것에 자기 효능감을 갖게 되고 자기효능감이 올라갔을 때 성장이 이루어집니다. 아이들이 성장하는 순간을 보는 것만큼 뿌듯함을 느끼는 순간이 있을까요? 글쓰기의 성장의 중심은 칼날 같은 첨삭 보다는 아이가 표현하고자 하는 생각을 함께 고민하고 지지해 주며 시작된다고 생각 합니다. 〈생각이 보이는 이미지 글쓰기〉를 지도하면서 아이가 성장하는 순간의 기쁨을 만끽해 보셨으면 좋겠습니다.

흥겨운 전래동화(놀이)융합 초등 문해력 글쓰기

장예진

〈작가소개〉

장예진(지니쌤)적기교육 통합 전문가, 아동학(유아교육) 교육학 석사를 전공하였고,현재 고려대 대학원 아동 코칭학(학습상담전공)두 번째 석사 과정 중에 있다. '보육교사의 정서 지능과 자아 탄력성이 교사(교수)효능감'에 미치는 영향 이라는 저자의 학위 논문처럼, 교사가 학업을 지도하기 위해 갖추어야 할 역량은 그 무엇보다 학습자의 마음을 이해하는 정서 지능이 높아야 함을 가장 중요하게 생각한다.

이러한 사회정서 학습을 교육 철학으로 삼아, 17년동안 다양한 어린이 교육기관에서 근무 하였고, 특히, 우리나라 모든 학생들의 첫 번째 학습 관문인 모국어(한글)수업의 시작으로,인성(사회정서학습)에 기반을 둔 교과. 창의. 언어융합 수업을 하며, 유아부터 초등(아동기)발달단계에 있는 학습자들과 매일 같이 함께 하고 있다.

현재 학부모, 예비창업자 성인들의 교육이 진행 되고 있는 수원 장안구(지니 창의 교육 연구소),유.초등 아이들의 수업 장소(지니쌤 클래스)두 곳을 운영 하며, 감사한 시간들을 보내고 있다. 그동안의 소중한 교육 경험들을 토대로 전국의 교육자분들의 '유.초등 재능 품앗이. 컨설팅' 카페 운영진과 최신 교육 분야의 트렌드 뇌기반 학습. 진로 코칭 및 네이버 제휴 언론사(파이낸스 투데이) 수원 지국장을 함께 운영 하며,전국에서의 다양한 교육 관련일 들을 독자들에게 취재 하여, 교육에 대한 정보와 소식들을 알리고 있으며, 이러한 강의와 연구들을 통해 인생의 첫 학습의 시기를 열어가는 '적기교육 통합 전문가'로써의 역량들을 앞으로도 더욱 갖추어 나가고자 한다.

〈자격사항〉

-현)고려대 대학원 아동코칭학(학습상담전공)석사과정중

-현)국제아동발달학회 교육 연구원(유.초등 교과중심 적기교육 통합 전문가)

-현)네이버 제휴 언론사(파이낸스투데이)수원 지국장, 브레이닝 한글 마스터

현)지니쌤 클래스,지니창의교육 연구소 운영

-전)수원대 교육대학원 졸업(교육학 석사, 정교사 1급, 일반보육 시설장) 광교 중앙 토론논술, 한글 전문 학원 운영

-전)대통령 지역 아동 위원, 논술 우수 지도교사상 수상

글쓰기 공모전 수상자 배출 (국제학교. 문예창작 영재원등)

인스타 http://instagram.com/jinny_kids(네이버에서 장예진 검색)

1. 독해력의 첫 단추는 역사 전래 동화로 시작하자

전래동화란 예로부터 전해 내려오는 이야기로, 원시시대의 설화 문학, 민담, 신화, 우화, 전설 등 구전, 채록, 정착화 되는 과정에서 그 중 어린이에게 적합하고 아름답게 재창조된 것이 전래동화 이다.

이러한 전래동화는 일반적으로 뚜렷한 작가가 누구인지 알려져 있지 않고, 대부분 구전을 통해서 내려오며, 등장인물의 구도는 선과 악이 분명하게 드러나는 전형적인 스토리들이 대부분이다. 주제는 권선징악이나 해학과 유머 등으로 한정적이기는 하지만, 전래 동화 특징상 실제 역사 영웅에 관한 이야기가 많고 역사적 진실성과 우리의 조상들이 살았던 시대적 배경을 추측 할 수 있다.

즉, 문화적 가치 기준으로 보았을 때, 우리나라처럼 공통어(한국어)가 있는 나라에서는 그 문화의 뿌리의 이야기로 구성된 전래동화, 즉 스토리 중심인 역사전래동화를 통해 아이들이 가정에서 부모와 학교 선생님과 기관 선생님 혹은 스스로 처음 독서록을 시작하고, 현대 사회에 오기까지의 역사적인 과정을 차츰차츰 알아가도록 자연스러운 언어환경을 통한 상호작용의 경험을 제공하는 것이 중요하다.

여기서 말하는, 옛날이야기(전래동화)는 우리 민족 겨레의 민족적 정체성을 가지게 하는 뿌리가 되므로, 문자로 된 유아시기 한글(모국어)을 익힌 후 반드시 전래동화들을 통한 어휘. 독해력을 갖추어 나가는 학습과정들이 필요 하며, 이 과정에서의 언어교육을 통해서 유-초등으로 넘어가는 발달 과업을 함께 생각하여 지도 해야 필요성이 있다.

저자는 그동안 모국어를 사용한 글쓰기 수업을 하며, 보통 초등 4학년

이상의 다독을 통한 독서 경험이 많은 학생들은 풍부한 배경지식을 가지고 있는 읽기 능력이 높은 아이들은 당연히 글쓰기가 쉬울 것 이라 생각 했으나, 예상과는 달랐다.
예를 들면 독서는 좋아하지만, '글쓰기 싫어하는 아이' 종이책들에만 익숙해진 탓에 글쓰기 주제가 나왔을 경우 처음을 시작하는 단계부터 당황해 하며, '연필 잡는 것 조차 싫어하는 아이' 초등 학년별 주제에 따른 글쓰기 분량들을 '접속사를 반복적으로 혼재 하여 사용하며 내용의 충실성 보다 '글의 길이만을 늘리려고 하는 아이' 등 다양한 유형의 글쓰기 수업에 참여한 아이들을 보며, 그 무엇보다 초등 글쓰기에서 각 학년별로 다양한 글쓰기 주제들을 발달 단계에 맞춰 세분화 하여 지도해야 할 필요성을 느끼게 되었다.

2.전래 동화를 통한 활동식 기초 독해 향상 전략 방법을 이해하자.

우선, 글쓰기의 첫단계 전래동화를 통해 글쓰기를 할 경우 다음과 같은 목표들을 제시할 수 있다.
첫째, 학습을 위한 동기 부여가 되며, 이는 학습(교과 서술형)에 흥미가 없거나 학년에 맞는 수업을 놓쳐서 발달 과업상 교과서 지문을 읽고 파악하는 능력이나 이에 따른 각 교과목 예문을 읽고 자신의 생각을 덧붙여 글을 써야 하는 기초적 글쓰기를 배워야 하는 시기를 놓친 경우에 전래 동화를 통한 인지 상호작용을 위한 활동식 기초 독해 방법을 배워야 할 필요성이 있다.

둘째, 초등 3학년 이상이 되면 앞으로 다가올 미래에 대한 사회 구성원으로써의 여러 직업에 대한 진로 탐구 활동들이 필요한데, 이 시기 이전 현재 본인의 모습 투사해 볼 다양한 경험으로의 간접적 체험활동(역사 전래동화)을 통해 초저학년 시기 각 등장인물의 성격을 파악 해 보거나 구조적 대립 관계에 따른 사회 안에서의 여러 가지 해결해 나가야 할 문제 해결 방법을 또래 및 교사(부모)와 If(만약,~라면)이라는 가정적 조건들을 함께 만들어 본인의 생각을 써보고 그것을 통한 해결방안 등을 찾아가보는 경험(토의.토론)을 해 볼 필요성이 있다.

셋째, 현재 자신이 하는 일에 대한 책임감을 갖기 위해 전래동화를 통한 주인공 입장에 서서 스토리를 통해 얻게 되는 교훈 등을 깨달아 선조로부터의 지혜를 배울 필요성이 있다. 이외에 전래 동화를 통한 통합적인 지적 특성과 연결 하여 보다 융합적인 사고능력과 전인적 발달을 이루게 되기에, 보다 나은 삶의 가치관을 배워나갈 필요성이 있다.

또한, 위의 목표들을 조금 더 자세히 설명 하자면, 최근 개별화 학습전략이 중요함에 다시 언급되고 있는 하워드 가드너 '다중지능이론'의 하위 요소들과 전래동화의 연관성을 살펴볼 수 있는데 설명하자면 다음과 같다.

①언어적 지능(사회적 의사소통 능력),②논리-수리적 능력(스토리의 전개방식에 따른 시.공간등의 관심),③신체감각운동(전래동화와 연관된 글쓰기를 하기 위해 또래간의 협력적으로 신체 능력 향상),④대인인간관계능력(전래동화를 통한 연극 및 상황극의 경험을 통해 자신과의 주인공의 기분을 비교하여 동기 및 감정을 이해하고 이를 사회 일상으로의 효과적인 관계를 맺는 능력),⑤성찰적 능력(전래동화를 통한 조상들의 슬기.지혜.도전등을 알아 본인의 일상에 필요한 내적 사고력과 감정을 글쓰기에 반영시켜 보다 더 심도 있는 글쓰기 향상),마지막으로⑥자

연.친화.예술적 지능에 도움이 될 수 있다.(전래동화의 배경이 되는 옛날과 오늘날의 현대 사회를 비교하여 자연과 환경의 관심과 특징알기) 이렇듯, 초등 글쓰기를 역사 전래동화를 통해 시작해야 하는 이유는 다양하다.

3.전래동화를 통한 글쓰기의 방법들을 살펴보자

*전래동화 '흥부와 놀부' 원본을 각색 하여 글쓰기 수업으로 사용한 대본 입니다.

옛날 옛적 놀부와 흥부라는 형제가 살고 있었어. 놀부는 욕심이 많고, 장난 꾸러기였지만, 이와 반대로 동생인 흥부는 마음씨가 착하고 성실했대. 늙고 병든 아버지가 세상을 떠나시고, 놀부.흥부 형제에게 유산을 나누게 하였지만, 욕심 많은 놀부는 동생 흥부의 몫까지 뺏어 부자가 되었고, 반대로 형에게 모든 재산을 뺏긴 흥부는 매일같이 먹고 살아갈 끼니 걱정에 하루하루 근심만 쌓여갔대. 그러던 어느날, 먹을 쌀이 한 톨도 남지 않아 흥부가 형 놀부의 집에 음식을 얻으러 찾아갔어. "형님, 먹을 음식이 없어서 아이들이 다 굶어 죽게 생겼으니, 제발 아내와 아이들이 먹을 음식만이라도 좀 나누어 주십시오" 하고 부탁 했는데, 못된 놀부와 놀부 마누라는 음식은 커녕, 얼굴 만한 커다란 주걱으로 흥부의 볼을 철썩 때리지 뭐야. 그리고는 쫓아 내며 빗장문을 쎄게 닫아버렸대.

또 하루는 흥부의 집 앞에 다리를 다친 제비가 쓰러져 있었어. 가난하지만 마음이 착한 흥부는 제비를 불쌍히 여겨 다리에 약을 발라주고 붕대로 감아 정성껏 치료하며 돌봐 주었지. 시간이 흘러, 가을이 되자 제비는 다시 고향으로 돌아갔고, 따뜻한 봄이 되었어. 흥부가 다리를 고쳐준 제비는 과연 어떻게 되었을까?

저멀리 남쪽 나라로 돌아간 제비는 왕국에 사는 제비왕 에게 그동안 흥부를 만나서 자신이 겪은 이야기를 했어. 하늘 아래 인간 세상에서 흥부라는 사람을 만났는데, 흥부는 가난한데도 자기가 다친 모습을 보며 가엾게 여겨 다리를 고쳐준 생명의 은인이라 그러한 마음씨 착한 흥부에게 꼭 은혜를 갚을 수 있게 해 달라고 간청했어. 왕은 제비가 흥부에게 은혜를 갚을 수 있도록 박씨를 하나 주었지.

명령을 받은 제비는 영문은 모르지만 왕이 준 박씨를 입에 물고 흥부의 집으로 다시 돌아온거야. 흥부는 기뻐하며 박씨를 땅에 심었고, 박씨는 곧 무럭무럭 자라 지붕을 다 덮을 정도가 되었어. 흥부와 흥부의 가족은 박을 타기 시작했는데, 갑자기 펑! 하는 큰 소리와 함께 박에서 온갖 금은보화가 쏟아져 나오는 거야.
그 다음 박도 그 다음 박도 줄줄이 계속 나오는 바람에 곧 흥부네는 부자가 되었고, 이 사실을 전해 들은 못된 놀부네는 호통을 치며 샘을 부리기 시작했어.
착한 흥부는 제비 덕분에 부자가 된 그동안 있었던 일들을 빠짐없이 다 이야기 해 주었고, 놀부는 글쎄 처마 밑에 있던 둥지의 제비를 잡아서 일부러 다리를 부러뜨리고는 고쳐 주었어. 화가 난 제비는 다리가 다 나은 그때까지 참고 견뎠다가 낫자마자 곧장 하늘로 올라가 제비왕 에게 그 사실을 전부 얘기했어.
 분노한 왕은 이번에도 똑같이 제비에게 박씨를 물려 주며, 놀부는 착한 흥부가 알려준것처럼 땅에 정성 들여 심고 가꾸었지. 커다란 박이 열리자 박을 따와서 슬근슬근 톱질을 하는데 세상에나! 그 박에서는 금은보화는 커녕 아주 아주 무서운 도깨비가 나타나 놀부와 놀부의 가족들을 때리는 거야. 다음 박에서는 웬 장정들이 우르르 나와 놀부의 집을 사라지게 하게 하고 값이 나가 보이는 모든 물건들을 모두 가져가 버렸대. 놀부와 그 가족은 그제서야 그동안 해온 모든 나쁜 일들이 하나씩 생각나기 시작하며 바닥에 엎드려 잘못했다고 빌었지. 놀부와 놀부 마누라가 진심으로 뉘우치며 동생 흥부에게 울면서 용서를 빌고 마음씨 착한 흥부는 놀부 형님 가족과 행복하고 사이좋게 살았대.

3-1)흥부와 놀부 각 등장인물의 상황들을 이해하여 육하 원칙으로 써보자.

잠깐! 흥부와 놀부에서는 누가 나올까?(등장인물 소개하기)

1)흥부는 누구? -착한 성격을 가진 흥부는 그 누구보다 열심히 살아가려고 하지만, 당시 사회적 모순으로 항상 손해만 보면서 살아가는 인물이에요.

하지만, 착하게 살아가는 모습을 하늘이 알았을까요? 제비가 준 박으로 큰 부자가 되어,자신에게 못되게 굴었던 형 놀부를 용서하며 함께 행복하게 살아가는 공동체 정신을 가진 주인공이에요.

2)흥부 아내는 누구?-남편 흥부로 항상 가난한 살림속에 힘든 생활들을 하지만 함께 어려움을 헤쳐 나가는 많은 자식을 힘겹게 키운 옛날 우리나라의 어머니들을 대표 하는 인물이에요.

3)흥부네 날아온 제비는 누구?-다시 제비들이 사는 왕국으로 돌아가지만, 자신에게 베푼 은혜를 잊지 않고 갚은 동물이에요. 조상들의 삶의 지혜 중 대표적인 '권선징악'을 제비를 통해 알 수 있어요.

4)놀부는 누구?-누구 하나 괴롭히지 않고는 견디지 못할만큼 욕심 많은 성격의 인물이에요. 아버지가 남겨주신 재산을 모두 자신의 것으로 가져가고 동생 흥부 가족을 빈속으로 집에서 쫓아내지요. 윤리적인 도덕을 모르며 이야기의 갈등 구조를 일으키는 놀부는 결국 자신의 욕심으로 망하지요. 하지만 흥부 덕분에 나쁜 심성을 고치고 다시 착하고 열심히 살아갈 기회도 얻어요.

5)놀부 아내는 누구?-놀부만큼이나 나쁜 그 성격을 두말하면 서운하지요. 잔소리일만큼 구두쇠는 물론이요. 마음씨는 참으로 고약 합니다. 하지만, 놀부처럼 호되게 당한 뒤로, 착하게 변하는 인물이에요.

6)놀부네 제비는 누구?-흥부네 제비는 다리가 다쳤지만, 놀부네 처마 밑 제비는 억울하게 다치게 되지요. 그리하여, 놀부가 한 악한 행동을 결코 잊지 않는 동물이며, 조상들이 바랐던 '권선징악'에서 악을 벌하는 모습이 잘 나타났어요.

* 전래동화를 통해 알 수 있는 다양한 인물들의 성격표현

(흥부와 놀부 이야기 속 다양한 성격 표현의 예)

대쪽같다.당당하다.과묵하다.목석같다.망나니같다.선하다.악하다.믿을만하다.

(신뢰감이 있다.) 어리석다. 지혜롭다. 반듯하다.사악하다.산만하다.생각이 깊다.

바르다.섬세하다.소심하다.솔직하다.조급하다.(서두르는성격이다)순진하다(숙맥같다.)

〈육하원칙 활동지 예시〉

흥부와 놀부 줄거리를 육하원칙에 따라 단 문장 으로 써보기	이름	

*육하원칙에 따라 써본 단어들을 조합하여 짧은 문장으로 정리하여 써본다.

누 가	
언 제	
어디서	
무엇을	
어찌하다.	

4. 하부르타 질문과 친해지는 전래놀이 융합 글쓰기를 하자

〈전래놀이 융합 글쓰기 예- 스무고개〉

1.스무고개란?: 전래동화 '흥부와 놀부'를 읽고 스무고개놀이에 필요한 20가지의 질문들을 정한 후 '예'로 답변이 나온 질문을 바탕으로 문단 쓰기 연습을 하는 놀이

2.놀이규칙:

①스무고개 퀴즈를 낼 주요 단어들을 정해 본다.

②질문자(교사. 또래)가 물어보면 '예, 아니오'로 대답한다.

③'예'로 대답한 질문을 활동지에 적는다.

④스무고개 놀이가 끝나면 대상에 대해 추가로 설명하고 싶은 문장을 서술어를 포함한 짧은 문장으로 적는다.
⑤쓴 것을 바탕으로 문단쓰기를 한다.
⑥각각의 질문에 따라 만들어진 문단들을 모아 한편의 독서감상문으로 함께 구성해 본다.

*추후 협동 글쓰기가 끝난 후 개별 글쓰기를 통해 내용을 다시 정리한다.

3.'흥부와 놀부'의 20개의 질문이 담긴 스무고개

1) 아주 오래전 어떤 지역에 사는 연생원에게 어떤 아들들이 있었나요?
– 충청도.전라도.경상도와 가까운 마을에 사는 연생원은 심성이 고약한 놀부와 착한 흥부 형제가 있었어요.

2) 놀부와 흥부는 부모님이 돌아가신 후 어떻게 지냈나요?
– 욕심 많은 놀부는 부모님이 남기신 유산을 모두 갖고 동생 흥부 가족을 쫓아내었습니다.

3) 쫓겨난 흥부는 놀부에게서 조금이라도 도움을 받을 수 있었나요?
– 갑자기 거지 신세가 되었지만 도움을 받지 못한채 온갖 어려움과 배고픔을 겪게 되었습니다.

4) 흥부는 자신과 가족에게 닥친 어려움을 이기려고 어떻게 하였나요?
-가난과 굶주림에 고생을 하다 놀부를 찾아가 아내와 자식들의 음식을 구고자 애원 했지만, 놀부는 아주 조금도 도와 주지 않았어요.

5) 가난한 흥부 가족이 가난을 벗어 나기 위해 어떤 노력을 했었나요?
-남의 집 일을 더우며, 열심히 궂은일을 했지만 여전히 가난했어요.

6) 가난한 흥부의 집에 우연히 날아온 동물 손님은 누구 였나요?
- 흥부 가족이 사는 집에 제비가 찾아와 둥지를 틀었습니다.

7) 흥부와 함께 날아 온 제비에게 생긴 뜻밖의 일은 무엇인가요?
-다친 제비의 다리를 고쳐줍니다.

8) 흥부에게 도움받은 제비가 찾아간 곳과 그곳에서 돌아온 제비가 한 일은 무엇일까요?
- 다리가 나은 제비는 남쪽나라 제비왕에게 날아가 그동안 겪었던 이야기들을 들려주고 흥부가 베풀어준 은혜에 보답을 하고 싶다고 얘기합니다.

9) 흥부에게 도움받은 제비가 이야기 한 후 바로 한 일은 무엇일까요?
- 박씨를 물어다 주었습니다.

10) 흥부는 제비에게 박씨를 받은 뒤, 어떻게 했나요?
- 땅에 심은 박씨가 탐스럽게 열리도록 정성껏 키웠습니다.

11) 박을 켠 뒤, 그 안에서 무엇이 나왔나요?
- 온갖 금인보화 보물들이 가득 나왔습니다.

12)가난하다가 갑자기 부자가 된 동생 흥부 소식을 들은 놀부는 어떻게 하였나요?

- 욕심많고 고약한 놀부 답게 바로 흥부에게 찾아가 부자가 될 방법을 물었습니다.

13) 흥부의 부자가 된 비결을 들은 놀부가 다음에 한 일은 무엇인가요?

- 자기 집에 둥지를 튼 제비 다리를 일부러 부러트리고 다시 치료해 줍니다.

14)놀부가 일부러 다치게 한 제비는 어떻게 하였나요?

- 제비 왕에게 자신이 겪은 일들을 이야기 한 후 다음 해가 되어 다시 놀부에게 찾아와서 박씨를 가져다 줍니다.

15)놀부가 박씨를 받아서 땅에 심자 어떻게 되었나요?

- 주렁주렁 박이 열렸고 놀부는 그 열매를 슬근슬근 톱질 하여 열어보았습니다.

16)놀부의 박이 갈라지자 무엇이 나왔나요?

-아주아주 무서운 도깨비가 나타나 놀부와 놀부의 가족들을 때리고, 다음 박에서는 장정들이 우르르 나와 놀부의 집을 사라지게 하게 하고 값이 나가 보이는 모든 물건들을 모두 가져가 버렸습니다.

17)마지막 박이 열리자 놀부는 어떻게 하였나요?

-놀부와 그 가족은 그제서야 그동안 해온 모든 나쁜 일들이 하나씩 생각하며 바닥에 엎드려 잘못했다고 빌었어요.

18)거지가 된 놀부를 누가 도와 주었나요?

-소식을 듣고 뛰어온 부자 동생 흥부가 그를 위로하며 자기와 함께 살자고 이야기 합니다.

19)거지가 된 놀부의 마음과 행동은 어떠했나요?

- 여전히 형으로 극진히 대접하는 흥부에게 큰 감동을 받고 지난날 자신의 잘못을 반성 합니다.

20)흥부와 놀부의 결말은 어떻게 끝났나요?

-놀부와 놀부 마누라가 진심으로 뉘우치며 동생 흥부에게 울면서 용서를 빌고 마음씨 착한 흥부는 놀부 형님 가족과 행복하고 사이좋게 살았어요.

초등 아이들에게는 글쓰기 뿐만 아니라 모든 학습활동에서 가장 먼저 학습식 연계 활동들이 포함 되어야 한다고 생각 합니다. 또한 Ai 시대 더욱 인성이 중요해진 요즘, 전래동화를 바탕으로 잊혀져 가는 우리나라 고유한 전래놀이들이 학습과 융합되어 1차적으로 가정에서의 가족(부모님)과의 신뢰감으로부터 출발 되어, 더 큰 사회환경으로 나아가며, 이것들이 개별적인 본인의 적성 및 인지능력들을 함께 맞물려서 개발되어야 한다고 생각합니다.

비록 본 장에서는 예시된 전래놀이가 한정되어 있지만 향후 각 전래동화와 전래놀이들이 융합된 학습 역량과 마음을 갖춘 우리 아이들이 되도록 연구 확장 해나가겠습니다. 마지막으로 교과 연계 학습 추천 도서들을 모은 리스트를 제공하며 제 글을 마무리 합니다.

부록)초등 학년별(1~3학년) 국어 교과 연계학습 추천 도서 리스트

1학년 국어 교과서 수록 도서

도서명, 저자	출판사	관련 교과 단원
라면 맛있게 먹는 법 (권오삼)	문학 동네	1-1 국어 가 2단원
랄랄라 신나는 인기동요 60곡 (애플비편집부)	애플비 북스	1-1국어 가 3단원
어머니 무명치마 (김종상)	창비	1-1국어 가 4단원
이가 아파서 치과에 가요. (한규호)	받침없는 동화	1-1국어 가 4단원
인사할까?말까? (허은미)	웅진씽크빅	1-1국어 가 5단원
구름놀이 (한태희)	미래엔 아이세움	1 -1국어 나 6단원
글자동물원 (이안)	문학동네	1-1국어 나 6단원
동동 아기오리 (권태응)	다섯수레	1-1국어 나 6단원
아가 입은 앵두 (서정숙)	보물창고	1-1국어 나 6단원
강아지복실이 (한미호)	국민서관	1-1국어 나 8단원
나는 책이 좋아요. (앤서니브라운)	책그릇	1-2 국어 가 1단원
책이 꼼지락 꼼지락 (김성범)	미래아이	1-2국어 가 1단원
몽몽숲의 박쥐 두마리 (이혜옥)	한국차일드 아카데미	1-2국어 나 6단원
소금을 만드는 맷돌 (홍윤희)	예림아이	1-2국어 나 7단원
나는 자라요. (김희경)	창비	1-2국어 나 8단원
역사를 바꾼 위대한 알갱이,씨앗 (서경석)	미래아이	1-2국어활동 8단원
붉은 여우 아저씨 (송정화)	시공주니어	1-2국어활동 10단원

2학년 국어 교과서 수록 도서

도서명, 저자	출판사	관련 교과 단원
윤동주 시집 (윤동주)	범우사	2-1 국어 가 1단원
우산 쓴 지렁이 (오은영)	현암사	2-1 국어 가 1단원
아니, 방귀 뽕나무 (김은영)	사계절	2-1 국어 가 1단원
아주 무서운날 (탕무니우)	찰리북	2-1 국어 가 2단원
기분을 말해봐요. (디디에 레비)	다림	2-1 국어 가 3단원
으악, 도깨비다! (손정원)	느림보	2-1 국어 가 2단원
내 꿈은 방울 토마토 엄마 (허윤)	키위북스	2-1 국어 가 3단원
오늘 내 기분은... 메리앤 코카-레플러	키즈엠	2-1 국어 가 3단원
어린이가 정말 알아야 할 우리 전래 동요 (신현득)	현암사	2-1 국어 가 4단원
선생님, 바보 의사 선생님 (이상희)	웅진 주니어	2-1 국어 나 9단원
큰턱 사슴벌레 vs 큰뿔 장수풍뎅이 (장영철)	위즈덤 하우스	2-1 국어 나 9단원
욕심쟁이 딸기 아저씨 (김유경)	노란돼지	2-1 국어 나11단원
치과의사 드소토 선생님 (윌리엄 스타이그)	비룡소	2-1 국어 나11단원
우리 동네 이야기 (정두리)	푸른책들	2-1 국어활동 1단원
감기 걸린 날 (김동수)	보림	2-2 국어 가 1단원
김용택 선생님이 챙겨주신 1학년 책가방 동화 (이규희)	파랑새 어린이	2-2 국어 가 1단원
나무는 즐거워 (이기철)	비룡소	2-2 국어 가 1단원
훨훨 간다. (권정생)	국민서관	2-2 국어 가 1단원
아홉 살 마음 사전 (박성우)	창비	2-2 국어 가 4단원
거인의 정원 (한상남)	웅진씽크하우스	2-2 국어 나 7단원
불가사리를 기억해 (유영소)	사계절	2-2 국어 나 7단원
콩이네 옆집이 수상하다! (천효정)	문학동네	2-2 국어 나 7단원
개구리와 두꺼비는 친구 (아놀드 로벨)	비룡소	2-2 국어활동 4단원
소가 된 게으름뱅이 (한은선)	지경사	2-2 국어활동 7단원
밥상에 우리말이 가득하네 (이미애)	웅진주니어	2-2 국어활동 8단원

3학년 국어 교과서 수록 도서

도서명, 저자	출판사	관련 교과 단원
소똥 밟은 호랑이 (박민호)	알라딘 북스	3-1 국어 가 독서단원
꽃 발걸음 소리 (오순택)	아침마중	3-1국어 가 1단원
바삭바삭 갈매기 (전민걸)	한림출판사	3-1국어 가 1단원
으악, 도깨비다! (손정원)	느림보	3-1국어 가 1단원
리디아의 정원 (사라 스튜어트)	시공주니어	3-1국어 가 4단원
플랑크톤의 비밀 (김종문)	예림당	3-1국어 가 5단원
한 눈에 반한 우리 미술관 (장세현)	사계절	3-1국어 가 5단원
명절 속에 숨은 우리 과학 (오주영)	시공주니어	3-1국어 나 7단원
아씨방 일곱 동무 (이영경)	비룡소	3-1 국어 나 8단원
알고 보면 더 재미있는 곤충 이야기 (김태우)	뜨인돌어린이	3-1 국어 나 9단원
싹 바꾸는 날 (이일숙)	도토리숲	3-1 국어 나 10단원
만복이네 떡집 (김리리)	비룡소	3-1국어 나 10단원
귀신보다 더 무서워 (허은순)	보리	3-1국어활동 1단원
바위나리와 아기별 (마해송)	길벗어린이	3-1국어활동 10단원
거인 부벨라와 지렁이 친구 (조 프리드먼)	주니어 RHK	3-2 국어 가 1단원
어쩌면 저기 저 나무에만 둥지를 틀었을까 (이정환)	푸른책들	3-2 국어 가 4단원
지렁이 일기 예보 (유강희)	비룡소	3-2 국어 가 4단원
진짜 투명인간 (레미 쿠르종)	씨드북	3-2 국어 가 4단원
꼴찌라도 괜찮아! (유계영)	휴이넘	3-2 국어 나 5~6단원
온 세상 국기가 펄럭펄럭 (서정훈)	웅진주니어	3-2 국어 나 7단원
이야기 할아버지의 이상한 밤 (임혜령)	한림출판사	3-2 국어 나 8단원
가자, 달팽이 과학관 (윤구병)	보리	3-2국어활동 2단원
꽃과 새, 선비의 마음 (고연희)	보림	3-2국어활동 2단원
별난양반 이 선달 표류기 1 (김기정)	웅진 주니어	3-2국어활동 4단원
알리키 인성 교육 1:감정 (알리키)	미래아이	3-2국어활동 6단원
아인슈타인 아저씨네 탐정 사무소 (김대조)	주니어 김영사	3-2국어활동 7단원
숨 쉬는 도시 꾸리찌바 (안순혜)	파란자전거	3-2국어활동 8단원
지렁이 일기예보 (유강희)	비룡소	3-2국어활동 4단원
눈 (박웅현)	비룡소	3-2국어활동 9단원

읽고 쓰는 힘

박민하

민하

글쓰기가 좋아서 글을 쓰다 보니
어느새 선생님이 되어있다.
아이들이 읽고 쓰는 즐거움을 평생의
자산으로 여길 수 있도록 연구하는 중이다.

또한
많은 사람들이 책을 쓰고 작가가 되어
변화된 삶을 누릴 수 있도록 돕고 있다.

STM창의교육연구소 대표
꿈을 이루는 글쓰기 꿈이글 운영자
라움수학논술 대표
책쓰기 코치
인스타그램 @minha.dots___y
블로그 https://blog.naver.com/minhassam

글의 주제란 무엇인가?

글쓰기 지도를 할 때 가장 강조하는 부분은 바로 글의 '주제'이다. 글에서 주제는 도로에서 길 안내를 해주는 내비게이션 역할을 한다. 글을 읽는 사람이 글이 무엇에 관한 것인지 알 수 있도록 도와주기 때문에 주제를 이해하는 것이 중요하다. 우리가 세상을 살아가면서 하는 여러 가지 생각, 그중에서도 어떤 현상에 대해서 주장하고 싶은 나의 생각이 바로 주제다. 하나의 글에서는 관통하는 한 가지 주제가 있어야 한다. 만약 주제가 없다면 글을 읽는 사람이 글에서 길을 제대로 찾지 못하고 포기할지도 모른다. 그렇기에 글쓰기에서 주제는 가장 기초적이고 중요한 뼈대라 할 수 있다.

소주제문

소주제문은 각 문단에서의 중심생각을 나타낸다. 예를 들어 정직의 중요성에 대한 주제로 글을 쓴다면 정직의 중요성에 대한 소주제문이 들어간 문단을 구성해야 한다. 예를 들면 정직한 자세를 가지면 성공한다, 문제를 잘 해결할 수 있다, 믿을 수 있는 사회가 된다라는 소주제문을 구성할 수 있다.

문단의 중심내용 찾기

다음 글을 읽고 문단의 중심내용을 알아보고 요약해 보자.

제목: 정직의 중요성

정직은 왜 중요할까? 셰익스피어는 정직만큼 부유한 유산도 없다고 했다. 너무 늙어서 빵가게 일을 할 수 없는 할아버지는 정직한 사람을 찾아 가게를 맡기고 싶었다. 그래서 빵에 금화를 넣어 팔았다. 3년이 지난 후 빵속에 금화를 가지고 한 젊은이가 찾아왔다. 할아버지는 평생 모은 재산과 가게를 그 젊은이에게 맡겼다. 정직은 가장 강한 힘이다. 금도끼 은도끼 이야기에서 알 수 있는 정직의 중요성은 다음과 같다.

첫째, 정직한 자세는 성공으로 이어진다. 왜냐하면 모든 일의 바탕은 신뢰이기 때문이다. 금도끼와 은도끼 이야기에서 한 나무꾼이 자신의 쇠도끼를 빠뜨리고 울고 있었다. 나무꾼이 머큐리신에게 도움을 요청하자 어떤 도끼를 빠뜨렸냐고 물었다. 가난한 나무꾼의 정직한 대답에 머큐리신은 금도끼 은도끼 쇠도끼를 전부 다 선물로 주었다. Patagonia는 자체 제품의 환경 영향에 대해 투명하게 공개한다. 환경 문제를 해결하려는 노력을 실천하는 환경적인 의류 회사다. 이러한 정직함은 Patagonia에게 긍정적인 평판을 가져다주어, 많은 고객들의 충성도를 얻었다. 이처럼 성공한 기업은 정직한 기업이다.

둘째, 문제에 대한 해결책을 찾을 수 있다. 왜냐하면 문제를 있는 그대로 바라보는 것에서 실마리를 찾을 수 있기 때문이다. 머큐리신이 금도끼와 은도끼를 보여주었는데도, 나무꾼은 자신의 도끼가 쇠도끼라고 솔직히 이야기했다. 머큐리는 정직함에 대한 상으로 나무꾼의 도끼를 돌려주었을 뿐 아니라 금도끼와 은도끼도 선물하였다. 큰 기업의 내부교육으로 '정직'은 중요한 덕목이다. 고객과 지킬 수 있는 약속을 지키고, 지킬 수 없는 약속은 하지 않도록 교육한다. 정직은 고객과의 약속에 언행일치로 신뢰를 구축한다. 이렇게 정직한 신뢰 덕분에 실수하더라도 해결책을 쉽게 찾을 수 있다. 정직은 최선의 방책이다.

셋째, 믿을 수 있는 사회는 생존과 직결된다. 왜냐하면 서로 신뢰할 수 있는 사회에서 모두가 안전할 수 있기 때문이다. 나무꾼 이야기를 듣고 욕심을 내 일부러 강에 도끼를 던진 사람들은 자신들이 금도끼를 빠뜨렸다고 주장했다. 신의 분노로 다음날 그들은 어디에서도 발견되지 않았다. 지난해 4월 인천 검단신도시에서 아파트 공사 현장의 지하 주차장이 붕괴되었다. 다른 아파트에서도 줄줄이 철근 누락이 발견되면서 '순살자이'라는 치욕적인 오명도 얻었다. 아파트 건설과정에서 투명한 과정을 거쳤다면 일어나지 않았을 일이다. 붕괴사고로 목숨을 잃는 일이 없어야 한다. 서로 거짓말을 하는 사회는 안전하게 유지될 수 없다.

이처럼 정직함은 성공으로 이어지고 문제 해결을 쉽게 할 수 있으며 정직함을 바탕으로 한 믿을 수 있는 사회는 우리의 생존과도 직결된다. 서양에서는 부정직을 살인강도에 준하는 범죄로 여긴다. 미국의 대통령 닉슨은 도청을 했기 때문이 아니라 도청하지 않았다고 거짓말을 했기 때문에 대통령자리에서 쫓겨났다. 우리나라는 지금까지 거짓말을 해서 쫓겨난 정치인은 없다. 신뢰 없는 사회는 지붕 없는 집에 사는 것과 같다. 정직은 개인뿐 아니라 우리 사회에 든든한 지붕이다.

이 글의 구조는 다음과 같다.

1 문단:정직의 중요성에 대한 문제제기

2 문단:정직하면 성공할 수 있다

3 문단:문제에 대한 해결책

4 문단:믿을 수 있는 사회

5 문단:요약정리 행동 제시

요약정리해 보기

각 문단의 주제문을 잘 찾으면 요약정리하는 것은 아주 쉽다.

다음 글을 읽고 문단의 중심내용을 정리해 보자

제목: 처벌 없는 행복한 사회를 위하여

선한 의도는 그 자체로 존중받아야 한다. 〈로미오와 줄리엣〉에서 로렌스 신부는 둘의 사랑을 이루고 두 집안을 화해시키기 위해 줄리엣에게 잠드는 약물을 준다. 그러나 줄리엣이 죽은 것으로 오해한 로미오는 독약을 마시고 자살한다. 로미오가 죽은 것을 보고 줄리엣도 그 뒤를 따른다. 선의로 시작한 행동이 최악의 결과를 가져온 것이다. 로렌스 신부의 행동은 오늘날의 법으로 선처를 받을 수 있을까? 엄벌을 받아야 할까? 로렌스 신부는 선처받아야 한다.

첫째, 나쁜 결과를 예상하고 한 일이 아니다. 로렌스 신부는 로미오가 줄리엣이 죽은 것으로 오해할 것이라고는 꿈에도 몰랐다. 집안의 반대로 인해서 두 젊은이가 고통받고 있었지만 아무도 도와주려고 하지 않았지만, 오직 로렌스 신부만이 로미오와 줄리엣을 가엾게 여겨 도와준 것이다. 성경에서 강도를 당해 다친 사람을 보고도 아무도 도와주지 않았다. 믿음이 좋다는 레위사람조차도 도와주지 않고 지나쳐버렸다. 그러나 사마리아 사람은 가엾은 마음이 들어 상처를 치료해 주고 간호해 주었다. 강도당한 사람을 도와주었다가 잘못되었다고 하더라도 그 의도는 나쁜 것이 아니다. 당장 곤경에 처한 사람을 도와주는데 결과까지 예상할 수 없다.

둘째, 아무도 선한 행위를 하려고 하지 않을 것이다. 한의원에서 봉침을 맞다 쇼크에 빠진 환자를 살리려던 의사에게 유가족이 함께 책임을 요구한 사건이 있었다. 환자를 살리는 의사들에게 조차 선처가 이루어지지 않는다면 아무도 위험을 감수하지 않을 것이다. 또한 서울 지하철에서는 쓰러진 여성을 도와주었다가는 성추행범으로 몰릴 것이 겁나서 아무도 그 여성을 도와주지 않았다. 결국 아주머니와 여성들이 여성을 도와주었다. 실제로 도움이 필요한 여성을 도와주었다가 오히려 성추행범으로 몰리는 일들이 종종 있다. 위험에서 구해주어 최악의 결과를 가져오지 않아도 상장은커녕 벌을 받을 수도 있다. 최악의 결과를 가져올 경우 처벌받는다면 아무도 타인을 도우려 하지 않을 것이다. 구더기가 무서워 장 못 담그고, 처벌이 무서워 선행 못 하게 된다.

셋째, 부담 없이 서로 돕는 사회를 만들 수 있다. 지난 9월 부산의 곰내터널에서 어린이집 버스가 전복되는 사고가 발생했다. 사고 당시 어린이들은 안전벨트를 모두 착용하고 있어 큰 부상은 없었지만, 뒤집힌 버스 안에서 나오지 못하고 있었다. 주위를 지나가고 있던 다른 운전자 10여 명은 사고가 나자 모두 차량에서 내려 유치원 버스로 달려왔다. 이들은 각자의 차량에서 망치와 골프채 등을 가져와 버스 뒷유리를 조심스럽게 부수고, 유치원생 21명과 보육교사, 운전사를 차례로 구조했다. 결과가 두려워 구조를 망설였다면 많은 사람을 구하지 못했을 것이다. 칸트는 선행이란 다른 사람들에게 무언가 베푸는 것이 아니라 자신의 의무를 다하는 것이라고 했다. 서로 돕는 사회를 만드는 것은 인간의 의무다. 자신의 의무를 다하는 사람이 있어야 나쁜 결과에 대한 부담 없이 서로 돕는 사회를 만들 수 있다.

로미오와 줄리엣에서 로렌스신부가 한 일은 나쁜 결과를 예상하고 한 일이 아니며, 선행의 결과로 인해 처벌받아야 한다면 아무도 선한 행위를 하려고 하지 않을 것이다. 부담이 없어야 서로 돕는 사회를 만들 수 있다. 나비효과라는 말처럼 이웃을 향한 선행이 나비의 날갯짓으로 우리 사회에 유의미한 영향력을 끼친다. 처벌을 두려워하지 않고 위험한 상황에서 발 벗고 나서서 도움을 줄 수 있어야 한다. 그래야만 우리 사회가 행복하게 된다. 선한 의도는 그 자체로 존중받아야 한다.

좋은 글은 풍부한 어휘력에서 나온다

의자라는 단어에서 의와 자를 자를 순 있지만, 각각 잘린 단어만으로는 의자라는 의미를 가지진 못한다. 단어는 서로 읽거나 듣고 인식할 수 있어야 한다. 그런 최소한의 의미단위가 바로 어휘다. 우리는 언어로써 사고하고, 사고한 내용을 표현한다. 단어가 없다면 표현할 수 없다. 마찬가지로 풍부한 어휘력이 없다면 좋은 글을 쓸 수 없다. 제한된 어휘로는 생각을 제대로 표현할 수 없기 때문이다. 단어로 세계를 인식한다고 해도 과언이 아니다. 풍부한 어휘력은 풍부한 사고력과 표현력을 길러준다.

현대사회는 유행어 하나로 모든 상황을 설명해 버리는 경우가 많다. 1989년 롯데칠성음료의 델몬트 오렌지 주스 광고로 인하여 '따봉'이라는 단어가 유행을 탔다. '따봉!'이라고 외치자마자 브라질 농부들이 매우 좋아했는데 이게 굉장히 재미있어서 컬트적인 인기를 끌었다. 좋다,

알겠다는 뜻의 포르투갈어에서 왔다. 상당히 많은 사람들이 좋다는 의미로 따봉을 외쳤다.

대박이라는 단어도 있다. 국어사전에 보면 ①바다에서 쓰는 큰 배. ②큰 물건을 비유적으로 이르는 말. 여기에 덧붙이는 '대박을 터뜨리다(터지다)' 등의 사례가 있다. '어떤 횡재에 대하여 비유적으로 쓰이는 말'이라고 나온다. 원래는 큰 배라는 뜻의 한자大舶에서 기원되었지만 점차 의미가 더 넓어진 것이다. 2021년 대박이라는 단어가 영국 옥스퍼드영어사전(OED)에 등재됐다. 그만큼 우리 사회에서 많이 쓰이고 있다는 뜻이다. 하지만 우리 사회의 각계각층에서 모든 상황을 단지 대박이라는 단어 하나로 설명해 버리는 일이 많은 것을 보면 씁쓸하지 않을 수 없다.

우리 아이들이 수백 가지 수천 가지 상황을 이런 단어 하나로 모두 표현해 버린다면 세밀하고 정확한 단어를 익힐 기회를 차단당할 것이다. 풍부한 어휘, 정확한 어휘를 익히기 위해서는 많이 읽어야 함은 마땅 하다. 또한 많이 생각하고 단어의 적절성을 따지는 습관을 가져야 한다. 글을 쓸 때도 항상 사전을 끼고 단어를 잘 배치해야 한다.

내용단어

내용단어란 글의 주제를 담당하여 정확한 분위기를 표현하는 단어다. 무엇을 쓸 것인가를 위해 필요한 최소한의 것이다. 뜻이 같다고 해서 모든 상황에서 똑같이 쓰이지는 않는다. 모두 '돕다'라는 뜻을 가지고 있는 협조, 구조, 구원, 원조, 동조는 모두 활용되는 상황이 다르다. 동조는 견해나 사상의 도움을 준다는 것이고, 원조는 물질적 도움을 준다는 것이고 구원은 종교에서 정신적 도움을 뜻한다. 동음이의어인 방화를 살펴보면, 방화 (放火)는 불을 지르는 것이고, 방화 (防火)는 불을 막는 것이고, 방화 (邦,그림화)는 자신의 나라에서 제작된 영화를 뜻한다. 이런 내용단어를 어떻게 쓰느냐에 따라 글의 의미가 완전히 달라진다.

구조단어

구조단어란 문장의 논리적 연관관계, 호응관계를 결정짓는 단어이다. 글을 어떻게 쓸 것인가를 위해 필요하다. '네가 어찌 그럴 수 있구나'라는 문장을 보자. 어찌 뒤에는 의문문으로 문장이 진행된다. 바르게 고치면 '네가 어찌 그럴 수 있니?'라고 해야 한다. 또 '나는 결코 학교에 가겠다'라는 문장도 성립할 수 없다. 결코 뒤에는 부정문이 따라와야 하기 때문이다. '선생님 밥 먹었니'라는 문장도 잘못된 문장이다. 선생님이라는 단어에 어울리는 경어체로 써야 맞다. 부사어, 경어, 평어가 문장의 구조 단어로 쓰인다.

지시어와 함축어

단어는 지시적 의미와 함축적 의미로 쓰인다. 지시적 의미는 모든 사람에게 같은 뜻으로 해석된다. 함축적 의미는 단어의 속성으로 인해 일어나는 연상, 단어의 암시성과 관련이 있다. 예를 들어 그녀는 장미꽃과 같다.라는 말은 장미꽃에서 연상되는 아름다운 여인의 이미지를 상상할 수 있다. 상징어와 비유어는 표현하고자 하는 대상을 견주어 표현하는 단어다. 김동명 시인의 '내 마음은 호수요'라는 문장은 은유법으로 쓰인 문장이다. 글쓰기에서 쓰이는 단어들이 글을 더욱 아름답게도 하고 더욱 쉽게 이해하게도 한다. 어떤 단어를 쓰던 독자가 읽고 이해할 수 있어야 한다는 점은 변하지 않는다. 관념이나 성격을 지칭하는 추상어보다는 감각으로 파악할 수 있는 대상으로 표현하는 것이 훨씬 생동하는 글이 된다. '나는 아침밥을 먹었다'보다는 '나는 아침에 계란말이와 된장국 한 그릇을 먹었다'라는 문장이 더욱 와닿는 것을 알 수 있다.

우리는 언어로써 생각하고, 생각한 내용을 표현한다. 단어를 알고 글을 잘 쓰기 위해서는 글을 쓰는 방법을 배워야 함은 물론이고, 많은 책을 읽어야 한다. 유시민의 공감필법에는 책을 읽어야 하는 이유에 대해 설명하고 있다. 책을 읽을 때는 글쓴이가 텍스트에 담아 둔 생각과 감정을 있는 그대로 보고 느껴야 한다고 한다. 그래야 독서가 풍부한 간접 체험이 될 수 있고 간접체험을 제대로 해야 책 읽기가 공부가 된다는 것이다. 남이 쓴 글에 깊게 감정이입할 줄 아는 사람이라야 독자에게 감정을 이입하면서 글을 쓸 수 있다고 말이다.

우리 아이들 뿐만 아니라 어른들도 많이 읽고 쓰는 것을 통해서 진정한 창작의 즐거움을 오랫동안 누리기를 바란다.